WURDACK

Fantasy

(c) 2008 WurdackVerlag, Nittendorf
www.wurdackverlag.de
Cover: Ernst Wurdack

Druck: Lange OHG, Berlin
ISBN 978-3-938065-43-3

Die Geschichtenweber
& Christoph Hardebusch

Die
Unterirdischen

VORWORT
TIMO BADER

Vier Jahrzehnte tobten blutige Kriege im Reich Onryn. Menschen und Elfen fochten erbitterte Schlachten gegen die Orks. Nur knapp entging N'At, der rechtmäßige König der Elfen, einem Mordanschlag seines jüngeren Bruders. Mit seinen engsten Verbündeten, den Dunkelelfen, floh er vor den Verrätern in die Tiefen der Erde …

Dort schlichen sie durch längst vergessene Höhlen und Grotten, stießen auf unterirdische Städte, erkundeten Tunnel und Schächte und stiegen in Felsspalten und Schluchten. Sie spürten den rauen Stein unter ihren Fingern, wenn sie sich an den Wänden durch die dunklen Gänge tasteten, den Sand und die Kälte. Sie rochen den Kalk, die feuchte Erde und den Tod. Und tief unten fanden sie unbekannte Reiche und fremde Völker.

Die Dunklen, auch die Alten oder die Alben genannt, gelten als die ersten Bewohner der Unterwelt. Es heißt, sie hätten die Tunnel, Schächte und Hallen in den Fels getrieben und so die drei Ebenen geschaffen.

Niemand weiß, wie die Dunklen aussehen, die ein Volk von brillianten Technikern, hochbegabten Magiern und schrecklichen Kriegern gewesen sein sollen. Wer die Dunklen wirklich waren und wohin sie verschwunden sind, das kann keiner genau sagen. Manche glauben, sie wären in eine ferne Welt aufgebrochen, andere wiederum denken, die Dunklen hätten sich mit dem Fels vereint. Und dann gibt es noch welche, die hinter vorgehaltener Hand flüstern, dass die Dunklen noch immer durch die Unterwelt huschen. Doch das tun sie nicht, ohne einen scheuen Blick über die Schulter zu werfen. Einig ist man sich nur darüber, dass in diesen Tagen verschiedene unterirdische Völker die einstigen

Reiche der Dunklen bewohnen, in deren Legenden die Erschaffer der Unterwelt gehasst, gefürchtet und vergöttert werden.

Nach ihrer Ankunft in der mittleren Ebene vertrieben die Dunkelelfen einige Stämme der Menschen, Wilde in ihren Augen, und siedelten dort. N'At hofft, irgendwann an die Oberwelt zurückkehren und den Thron besteigen zu können. Bis dahin müssen die Dunkelelfen in der geheimnisvollen und gefährlichen Welt der Finsternis leben, umgeben von Unterirdischen: Erdwichten, Goblins, Kobolden, den Stämmen der Menschen, Zwergen, Schwarzorks, Trollen und Echsenmenschen, aber auch Riesenfledermäusen, Skourms, Mooskäfern, Nachtwölfen und vielen anderen Ausgeburten des Dunkels.

Das Rad der Zeit dreht sich weiter, und unbemerkt von den Unterirdischen herrscht nun Frieden im Reich Onryn. Nach Jahrzehnten der Feindschaft und des Streits besiegten die Rebellen das Imperium. Die neuen Machthaber stehen davor, die Bewohner Onryns in eine goldene Zukunft zu führen. Doch unter der Erde brennt das Feuer des Krieges ewig. Bis aufs Blut verfeindet, in Jahrtausende alten Fehden um Ehre und Land, Liebe und Besitz, Stolz und Rache verstrickt, liefern sich die Völker der Unterwelt heiße Schlachten.

Ihr Hass erhält neue Nahrung durch eine Reihe unerklärlicher Naturkatastrophen, die manche Quellen als den Elementsturm bezeichnen. Es beginnt mit starken Unwettern und Stürmen in der Oberwelt, die Hochwasser, Erdrutsche, Bergstürze und Muren nach sich ziehen. Heftige Dürren plagen die Gebiete im Süden Onryns; Lawinen, Wasserknappheit, Epidemien und Ungezieferplagen sind die Folge.

Doch das ist erst der Anfang. Als nächstes rumoren die Gedärme der Erde. Gewaltige Flutwellen wälzen über das Land und bringen Zerstörung und Tod. Ströme von Fels und Erde stürzen in die Unterwelt und verschließen die Tunnel und Schächte. Die vorhandenen Durchgänge brechen ein oder verschieben sich, und neue Durchgänge entstehen. Vulkanausbrüche und Erdbeben erschüttern die untere Ebene. Es regnet Asche, und Flüsse aus Lava überschwemmen die Dörfer und Städte. Wo die heißen Ströme in die unterirdischen Gänge und Schächte eindringen und erstarren, versperren sie lebenswichtige Wege und Pforten.

Nach dem Elementsturm ist nichts mehr wie es war. Abgeschottet von der Oberwelt müssen die Unterirdischen die knappen Ressourcen neu verteilen. Die Völker der oberen Ebene, die Erdwichte, Goblins und Kobolde, die stark von der Oberwelt abhängig waren, streben nach unten, um zu überleben, während die verbannten Völker der unteren Ebene zum Krieg blasen und in die mittlere Ebene einfallen. Die Unterirdischen streiten um die neutralen Tunnel und die neu entstandenen Wege.

Das Chaos bricht aus!

Jedes Volk, jeder Bewohner und so manche Kreatur der Unterwelt versucht eine Erklärung für den Elementsturm zu finden. Es kursieren Gerüchte, Märchen, religiöse und politische Überzeugungen, die nur dazu führen, den Hass weiter zu schüren. Und als ob das noch nicht schlimm genug wäre, befreit eines der Erdbeben das längst vergessene Volk der Dämonen aus der Knechtschaft ihres magischen Gefängnisses.

Dies ist eine Geschichte über eine veränderte und sich verändernde Welt. Über eine Zeit des Umbruchs. In der neue Helden geboren und uralte Gesetze gebrochen werden. Dies ist eine Geschichte über die Katastrophe nach dem Elementsturm.

Dies ist die Geschichte der Unterirdischen …

Viel Spaß und Spannung wünsche ich den Lesenden und bedanke mich bei Jörg Olbrich, Ernst Wurdack, Janine Höcker, Christoph Hardebusch, Philipp Bobrowski, Claudia Hornung und den anderen Autoren.

Das Dorf
Christoph Hardebusch

Als es geschah, befand er sich gerade auf den Feldern. Obwohl seine Arbeit in den Augen vieler anderer simpel war, hatte er doch stets einen gewissen Stolz auf sie empfunden. Ohne ihn würde es Hunger, Leid und Tod geben. Axion war ein Bauer, nicht mehr und nicht weniger, aber er verstand sein Handwerk.

Es begann mit einem leisen Grollen, das mehr zu spüren als zu hören war. Ein unangenehmes Gefühl breitete sich in seinem Leib aus, gefolgt von Schwindel. Einige Augenblicke lang wunderte er sich, dann bemerkte er, dass sich der Boden bewegte. Staub und kleine Steine rieselten auf ihn herab. Das Grollen schwoll an, wurde zu einem wilden Brüllen, als wäre es ein ungezähmtes Tier, bereit zum Sprung. Dann endete es, ebenso schnell, wie es begonnen hatte.

Als sorgfältiger Arbeiter kümmerte Axion sich zuerst um seine Felder, bevor er zurückkehrte. Das Dorf konnte ohne ihn herausfinden, was geschehen war, aber die Pflanzen benötigten seine Magie, um in der lichtlosen Tiefe der Welt zu bestehen. Und ohne die Pflanzen konnte das Dorf nicht überleben.

Die Gänge waren voller Staub, der in der Luft umherschwirrte. Die ewigen Lichter wiesen ihm den Weg, auch wenn sie trüb und blass waren, gedämpft durch die Dunstschleier, als hätte man ein Leichentuch über sie geworfen. Leichentücher und Leichenlichter, denn einige waren verloschen.

Als er die große Kaverne betrat, in der sie vor langer Zeit das Dorf gebaut hatten, lag der Staub wie feiner Nebel in der Luft. Nebel. Ein beinahe vergessenes Wort, denn obwohl es einen von unterirdischen Quellen gespeisten See in der Kaverne gab, blieb Nebel ein Phänomen der Oberwelt, weit weg von der Heimat der

Dunkelelfen, dem unterirdischen Reich, das keine Heimat für sie sein sollte, sondern nur Exil.

Trotz des Staubs schien das Dorf auf den ersten Blick unversehrt geblieben zu sein, doch als er durch die schmalen Gassen ging, die in den Fels geschlagen worden waren, hörte er Rufe.

Im Zentrum des Ortes, dort wo eigentlich die Versammlungshalle stehen sollte, lag nur ein gewaltiger Haufen Schutt; Felsbrocken, so groß wie Häuser, Geröll und kleinste Steine. Ein Teil der Höhlendecke hatte sich gelöst und zielgenau die Halle unter sich begraben. Schon in diesem Moment ahnte Axion, dass nun nichts mehr sein würde wie zuvor.

Die Läufer kehrten bald zurück. Ihre Nachrichten waren niederschmetternd. »Das Beben hat die Tunnel einstürzen lassen«, erklärte aufgeregt ein junger Elf, der aus dem Süden kam. »Im Westen sind alle Höhlen mit Fels gefüllt«, verkündete ein anderer. Schon bald war klar, dass ihre Welt sich verändert hatte. Es war ein kleines Wunder, dass ihr Dorf inmitten der Zerstörung überlebt hatte, aber es gab keinen Weg mehr hinaus. Aber es gab auch gute Nachrichten: Die Felder waren zum großen Teil sicher, und sie konnten überleben, bis Hilfe eintraf.

Als Axion sich umblickte, erkannte er mit einem Mal, worin die hauptsächliche Veränderung bestand. Das gesamte Dorf hatte sich auf dem Platz am See versammelt, und alle waren gekommen, egal ob jung oder alt, Mann oder Frau. Alle, bis auf die Toten, deren Leiber unter dem neuen Hügelgrab inmitten des Dorfes lagen. Niemand hätte diese Steinmassen bewegen können, und so hatten sie die Riten des Übergangs dort vollzogen und den Felshaufen mit den Blüten des Abschieds geschmückt.

Alle Dunkelelfen standen mit Axion im Kreis, Bauern, Soldaten, Handwerker, Zauberwirker, Heiler. Doch keiner der Anführer war anwesend. Keiner der großen Krieger, der mächtigen Magier, kein einziges Mitglied des Rats, der ausgerechnet zum Zeitpunkt des Bebens in der Halle versammelt gewesen war. Um sich versammelt sah Axion nur Arbeiter, wie er selber einer war, deren mindere Magie vielleicht ein Möbelstück besonders schön, oder die Pflanzen auf den Feldern besonders ertragreich machen konnte, aber niemals geeignet war, die Welt so zu verändern, wie es die Mächtigen vermochten.

Sie waren nun auf sich gestellt. Keine starke Magie würde ihnen helfen. Es gab keine Verbindung zur Außenwelt mehr, es gab nur sie allein.

Die Erkenntnis durchfuhr Axion wie ein Schlag. Sein Leben lang hatte er seinen Platz gekannt und ihn akzeptiert. Plötzlich war all dies verschwunden, und seine Gedanken rasten, als hätten man ihnen Fesseln abgenommen, die sie immer in eine Richtung gezwungen hatten. In seinem Geist brach ein Damm, und die Erkenntnis spülte alle alten Hindernisse fort. »Lasst uns gemeinsam den Hauptgang freiräumen«, schlug er vor. Einige nickten, anderen aber schüttelten bedächtig den Kopf. »Dafür haben wir nicht genug Arbeiter.«

»Dann lasst uns die Arbeit in den Minen beenden. Wir brauchen das Silber doch nicht mehr«, entgegnete Axion. Er musste seine Worte niemandem erklären. So lange sie keinen Handel treiben konnten, brauchten sie auch kein Silbererz. Und ohne die Mächtigen im Dorf konnte niemand mehr einen Mann zwingen, in den Minen zu arbeiten.

Sie beschlossen, es so zu machen, wie Axion es vorgeschlagen hatte. Doch sie alle wussten, dass dies lange Zeit benötigen würde.

Niemand wusste, woher das Beben gekommen war. Stimmen wurden laut, die einen Frevel vermuteten. »Vielleicht ist dies das Werk der Zwerge?«, fragte sich viele Elfen, die wussten, dass deren unnatürliche Gerätschaften alles veränderten, was sie berührten. »Vielleicht werden sie uns angreifen«, flüsterten manche. Doch nichts dergleichen geschah. Axion wusste, dass es Dringenderes gab als Zorn und Rache. Und dass sie die Angst besiegen mussten, die von ihnen allen Besitz zu ergreifen drohte. Sie konnten nicht endlos Wache halten, sich nicht nur auf ihre Furcht konzentrieren.

Seine Worte kamen ihm natürlich vor, flossen ihm leicht über die Lippen. Er stand im Kreis der Versammelten und sprach. »Brüder und Schwestern«, sagte er. »Wir sind allein, und wir wissen nicht, für wie lange Zeit wir keine anderen Elfen sehen werden. Aber wenn wir zusammenhalten, dann können wir diese Zeiten überstehen.« Einige erschreckte dieser Gedanke, aber Axions Worte gaben ihnen Mut. Sie konnten sich nicht immer versammeln, wenn es galt, Entscheidungen zu treffen. Sie mussten sich eine neue Führung suchen.

Niemand in der Runde war dazu besser geeignet als ein anderer. Axion hatte dies erkannt, und der Gedanke ließ ihn nicht mehr schlafen. Er fragte sich, warum sie jenen gefolgt waren, die nun in ihrem dunklen Grab lagen, unverbrannt und verloren. Warum jeder immer wusste, wer über ihm stand. Hatten ihre Anführer nicht auch falsche Entscheidungen getroffen? Waren sie nicht auch nur Dunkelelfen gewesen, so wie sie alle?

Diese Worte sprach er nicht laut aus, denn er ahnte, dass viele ihn nicht verstehen würden. Aber er sprach davon, sich neue Anführer aus ihrer Mitte zu wählen. »Lasst uns einfach die aussuchen, die am besten für die Aufgabe geeignet sind. Und jeder kann mitbestimmen, wer dies sein soll.«

Vielleicht gab es mehr, die wie er dachten. Vielleicht war sein Vorschlag einfach nur vernünftig. Die Dunkelelfen wählten sich neun neue Anführer. Und Axion war einer von ihnen.

Viele der Sitzungen waren lang und anstrengend. Es galt, die Versorgung aufrecht zu erhalten, das Dorf vor weiteren Beben zu schützen, die Tunnel wieder zu öffnen. Die Nahrung musste verteilt werden, und die geringen Erträge der Minen ebenfalls. In der ersten Zeit nach dem Beben hatte es Chaos gegeben. »In Zukunft soll es keine Panik mehr geben«, versprach Axion.

Vorsichtig, aber hartnäckig sprach er sich für seine Vision aus. Jeder im Dorf sollte gleichgestellt sein, egal ob Mann oder Frau, ob alt oder jung. Jedem stand das Gleiche zu. Sie würden, was sie hatten, unter allen verteilen. Seit seiner ersten Rede vertrauten ihm die Dunkelelfen, und sie schenkten seinen Worten Gehör, wenn er von der Zukunft sprach. Davon, wie der neue Rat für das Dorf entscheiden solle, weil alle dem neuen Rat vertrauen konnten. Wie sie dieses Vertrauen dadurch erlangten, dass der Rat immer wieder neu gewählt werden müsse. Dass jene im Rat dennoch weiter arbeiten mussten, denn sie waren Teil der Gemeinschaft. *Wir werden anders sein, als die Mächtigen in ihrem steinernen Grab*, dachte Axion. *Denn wir haben nur die Macht, die alle anderen uns geben.*

Als es zur Gerichtsverhandlung kam, sprach Axion für die Frau. Sie hatte die Nahrung, die ihr zugeteilt worden war, aufgespart und nicht alles verbraucht. »Es ist ihr Essen«, erklärte er. »Sie kann damit doch tun, was sie will«. Dass es vernünftig sei, für schlechte Zeiten zu sparen, sagte er. Und dass es kein Verbrechen sei, vorsichtig zu sein.

Andere sprachen gegen sie. Anstatt die überzählige Nahrung der Gemeinschaft zu geben, hatte sie den Überschuss egoistisch für sich selbst behalten. Sie hatte gestohlen, alle bestohlen, jeden einzelnen. In Zeiten der Not hatten alle zusammenzustehen. Was sie getan hat, war genauso, als ob sie uns das Essen weggenommen hätte. »Sie hat uns alle bestohlen!«, rief eines der Ratsmitglieder, eine zornige, ältere Frau, die früher Leinen gewoben hatte.

Axion schüttelte den Kopf, als sie der Angeklagten das Haupt rasierten, um sie als Diebin zu kennzeichnen, und ihr alles nahmen. Der Rat richtete ein Lager ein, wo Vorräte geschaffen werden sollten. Und ein anderes, um jene zu bestrafen, die gegen das Wohl der Gemeinschaft handelten.

Die Gemeinschaftswachen patrouillierten die Straßen zu jeder Zeit. Zwar war Axion gegen die Einrichtung der Wachen gewesen, aber er war überstimmt worden. »Das Dorf braucht Schutz«, hatte es geheißen; dafür waren extra Arbeiter aus den Tunneln und von den Feldern abgezogen worden. Sie kontrollierten, dass jeder arbeitete und jeder seinen Anteil erhielt, dass niemand zu viel bekam, oder gegen die neuen Gesetze verstieß. Wer sich nicht fügte, wurde geschoren. Oder ihm wurde noch Schlimmeres angetan. Die Moral des Dorfes zu untergraben, ist ein übles Verbrechen«, hatte der Rat verlautbaren lassen. Und so fanden sich jene, die Sorgen äußerten oder Kritik, schnell in dem neu eingerichteten Gefängnis wieder.

Die Gemeinschaftswachen mussten keine andere Arbeit mehr leisten, und auch die Mitglieder des Rats waren nur noch für diesen da. Ihre Arbeit war anstrengend – so sagten sie –, deshalb brauchten sie mehr von den Vorräten als andere. Und man errichtete ihnen ein neues, großes Gebäude, in dem sie Rat halten konnten. »Unser Gefängnis ist zu voll«, sagte die Frau, die früher Leinen gewebt hatte, als sie dort die erste Ratsversammlung abhielten. »Warum schicken wir die Männer, die Untaten gegen uns begangen haben, nicht in die Minen?«

Alle im Rat nickten zustimmend, bis auf Axion. Und schon bald wurde wieder Silbererz im Berg abgebaut.

Aus einem Grund, den Axion nicht verstand, wurden immer mehr Reden gehalten. Regelmäßig standen die neun Führer vor den Dunkelelfen und berichteten, wie gut es allen ginge. Oder sie erzählten von den Gefahren, die von Andersdenkenden ausgingen. Sie warnten vor den Wesen, die in den Gängen außerhalb der Sicherheit ihres Dorfes lauern mochten. Die Zwerge, die das Beben über sie gebracht hatten, und die anderen Kreaturen der Unterwelt. Sie erwähnten stolz, dass die Minen ihre Produktion um zwölf Prozent gesteigert hatten.

Axion sprach nicht mehr vor dem Dorf. Man hatte ihm einen Platz weiter hinten zugewiesen. Sein Name wurde oft genannt, geehrt, und er wurde als leuchtendes Beispiel herangezogen. Aber er sprach nicht mehr zu den anderen.

»Gewisse Vorräte müssen für den Rat reserviert bleiben, das ist doch natürlich.« So erklärte man es Axion. Schließlich mussten die Mitglieder des Rates die Verantwortung tragen. Auf ihnen lastete das Gewicht schwerer Entscheidungen. Sie brauchten die großen Häuser und die vielen Vorräte und die Bediensteten, die sich stets um sie kümmerten.

Es wurde viel geseufzt. »Wie schön muss das Leben als einfacher Bauer sein«, sagten viele Mitglieder des Rates. »Als einer, der über nichts nachdenken, sich keine Sorgen machen muss.«. Axion widersprach nicht, auch wenn er sich erinnerte, dass er als Bauer genug Verantwortung für seine Felder getragen hatte.

Ohne Unterbrechung standen die Gemeinschaftswachen vor dem Lager und dem Gefängnis. Der Rat hatte genau eingeteilt, was ein jeder an Vorräten zu bekommen hatte, je nach Arbeit und Stellung innerhalb des Dorfes. Die Gemeinschaftswachen erhielten gutes Essen. »Ein Hoch auf den Rat!« riefen sie, wann immer ein Mitglied an ihnen vorüber ging. Aber wenn es Axion war, dann riefen sie nur leise, denn er hatte dagegen gestimmt, ihnen bessere Vorräte zu bewilligen.

Das Komitee ermittelte nun häufiger. Un-Elfische Umtriebe wurde das Verbrechen genannt, dessen man sich neuerdings schuldig machen konnte. Falsche Worte. Oder falsche Gedanken. Sie errichteten ein Gerät auf dem Platz, wo jene eingespannt wurden, die für schuldig befunden wurden. Die Rate der Verurteilungen des Komitees war außergewöhnlich; noch war jeder Angeklagte auch schuldig gewesen. So erzählte es stolz eine Wache Axion.

Manche mochten noch zu retten sein. Die wurden den anderen vorgeführt, mit geschorenem Haupt, und kamen dann in das Gefängnis, das nun nicht mehr so hieß, sondern Korrekturlager. Aus einem Gebäude waren erst zwei geworden, dann drei, und jetzt gab es Baracken in Reih und Glied, umgeben von Zäunen und Gemeinschaftswachen.

Andere waren zu schuldig. Schuldiger als der Rest. Sie wurden in dem Gerät enthauptet. Zum Wohle des Dorfes. Wann immer Axion an dem Gerät vorüberging, senkte er den Blick. Und im Stillen wünschte er sich, dass wieder eine Felsdecke hinabfallen möge.

Als sie Axion holten, wehrte er sich nicht. Er hatte von seinem Ratsanteil an die Armen gegeben. »Es war doch mein Anteil«, sagte er ruhig. »Und für sie war doch sonst nicht genug da.«

Aber das Komitee verstand ihn nicht. Er hatte alle bestohlen, jeden einzelnen. Er wurde geschoren und in das Korrekturlager geschickt, wo er arbeiten musste, bis sein Kopf gar nicht mehr denken konnte. Manchmal kamen Schreie aus den großen Gebäuden, und dann arbeiteten alle noch viel schneller als vorher.

Als Fendriel viel später den Weg zum Dorf fand, war Axion schon lange tot. Er fand ein einziges Lager vor, durch das schwarz gewandete Wachen schritten, vor denen alle sich duckten. Der Gestank von Tod und Verzweiflung hing in der Luft. Er kehrte um und verschloss die Gänge wieder hinter sich.

Kein Dunkelelf betrat die Höhle des Dorfes jemals wieder. Die Kolonie war verloren, ein Geisterdorf, durch das die Schemen der Gefangenen huschten, immer den Blick gesenkt.

Wenn sich ein Dunkelelf an Axion erinnerte, spuckte er aus; sein Name wurde zu einem Fluch, zu einem Schreckgespenst, um die ausgemergelten Kinder zu ängstigen.

Rette sich, wer kann
Philipp Bobrowski

Grant wurde erwartet.

Drine stand im Eingang zur Wohnhöhle. Als sie ihn kommen sah, schüttelte sie den plärrenden Kinderhaufen ab und wieselte ihm entgegen. »Und, und, und?«

»Nichts!« Grant drängte sich an seiner Frau vorbei in die Wohnhöhle. »Schaff die Gören weg!« Die konnte er nun gerade noch ertragen. Durfte ein Koboldvater nicht ein bisschen Ruhe erwarten, wenn er von einer derart deprimierenden Mission zurückkehrte?

»Ab in die Aufzuchthöhle!«, befahl Drine den Bälgern.

Einer der Großen kam ihr zu Hilfe und trieb die Jährlinge vor sich her. Grant stieß einen tiefen Seufzer aus, als er sich auf die Strohmatten plumpsen ließ. Drine brachte ihm einen Wurzeltee.

»Mit Schuss?«, fragte Grant.

»Natürlich. Ich kenn dich doch.« Sie setzte sich ihm gegenüber und wartete, bis er gewillt war zu sprechen.

Grant versuchte sie unter gesenkten Augenlidern hervor zu beobachten. War sie wirklich so geduldig oder unterdrückte sie ihre Neugier nur? Er fand keine Antwort. Beinahe war er geneigt, sich darüber zu ärgern, dass er sich so selten darin versucht hatte, in Drines Gesichtszügen zu lesen. Aber es gab für einen richtigen Kobold schließlich Wichtigeres, als die Frauen zu verstehen.

Er nahm noch einen tiefen Schluck. Der Rum gab ihm ein wohliges Gefühl. Wie lange würde es in seiner Höhle noch diese wichtigste Zutat für seinen Wurzeltee geben? »Es gibt keinen Weg nach oben.«

Drine stöhnte. »Bist du sicher?«

»Was denkst du denn? Glaubst du, ich bin die letzten Tage aus reinem Vergnügen durch die Gegend gekrochen?«

Drine blickte zu Boden. »Entschuldige. Ich meine ja nur, ob du dich auch in der Nachbarschaft umgehört hast.«

»Ich hab es nicht gern getan, das kannst du mir glauben.« Allein der Gedanke an die Nachbarn verleitete Grant zu einem verächtlichen Schnauben. »Aber was blieb mir übrig?«

»Niemand hat einen Weg nach oben gefunden?«

»Niemand!«

»Auch Ernt nicht?«

»Was willst du immer mit Ernt?«, brüllte Grant. Er schlug sich mit der Faust auf die Brust. »Ich habe nichts gefunden! Niemand hat etwas gefunden!«

Drine duckte sich. »Ich dachte ja nur, weil seine Höhle die größte ist. Er lebt schon so lange hier, vielleicht ...«

»Sicher«, unterbrach er sie, »der alte Sack hat die größte Höhle. Aber das wird nicht immer so sein! Und dann steh ich bereit!«

Drine sprang auf und stampfte mit dem Fuß auf. Grant zuckte erschrocken zurück. So hatte er seine Frau noch nie ...

»Natürlich! Dieser verdammte Teufelssturm schneidet uns von der Oberfläche ab, wir sehen dem Hungertod ins Auge, und der feine Herr Grant weiß nichts Besseres, als sich über die Nachbarschaft aufzuregen, ganz besonders über seinen eigenen Vater!«

Grant überlegte, ob diese Frechheit nicht heftiger Widerworte und einer Klarstellung der Machtverhältnisse bedürfe, aber als er Drine in die Augen schaute, entschied er sich dagegen. »Ich weiß doch auch nicht, was zu tun ist.« Er hob kraftlos die Schultern, um sie gleich darauf mit einem weiteren tiefen Seufzer wieder fallen zu lassen.

»Aber wir müssen etwas tun!«, sagte Drine und wendete sich einem Gewaltmarsch durch die kleine Wohnhöhle zu.

Grant schaute wie gebannt auf ihren Zeigefinger, der bei jedem ihrer Worte die Luft im Raum in ein Links und ein Rechts zerschnitt.

»Unsere Vorratshöhlen sind bald leer! Unsere Kinder müssen essen, wir müssen essen. Wenn es keinen Weg nach oben gibt ...«

»Es gibt keinen.« Grant war unwohl bei dem Gedanken, sich das Heft völlig aus der Hand nehmen zu lassen.

»... dann muss es eben einen nach unten geben!«

»Waaas?« Grant sprang auf und lief seiner Frau hinterher, die nicht müde wurde, den Raum mit großen Schritten zu durchmessen. »Nach unten? Bin ich lebensmüde? Da hausen Monster, Elfen, Trolle und was weiß ich noch für grausame Kreaturen. Wir Kobolde taten immer gut daran, denen nicht in die Quere zu kommen!«

Drine machte auf der Ferse kehrt, und Grant konnte nicht rechtzeitig stoppen. Doch seine Frau stand wie eine Eiche.

»Willst du uns verhungern lassen?«

Selbst wenn Grant ein Ja hätte irgendwie als vernünftige Antwort werten können, er hätte sich nicht getraut, es auszusprechen.

Endlich war Grant wieder der Mann in der Höhle. Mit all seiner Erfahrung hatte er den Platz ausfindig gemacht, der ihm für eine Grabung in die Tiefe am erfolgversprechendsten schien. Schließlich hatte er die Gänge und Räume erschaffen, in denen er nun mit seiner Frau und dem dritten und vierten Wurf lebte. Und hier, einige wenige Schritte vor der fünften Beutekammer, dem tiefsten Punkt ihres Höhlensystems, hatte er den Gang nach unten befestigen müssen, weil er damals beim Graben an einer Stelle durchgebrochen war. Eine schweißtreibende Arbeit, die ihn viele Tage beschäftigt hatte. Getreu der Koboldweisheit: »Wer zu tief gräbt, schaufelt sich sein Grab«, war er sehr gründlich gewesen, als er das Loch zugeschüttet hatte.

Und jetzt zerstörten er und die Jungen aus seinem dritten Wurf dieses Schutzwerk, indem sie sich mit Schaufeln und Hacken einen Weg ins Dunkel kämpften. Drine hielt sich mit den Mädchen und den Jährlingen im Hintergrund. Solange sie bei der Arbeit nicht störten, sollten sie ruhig sehen, welch tüchtigen und mutigen Vater sie hatten, und wie sicher er die Jungs anleitete.

Er legte sich mächtig ins Zeug. Die Anstrengung tat gut und verdrängte die Gedanken an das, was ihm noch bevorstand. Jetzt, wo er wieder das Kommando übernommen hatte, erschien es ihm auch weit weniger bedrohlich. Er, der große Grant, hatte sich schließlich nicht umsonst den Ruf als draufgängerischer Beutejäger erworben. Kein Hof der Menschen auf der Oberfläche war vor ihm sicher gewesen, und nie gab es eine Zeit, in der seine Vorratskammern nicht gut gefüllt waren, bis vor zehn Tagen dieses seltsame Sturmgetöse aus der Oberwelt alles verändert hatte.

Grant taumelte. Beinahe wäre er seiner Schaufel hinterhergefallen, die vom Prasseln der rutschenden Erde mitgerissen wurde und in der Tiefe verschwand. Für den Bruchteil einer Sekunde klammerte er sich an einem seiner Söhne fest, dann stand er wieder aufrecht.

»Wir sind durch!«, sagte er. »Jetzt eine kleine Stärkung, ein bisschen Ruhe, dann mache ich mich auf den Weg.«

»Allein?«, fragte Drine.

Grant war sich nicht sicher, aber er glaubte Sorge in ihrer Stimme zu spüren. Vielleicht war es der Ton, den er auch gehört hatte, als sie ihn bei seinen ersten Beutezügen verabschiedet hatte. Aber was machte er sich bloß für seltsame Gedanken? »Natürlich allein. Bevor ich mich nicht auskenne, brauche ich niemanden, der mir im Weg rumsteht.«

»Nimm einen der Jungs mit. Nur zur Sicherheit.«

»Sicherheit, Sicherheit. Darum geht es ja.«

»Ein paar haben dich doch schon an die Oberfläche begleitet. Such denjenigen aus, der sich am besten gemacht hat.« Drine wartete keine Antwort ab, wählte zielsicher drei aus dem Haufen der Älteren aus und schob sie Grant entgegen.

Wie viele Kinder hatte er eigentlich? Zwanzig, dreißig? Waren es in den vorangegangenen Jahren auch schon so viele gewesen? Er betrachtete die drei Burschen, die vor ihm standen. Zwei von ihnen hielten die Köpfe gesenkt, der dritte, ein dreister Kerl mit einem fast schon braunen Kopfpelz, der für einen ordentlichen Kobold aber gerade noch dunkel genug war, funkelte ihn aus großen Augen an. Trotzdem kam er Grant nicht bekannter vor, als die anderen beiden, die ihm obendrein mit ihrer demütigen Haltung weit mehr zusagten.

Nur, für welchen der beiden sollte er sich entscheiden? Er begann im Stillen einen Abzählvers aufzusagen. Er verhaspelte sich, begann von Neuem. Aber Moment. So schön das mit der Demut auch war: Half ihm das dort unten wirklich weiter? Grant betrachtete erneut den Braunhaarigen. Möglicherweise war er ihm doch schon aufgefallen. Grant fühlte eine gewisse Neugier, strengte sein Gedächtnis an. Vielleicht der, an dem er sich vorhin kurz hatte abstützen müssen, um nicht ins Loch zu fallen? Oder der, der Drine geholfen hatte, die Bälger aus der Wohnhöhle zu treiben? Möglicherweise beides? Er war sich nicht sicher. Aber seine Entscheidung stand fest.

Er räusperte sich und zeigte mit dem Finger auf den Braunhaarigen. »Wie heißt du?«

»Blad.«

»Also gut, Blad. Wenn du etwas gegessen hast, suchst du nach zwei großen Buckelsäcken für uns. Bring außerdem Fackeln, Messer und Schleudern. Vergiss die Steine nicht und lass dir von deiner Mutter Proviant einpacken. Dann wartest du hier auf mich.«

Noch während Blad sich bedankte, verschwand er in der Beutekammer. Offenbar schien ihm das wichtiger zu sein, als erst einmal zu essen. Konnte man das schon als Befehlsverweigerung werten? Grant wollte mal nicht so sein. Er schaute zu Drine.

Ihre Lippen kräuselten sich zu einem geheimnisvollen Lächeln. »Eine sehr weise Entscheidung, die du da getroffen hast, mein kluger Ehemann. Sehr weise.«

Im Schein der Fackeln folgten sie dem Gang, der sich langsam, aber stetig in die Tiefe senkte. Seine Wände waren grob, aber kundig bearbeitet, alt und nicht beständig gepflegt wie die in einer Koboldhöhle, ja nicht einmal zu vergleichen mit den weit verzweigten unterirdischen Gängen im Koboldreich, nahe der Oberfläche. Doch es schien, dass irgendjemand oder irgendetwas diesen Weg in die Tiefe – oder aus ihr herauf – wenigstens hin und wieder zu nutzen schien. Grant hätte sogar fast darum gewettet: Es konnte noch nicht allzu lange her sein, dass jemand hier herumgekrochen war. Er musste auf der Hut sein. Er tastete nach dem Messer in seinem Gürtel. Es war die beste Klinge, die er je erbeutet hatte. Sie stammte aus der Werkstatt eines Schmieds, der in der Menschensiedlung unweit von Grants Höhle lebte und ihn daher lange Zeit unfreiwillig mit Waffen, Werkzeugen und sonstigen Gerätschaften versorgte, bis er sich – es war kaum zwanzig Tage her – zwei scharfe Wachhunde zulegte. Wie es dort oben jetzt wohl aussah? Grant konnte sich kaum vorstellen, dass bei diesem Stürmen, Poltern und Krachen, das von der Oberwelt bis in ihre Höhlen gedrungen war, auch nur ein Stein auf dem anderen geblieben war.

»Es riecht muffig hier.« Blad rümpfte die Nase.

Eigentlich war Grant doch froh, dass er seinen Sohn bei sich hatte. Aber das wollte er natürlich nicht zeigen, daher brummte er nur. Außerdem sollte einem richtigen Kobold der Geruch nichts ausmachen. Immerhin hielt sich der Junge zurück. Er trottete weitgehend stumm hinter ihm her und belästigte ihn nicht übermäßig. Die klare Rangordnung gab Grant auch das letzte Stück Selbstsicherheit zurück, an der Drines ungewöhnliches und ungebührliches Auftreten gekratzt hatte.

Schließlich erwachte in Grant der Lehrmeister. »Was fällt dir an diesem Gang auf?«

Blad schien überrascht. »Meinst du mich, Vater?«

»Wen sollte ich sonst meinen, du Dummkriecher?«

»Er führt immer nach unten, macht nur selten eine Wendung, und es gibt keine Höhlen und nur wenige Seitengänge.«

Blad musste bereits darüber nachgedacht haben, seine Antwort kam jedenfalls sehr schnell. Grant wollte ihn weiter prüfen. »Warum nehmen wir dann keinen der Seitengänge?«

»Ich schätze, weil dieser der breiteste ist. Er führt nach unten, wir wollen nach unten.«

»Was bist du nur für ein Klugschwätzer?« Grant ärgerte sich. Der Junge war wirklich gut. »Es ist vor allem das System. Wenn du dich gar nicht auskennst, musst du einen Weg nach dem anderen testen, bevor du dich verläufst. Still jetzt! Ich habe etwas gehört.« Grant blieb stehen, lauschte und leuchtete mit der Fackel das Dunkel aus.

Ein paar Schritte weiter sah er eine Öffnung in der Wand. Wahrscheinlich ein weiterer Seitengang. Wieder ein kratzendes Geräusch. Gleichzeitig ein Schaben. So als würde jemand einen Mantel aus grobem Leder tragen, während er einen scharfen Gegenstand am Stein wetzte. Jemand sehr großes. Jetzt roch es auch nach Gefahr!

Grant schaute sich nach einem Versteck um. Blad sah ihm eher gespannt als ängstlich dabei zu. Außer der Öffnung vor ihnen konnte Grant nichts entdecken. Und die war offensichtlich schon besetzt. Umkehren? Kam nicht in Frage! Die Aufgaben in einer Koboldfamilie waren streng verteilt. Er hatte für die Versorgung zu sorgen. Und seit er – mit ein wenig Hilfe seiner Frau, wie er sich eingestehen musste – einen neuen Weg gefunden hatte, der Hoffnung für die Zukunft bot, war die hemmende Verzweiflung neuem Tatendrang gewichen. Noch einmal sah er zu Blad. Dessen Neugier war durchaus koboldtypisch, wenn ihm auch ein bisschen mehr Vorsicht gut zu Gesicht gestanden hätte. Jedenfalls stand ihm sein Vater in Sachen Mut nicht nach.

Grant seufzte und tat einen Schritt zur Öffnung hin. Er lauschte. Nichts. Wieder ein Schritt. Stille. Noch drei Schritte. Grabesruhe. Grant war nur noch einen Schritt von der Öffnung entfernt. Er schob die Fackel vor und wartete. Noch immer kein Geräusch. Langsam drehte er sich zum Rand der Öffnung hin. Es roch wie aus einer Latrinenhöhle. Die Fackel beleuchtete einen kreisrunden Eingang. Doch ihr Schein reichte nicht weit. Irgendetwas stand ihm im Weg. Und dieses Irgendetwas stürzte auf einmal fauchend und kreischend vor, packte Grant und riss ihn in die Luft. Er verlor die Fackel und beinahe die Besinnung. Doch ein stechender Schmerz im Bauch holte ihn zurück. Er konnte sein Gegenüber noch immer nicht wirklich erkennen, doch der Gestank war unerträglich. Strampelnd versuchte er sich zu wehren.

Endlich ein Licht von hinten. *Blad!*, schoss es ihm in den Kopf. *Was macht er denn?* Er wollte sich umdrehen, doch sein Blick verharrte bei seinem Gegner: Ein Turm aus Armen mit krallen-bewehrten Händen, die fortwährend in die Luft grabschten, abgesehen von denen, die Grant im eisernen Griff hielten. Er musste an einen Tausendfüßler denken, aber der hier stand aufrecht auf einigen Hinterläufen, und die übrigen Glieder konnte man beileibe nicht als Füße bezeichnen. Lederne Schuppen schoben sich an ihm vorbei, bis er merkte, dass er es war, der langsam nach oben wanderte. Wie ein Staffelstab wurde er weitergereicht. Und dort oben, direkt unter der Decke des Gangs, etwa eineinhalb Koboldlängen über ihm, erwartete ihn ein zahnloses geiferndes Maul. Sein Herz setzte einige Schläge aus. Dies würde sein Ende sein. Grant begann wieder zu strampeln. Es schien seinen Weg zu verlangsamen, doch die Fäuste, die sich um ihn schlossen, ließen nicht locker.

»Ich höre trotzdem nicht auf!«, schrie er nach oben. »Wenn es sein muss, zappel ich noch in deinem hässlichen Wanst. Du sollst nicht denken, Kobolde seien leicht bekömmlich!« Er drehte sich von dem Biest weg, um sich ganz auf sein Strampeln zu konzentrieren. Da sah er Blad, der zu einem Spurt ansetzte. *Endlich*, dachte Grant und rief: »Sag Drine was Nettes, wenn du ...« Jetzt erst sah er das Messer in Blads kleiner Faust. »Dummer Junge!«

Die Klinge fuhr direkt unter Grant zwischen zwei der mächtigen Schuppenplatten in den Leib des Ungeheuers. Ein gellender Schrei. Der Körper des Viehs spannte sich. Blad stieß noch fester zu, rammte die Klinge immer tiefer. Die Pranken, die Grant hielten, lockerten sich, und er stürzte herunter wie ein überreifer Apfel, stieß mit Blad zusammen und fiel unsanft auf den Hosenboden. Beinahe hätte sie der zuckende Körper der Bestie unter sich begraben.

Sie gingen eine Weile schweigend nebeneinander her. Dann blieb Grant stehen und wandte sich Blad zu. »Was sollte das?«

»Was meinst du? Du warst in Gefahr, also habe ich dir geholfen.«

Grant schnaubte missmutig. »Was, wenn wir beide dabei umgekommen wären? Wenn dich dieser ... dieser ... Greifer einfach zum Nachtisch verspeist hätte? Nein, nein, ein Kobold muss zunächst ans eigene Überleben denken. Wenn alle so handeln würden wie du, gäbe es unsere Rasse vielleicht gar nicht mehr.«

»Was hätte ich also tun sollen?«

»Dich auf deine Aufgabe konzentrieren, natürlich. Nach Möglichkeiten suchen, unsere Familie am Leben zu halten. Du sollst keine Heldentaten vollbringen. Und jetzt komm! Rumstehen bringt uns auch nicht weiter.« Er drehte sich um und schritt voraus. *Kinder!* Er schüttelte den Kopf. Vorsichtig griff er sich unter die Jacke und befühlte seinen Bauch. Die Krallen des Monsters waren nur an wenigen Stellen durch den festen Stoff gedrungen und hatten einige Kratzer hinterlassen. Er konnte wohl von Glück sagen, dass der Greifer seine Krallen vornehmlich in den Buckelsack geschlagen hatte. Grant untersuchte ihn: Er sah ziemlich lädiert aus, würde aber seinen Zweck weiterhin erfüllen.

Nur wenig später wurde es heller im Gang. Eine letzte Biegung, und sie hatten den Ausgang erreicht. Vorsichtig ließen sie den Blick über die Landschaft schweifen, die sich vor ihnen auftat.

Sie waren am Ziel. Wüsste er es nicht besser, Grant hätte vermutet, sie seien doch irgendwie zur Oberfläche gelangt. Vor seinen Koboldaugen öffnete sich eine Halle, so weit, dass er ihre Grenzen nicht ausmachen konnte, so hoch, als bedecke sie nur der Himmel. Nicht weit von ihrem Standpunkt entfernt erstreckten sich Felder, die reiche Beute versprachen. Im Hintergrund spiegelten sich Lichter, deren Ursprung Grant nicht ausmachen konnte, in der glatten Oberfläche eines Sees, an dessen Ufern sich Bauten zu einer Stadt verbanden. Sie sah nicht wie das Werk von Menschen aus, beinahe schien sie in einträglicher Harmonie aus der Vegetation zu wachsen. Und doch sahen die Gestalten, die er jetzt nahe der Stadt entdeckte, bewegungslos und hochgewachsen wie unverrückbare Statuen, menschenähnlich aus.

Elfen vielleicht. Aber was auch immer, es sind Wachen. Wir müssen auf der Hut sein.

Grants Anweisungen waren kurz, aber präzise. Er wusste genau, was zu tun war. Ob Menschen, Elfen oder was für Wesen auch immer – eines war klar: Diese hier hatten noch keine Erfahrungen mit Kobolden. Mochten die Häuser gut bewacht sein, die Felder luden geradezu dazu ein, sie zu plündern.

Grant schlich voran bis zum Rand des Feldes. Dort legte er mit kleinen Steinchen ein Zeichen. »Mach den Buckelsack weit auf und lass dir nicht einfallen, zurückzukehren, bevor er nicht randvoll ist! Lass dir Zeit und wähle nicht nur das Erstbeste. Hab ein Auge auf die Wachen, werde nicht leichtsinnig oder übermütig. Wir treffen uns bei diesem Zeichen wieder. Wenn du vor mir hier bist, halte dich in der Deckung des Feldes, bis ich auftauche.«

Dann machte er sich selbst auf den Weg. Keine der Feldfrüchte, die hier angebaut wurden, war ihm von der Oberfläche bekannt. So probierte er sich durch und stellte fest, dass sie ihr Versorgungsproblem gelöst hatten.

Im ersten und größten Feld wurde eine Art Getreide mit schmalen Ähren und hellgelben Körnern angebaut. Langfristig könnte man die langen, blassen Halme gut als Polster- und Dämmmaterial verwenden, heute schnitt er nur die Ähren ab.

Er fand seltsame, aber wohlschmeckende Früchte. Sie wuchsen an großen Sträuchern und waren meist von gelber Farbe, kitzelten ihm aber besonders den Gaumen, wenn sie bereits ins Orange wechselten.

Er kostete von einigen hellgelben Beeren, die ihm aber gar nicht zusagten. Möglicherweise waren sie noch nicht reif.

Besonders freute er sich aber über das kräftige Gemüse: Er begeisterte sich für orangefarbene und violette Kohlpflanzen, buddelte kleine Salatpflanzen aus und wilderte sich schließlich durch ein Feld mit Sträuchern, an denen grüne und schwarze Gemüsefrüchte hingen, die beinahe die Länge seiner Arme erreichten und sie im Durchmesser noch übertrafen. Die schwarzen schmeckten ziemlich scharf, und Grant kam gleich in den Sinn, wie sie eine kräftige Suppe würzen könnten.

Im Schutz der Sträucher arbeitete er sich schließlich bis nahe an die Stadt heran. Er nahm sich die Zeit, um sie aus der Deckung heraus ein wenig auszukundschaften. Er selbst hatte noch nie einen Elfen gesehen, aber es gab ein paar Geschichten über sie, die Koboldmütter ihren Kleinen erzählten. Die hoch gewachsenen, schlanken Körper der Wachen, ihre schmalen Gesichter mit Ohren, die noch spitzer zuliefen als die eines Kobolds, erinnerten ihn daran.

Viel interessanter waren aber die offenen Gärten, die sich zwischen den Gebäuden zeigten und deren Pflanzen, wie er jetzt erkennen konnte, von denselben Lichtquellen gespeist wurden wie die Felder: Leuchtende Steine waren es, die hier unten das Licht der Sonne ersetzten.

Ein solcher Stein würde sich in meiner Höhle besser machen als das flackrige Wurzelfeuer. Und in den Gärten und Häusern gibt es sicher noch so manches zu holen. Die Aufregung ließ ihm die Hände feucht werden. »Ein anderes Mal!«, rief er sich zur Ordnung. Es gab noch ein letztes Feld zu prüfen, das nahe dem Seeufer angelegt war. Weil die Pflanzen dort keine Deckung boten, musste Grant hier besonders vorsichtig sein, als er die kartoffelähnlichen Knollen ausgrub. Aber die Wachen schienen sich keine großen Sorgen um Plünderer zu machen.

Es dauerte nicht lange und er hatte seinen Buckelsack bis oben hin voll gestopft und begab sich auf den Rückweg.

Blad wartete bereits auf ihn. Zufrieden bemerkte Grant den prall gefüllten Buckelsack seines Sohnes. Nun konnten sie sich auf den Weg machen.

Grant streckte vorsichtig den Kopf aus dem Feld, um sicherzugehen, dass der Rückweg frei war. Er konnte niemanden entdecken, ein kurzer Sprint und sie hätten den Gang erreicht. Von hier aus versteckte sich der Eingang hinter hohen Sträuchern, die entlang der mächtigen Felswand wuchsen.

Gerade wollte Grant Blad ein Zeichen geben, als er es nicht weit von ihnen entfernt rascheln hörte. Er duckte sich. Blad tat es ihm nach. Jemand kam durch das Getreidefeld auf sie zu. Jemand, der sich vorsichtig und geschickt bewegte. Nur hier und da war das Rascheln zu hören und jemandem, der nicht die Ohren eines Kobolds besaß, wäre vermutlich selbst das nicht aufgefallen.

Grant überlegte nur kurz, dann bedeutete er Blad, sich still zu verhalten. Er zog sein Messer. Wer immer da durch das Feld geschlichen kam, er würde es nicht leicht haben, einem Kobold seine Beute zu stehlen.

Um ein Haar wäre der Feldschleicher über Grant gestolpert. Grant zog gerade noch rechtzeitig den Kopf zurück, sprang auf und hielt das Messer vor sich, bereit es dem Feind in den Rücken zu rammen. Doch er hielt in der Bewegung inne.

»Ernt?«

Der Kerl rappelte sich auf. »Grant, mein Sohn. Na, du hast mir ja einen gehörigen Schrecken eingejagt.«

»Was willst du hier?« Grant behielt das Messer in der Hand.

»Na, du kannst Fragen stellen. Ich nehme an, dasselbe wie du: Nach neuen Beutegründen suchen.«

»Dann solltest du woanders suchen gehen. Diese hier sind schon besetzt!«

Ernt lachte. »Du glaubst doch nicht, dass du diese Felder für dich allein haben kannst?«

Grant trat einen Schritt vor. »Was ich glaube oder nicht, geht dich einen trockenen Käfermist an. Sieh zu, dass du hier verschwindest! Die Idee, hier unten zu suchen, hatte ich zuerst.« Grant drängte den Widerspruch, der sich in seinem Kopf zum Angriff sammelte, zurück. Hier ging es schließlich nicht um unbedeutende Details. Und Drine hörte ja nicht mit.

»Du weißt genauso gut wie ich, dass mir gar keine andere Möglichkeit bleibt.« Ernt sah ihm trotzig in die Augen. »Es gibt keinen Weg mehr an die Oberfläche.«

»Mir egal. Versuch es bei den Goblins oder den Erdwichten oder wo auch immer!«

»Vergiss es! Hab ich es dir nicht beigebracht? Wer sich mit den Goblins anlegt, legt sich mit den Trollen an. Und die Erdwichte werden von den Unterweltmenschen beschützt. Das wissen alle. Daher werde ich nicht der Einzige bleiben, mit dem du diese Felder wirst teilen müssen.«

Blad schaltete sich ein: »Könntet ihr ein bisschen leiser streiten, wenn das denn unbedingt sein muss?«

»Ist das dein Sohn, Grant? Er scheint mehr Grips zu haben als du. Vielleicht überspringt der ja eine Generation!« Ernt brach erneut in Gelächter aus.

Grant war in seinem Zorn beinahe froh über die Beleidigung, gingen ihm doch die sachlichen Argumente aus. Er konzentrierte sich darauf, eine noch drohendere Haltung einzunehmen. Das Messer zitterte in seiner Hand. »Den Grips hat er wohl eher von mir, du alter Runzelbuddler. Und jetzt mach dich vom Acker, sonst ...«

»Hör doch auf damit!« Blads Stimme flehte mit seinen Händen, die Grant an den Schultern zogen, um die Wette. »Wir sollten endlich hier weg!«

»Was fällt dir ...« Grant wurde schon wieder unterbrochen. Diesmal von einem Zischen und einem Stoß. Er drehte sich um, konnte aber nichts entdecken, bis er das Ende eines langen Pfeils aus seinem eigenen Buckelsack ragen sah. »Weg hier!« schrie er, als weitere Pfeile auf sie niederprasselten. Er packte Blad am Arm und zerrte ihn tiefer ins Feld. Aus den Augenwinkeln sah er Ernt in eine andere Richtung davonstürmen.

Der Pfeilregen hatte aufgehört. Die Angreifer wussten nicht, wo genau sie sich befanden. »Weiterlaufen! Immer in Deckung bleiben!«, rief Grant seinem Sohn zu. Doch als er wieder nach vorn schaute, ragte vor ihm eine riesige Gestalt auf. Ja, das war ganz sicher einer der Elfen, die er aus den Schauergeschichten kannte. Dazu musste er nicht einmal genau hinsehen. Er hatte auch keine Zeit dazu, denn er wäre fast in den Schwung der aufblitzenden Schwertklinge hineingelaufen. Gerade noch konnte er einen Haken schlagen und in eine neue Richtung laufen. Als der Schreck ihm wieder ein bisschen Atemluft ließ, schaute er sich um. Blad war noch hinter ihm. »Sie versuchen uns einzukreisen! Wir müssen so schnell wie möglich aus dem Feld raus!«

Zielsicher wendete er, um den kürzesten Weg zur Felswand und dem Gang zur Koboldwelt zu nehmen. Die Ähren der Getreidepflanzen schlugen ihm ins Gesicht, während sein Körper sich eine Schneise durch die blassen Halme brach. Körner flogen ihm in Mund und Nase. Ihr holziger Duft vermischte sich mit dem sauren Geschmack seines Schweißes. Und jetzt hörte er auch die Rufe. Wie bei einer Treibjagd riefen die Elfen von allen Seiten, als seien die Kobolde nichts weiter als verhuschtes Wild. Und sie verfehlten ihre Wirkung nicht. Grants Herz trommelte. Das Elfengeschrei vor ihm brachte ihn fast dazu, umzukehren. *Augen zu und durch!* Er preschte aus dem Feld heraus. Nur wenige Schritte von einer Elfenwache entfernt. Doch sein Ausbruch war für den Krieger zu überraschend, als dass er Grant hätte aufhalten können. Hinter sich hörte er Blad. Auch er hatte es geschafft. Doch schon hörte Grant wieder das Zischen eines Pfeils. *Keine Pause ... Keine Pause!*

Wenn sie nur nicht so lange Beine hätten. Grant traute sich nicht, sich umzusehen. Der Buckelsack hing ihm schwer auf den Schultern. Sollte er ihn abwerfen? Das war nicht unbedingt koboldhaft, aber im Notfall ...

Plötzlich hörte er hinter sich einen Ruf. Dann einen Schrei. Weiterlaufen! Jemand packte ihn an der Schulter. Er riss sich los, stolperte, fiel ... *Jetzt ist alles aus!* Grant grub die Fäuste in die Erde.

»Steh auf!« Jemand zog ihn am Arm. »Sie folgen uns nicht mehr.« Es war Blad.

»Was ist geschehen?« Grant richtete sich auf.

»Sie haben Ernt geschnappt.«

Grant atmete tief ein und prustete seinen Schrecken aus sich heraus. Dann schaute er zurück. Sie waren offensichtlich nur von einem der Elfen verfolgt worden, der nun aber zwei anderen zur Hilfe eilte, die sich am Rand des Feldes mit dem tobenden Ernt abplagten.

»Es waren nur drei!« Grant lachte. »Wenigstens bekommt Ernt, was er verdient. Auf geht's, nach Hause.«

Blad packte ihn wieder am Arm. »Willst du ihn wirklich den Elfen überlassen?«

»Willst du es nicht lernen? Jeder trägt seinen eigenen Buckelsack. Er gehört nicht mal zur Familie.«

Blad sah ihn ungläubig an. »Er ist dein Vater.«

Grant machte sich frei und stiefelte los. »Na und? Ich habe längst meine eigene Höhle, meine eigenen Verpflichtungen und meine eigenen Sorgen.«

»Dann grüß Mutter schön.«

Grant blieb stehen. »Bist du verrückt?«

Blad legte seinen Buckelsack ab. »Erzähl ihr ruhig, dass du mir dein Leben verdankst, dass dir das deines Vaters aber nicht wert genug war, um deinen Sohn zu unterstützen.«

Grant stampfte auf und wandte sich zum Gehen. »Ein Sohn, der mir den Gehorsam verweigert, ist es wahrlich nicht wert.«

Einen Moment dachte Grant, Blad werde das nicht durchziehen, dann aber hörte er, wie sich die Schritte seines Sohnes entfernten.

Grant hängte sich Blads Buckelsack vor den Bauch, den seine Wut zum Brodeln brachte. Er würde mit Drine ein ernstes Wort reden müssen. Hatte sie gewusst, was für einen nichtsnutzigen Kobold sie ihm da mit auf den Weg gegeben hatte? Pah! Das war überhaupt kein richtiger Kobold. Das sah man doch schon an seinen hellen Haaren. Rettete erst ihn aus den Klauen dieses Greifermonsters und wollte nun auch noch einen fremden Kobold aus der Gewalt der Elfen befreien. Ernt hätte das für Blad sicher nicht getan. Schließlich hatte er Grant diese Koboldweisheiten beigebracht. Grant erinnerte sich noch genau, wie streng Ernt gewesen war, als er ihn vor inzwischen über vier Jahren auf seinen Beutezügen in der Oberwelt unterrichtet hatte. Und ständig hatte er ihn mit seinen Brüdern verwechselt. Aber natürlich war das richtig so, das wusste Grant heute. Zu enge Bindungen würden der vielzähligen Koboldgemeinschaft nur schaden. Wen kümmerte es, ob ein einzelner Kobold überlebte, noch dazu, wenn es Ernt war.

Oder ich. Grant blieb stehen. »So ein Mist!«, rief er aus. In seinem Kopf rumorte es. Was würden die Elfen mit den beiden Kobolden anstellen? Die Geschichten erzählten von grausamen Kriegern, die kein Mitleid mit andern Völkern kannten.

Grant legte die beiden Buckelsäcke ab. Ein letztes Mal schnaubte er seine Wut durch die Nase, dann machte er sich auf seinen gar nicht koboldtypischen Weg.

Ernt lag verschnürt am Boden und Blad würde sich bald dazu gesellen. Während Grant sich Deckung suchend vorwärtsschlich, sah er, wie zwei Elfen sich von entgegengesetzten Seiten an den Baum heranpirschten, hinter dem Blad mit seiner Steinschleuder hockte, während der dritte Elf ihn mit seinem Bogen in Schach hielt. Nur noch wenige Schritte. Grant suchte in seinen Taschen nach einem geeigneten Stein. Sorgfältig zielte er. Der Elf sah den Stein nicht kommen, der ihm sicher eine mächtige Beule zaubern würde. Fast gleichzeitig mit seinem Bogen schlug er auf dem Boden auf.

Grant spannte schon wieder die Schleuder, um sich dem näheren der beiden anderen Elfen zu widmen. Der hatte Blad fast erreicht, und Grant musste sich beeilen. Der Stein traf ihn am Hinterkopf, doch nicht mit der nötigen Wucht. Der Elf sackte mit einem Schmerzenslaut auf die Knie und hielt sich die Wunde. Blad nutzte die Gelegenheit, um davonzulaufen, doch der dritte Elf griff nun zu seinem Bogen. Blad schrie auf und fiel. Der Elf kümmerte sich nicht weiter um ihn und zielte auf Grant. Jetzt war wohl die letzte Gelegenheit, das Weite zu suchen. Grant rannte los. Seine Koboldohren vernahmen in erschreckender Lautstärke, wie der Pfeil von der Sehne sprang. Grant schlug einen Haken, doch dann brüllte er seinen Schmerzensschrei in die fremde Welt. Hart krachte er auf den Boden. Sein Wimmern überdeckte die Schritte des herannahenden Elfen nicht. Stück für Stück schob Grant sich zurück. Seine Hand tastete nach dem Pfeil. Endlich fand sie ihn und zog ihn aus dem Boden. Der Elf hatte ihn nur um Haaresbreite verfehlt. Als er sich zu Grant herunterbeugte, bohrte sich sein eigener Pfeil in seinen Hals.

Grant eilte zu seinem Sohn. Gerade noch rechtzeitig, denn der Elf, den er am Hinterkopf getroffen hatte, torkelte auf Blad zu. »Hast du noch nicht genug?«, schrie Grant ihn an.

Der Elf blieb stehen und wandte sich ihm zu. Dabei wankte er leicht hin und her. Grant griff im Laufen nach seinem Messer und schleuderte es dem Feind entgegen. Ungläubig schaute der auf den schlicht geformten Griff der Waffe, die aus seiner Brust ragte.

Der Pfeil steckte in Blads Unterschenkel. Grant sprach beruhigend auf den Jungen ein, als er ihn aus der blutenden Wunde zog. Nachdem er einen notdürftigen Verband angelegt hatte, befreite er Ernt aus seiner misslichen Lage.

»Warum hast du das getan?«, fragte der alte Kobold.

»Ganz einfach: Ich wollte verhindern, dass du in der Elfenfolter sämtliche Koboldgeheimnisse ausplauderst.«

Ernt ballte die Fäuste. »Du ...« Er schaute Grant lange an. Dann lächelte er. »Ein guter Grund.«

Grant wandte sich wieder seinem Sohn zu, drehte sich aber noch einmal um. »Ich muss meinen verletzten Sohn und zwei volle Buckelsäcke nach Hause schaffen. Ich könnte etwas Hilfe gebrauchen. In den Säcken findet sich sicher etwas zur Entschädigung.«

Ernt lachte. »Na, was du da von mir verlangst. Versprich mir nur, dass wir uns, sollten wir uns hier wieder über den Weg laufen, nicht mehr so laut streiten.«

Grant sah zu Blad. In seinem Gesicht waren die Schmerzen zu lesen, doch seine Augen blickten zufrieden zu seinem Vater. Grant glaubte sogar, ein bisschen Stolz in seinem Blick zu sehen, aber wahrscheinlich täuschte er sich, er kannte sich da schließlich nicht so aus.

Er streckte Ernt die Hand entgegen. »Versprochen.«

Die Wartenden
Mandy Schmidt

»*Nichts kann ein Volk bis in alle Ewigkeiten trennen, Skah. Auch keine Magie. Er wird kommen, der Tag, an dem wir wieder unseren rechtmäßigen Platz einnehmen werden. Bald, Skah! Bald!*«

Skah wandte seinen Blick von dem magischen Tor ab, legte den Kopf in den Nacken und schaute zu dem schlanken Echsenkrieger empor. Stolz erfüllte ihn. Obwohl der Körper seines Vaters bereits zum größten Teil mit weißen Schuppen bedeckt war, waren dessen Krallen noch lang und scharf. Alles an ihm wirkte geschmeidig, seine Bewegungen, seine Gesten, mit denen er seine Worte unterstrich. Skah liebte diese Momente, in denen sie beide am Rand der Blutenden Höhle standen, das gläserne Tor betrachteten, und sein Vater ihm von seinem Traum erzählte.

Skah blinzelte und strich sich über seine schuppige Stirn. Manchmal schienen sie ihn verhöhnen zu wollen, diese Bilder der Vergangenheit. Immer häufiger verfolgten ihn die Worte seines Vaters. Doch der alte Hüter hatte vergebens gewartet. Nun stand er, wie so viele andere, aufgebahrt in der Nähe der Blutenden Höhle, und wartete im ewigen Schlaf darauf, dass sich das Tor öffnete und der Nekromant ihn zu neuem Leben erweckte. Skah hatte den Platz seines Vaters unter den zwölf Hütern eingenommen, bewachte mit ihnen das magische Tor und wartete darauf, dass es sich öffnete. Er bildete Schüler als Späher aus und hatte selbst mehr als einmal die mittlere Ebene besucht. Seine Schuppen begannen bereits das kräftige Grau zu verlieren und sich weiß zu färben.

Skah schnalzte mit der Zunge und schüttelte den Kopf. Das Tor hatte sich seit dem Tod seines Vaters keine Kralle weit bewegt. Falls es sich jemals öffnete. Falls es diesen sagenhaften anderen Teil ihres Volkes überhaupt gab. Langsam begann er den Skeptikern zu glauben, dass alles doch nur eine Legende sei. Es wäre vielleicht besser, er würde sich endlich eine Frau suchen und einen Nachfolger zeugen, als auf ein Wunder zu warten.

Er setzte sich auf den Rand des steinernen Brunnens, der in der Mitte der Höhle stand, und beobachtete die Tropfen, die von der Decke fielen und ihn langsam füllten. Es würde nicht mehr lange dauern, vielleicht noch drei oder vier Schlafphasen, und der Holzpflock, mit dem ein Loch in der steinernen Wand verschlossen war, würde herausgezogen und der Brunnen geleert werden, damit er sich erneut füllen konnte. Ein beruhigender Kreislauf. Es hieß, die Dunklen hätten sich diese Art der Zeitmessung ausgedacht, weil es hier in ihrer Welt keine Sonne gab. Skah runzelte die Stirn. Ein glühender Ball, der über eine blaue Kuppel wanderte, die man Himmel nannte? Unvorstellbar!

Er atmete tief ein und ließ die Luft durch den geöffneten Mund wieder entweichen. Während der letzten Schlafphase hatte sich der Fels bewegt. Einige Gänge waren verschüttet und neue hatten sich gebildet. Seitdem schmeckte die Luft bitter und fühlte sich in den Lungen stickig an. Selbst die kleinste Anstrengung ließ ihn nach Atem ringen. Seltsam. Die alten Geschichten hatten so ein Ereignis nie erwähnt. Die Urangst seines Volkes kam ihm in den Sinn: der Tod. Was wäre, wenn es keine Luft mehr zum Atmen gäbe? Wer würde dann das gläserne Tor bewachen? Und noch schlimmer: Wer würde ihn neben seinem Vater aufbahren, damit er dort des Tages harrte, an dem der Nekromant ihn zu neuem Leben erwecken würde?

Wenn sich das Tor jemals öffnete.

Ein Geräusch riss ihn aus seinen trüben Gedanken. Nein, da war nichts. Oder doch? Er betrachtete zweifelnd die felsigen Wände und musterte die Decke, die in diesem Teil der Höhle sehr niedrig war. Bedeutete das Beben, dass die Dunklen zurückkehrten und ihre Gänge und Höhlen zurückverlangten? Dieses Mal hoffte er, dass die Geschichten wirklich das blieben, was sie waren, und diese rätselhaften, verschollenen Wesen nicht mit dem Stein Eins geworden seien, um eines Tages wieder aus ihm hervorzutreten.

Skah erhob sich und hielt in der Bewegung inne. Wieder dieses Geräusch. Seine Zunge schnellte hervor und nahm den Geruch auf. Frisches Blut. Alarmiert sah er sich um. Das Geräusch war zu nah, als dass er rechtzeitig den Höhlenausgang erreichen könnte. Er hockte sich hinter dem Zeitbrunnen auf den Boden, gerade rechtzeitig, bevor der Schatten auftauchte. Vorsichtig spähte er an dem Fels vorbei. Das blasse Licht der Leuchtmoose, die den Zeitbrunnen säumten, wurde einen Atemzug lang von einem Gegenstand reflektiert. Skah grinste. Er spannte seine Muskeln an und verhielt sich still, bis die Gestalt nahe genug herangekommen war. Mit einem lauten Schrei sprang er auf und riss seine Arme in die Höhe. Lachend lief er um das steinerne Becken herum und auf Nor zu, der mit einem überraschten Ausruf zur Seite gewichen war und nun sprungbereit auf dem Boden saß.

Nor atmete erleichtert auf und erhob sich. Skah haute seinem Freund auf die Schulter und sagte grinsend: »Der Punkt geht an mich. Das kostet dich einen Dilgat.«

»Was war es dieses Mal?«

Skah deutete auf den Ring, den Nor an einer Schnur um seinen Hals trug.

»Ein verräterisches Stück. Das muss ich mir merken«, lachte Nor.

Dann hob er seinen Arm. Ein schelmisches Glitzern trat in seine Augen.

»Wenn du mir den Dilgat erlässt, dann teile ich mit dir.«

Die kopfgroße Kreatur, die Nor Skah vor das Gesicht hielt, versuchte sich zappelnd aus der krallenbewehrten Hand des Echsenkriegers zu befreien. Skah trat einen Schritt zurück.

»Bei den Dunklen, bin ich froh, dass es keine Beleidigung ist, die Gaben eines Freundes abzulehnen«, sagte er und schüttelte sich. »Riesenasseln. Nor, wie kannst du nur so etwas essen?«

Nor betrachtete die Assel, der bereits einige Beine fehlten, zuckte mit den Schultern, riss ihr ein weiteres Bein ab und steckte es sich in den Mund.

»Dein Dilgat hat mir definitiv zu wenig Beine«, nuschelte er mit vollem Mund. »Davon abgesehen mag ich kein Rattengetier. Außerdem gibt es diese hier in rauen Mengen«, fügte er schmatzend hinzu.

Skah musste über Nors Worte schmunzeln. »Du klingst wie Daád. Dein Vater würde stolz auf dich sein.«

Nor, der sich abmühte, den Panzer der Assel aufzubrechen, hob den Kopf. »Er wird, Skah, er wird! Unsere Väter werden sich wundern, wenn sie erkennen, wie viele Eigenarten wir von ihnen übernommen haben.«

Skahs Mundwinkel verkrampften sich. Nor sprach immer so, als stünde es außer Frage, dass das Tor sich bald öffnete und sie wieder mit ihren Vätern durch die Gänge streifen würden.

Nors Finger bohrte sich in Skahs Brust. »Bei den Dunklen, Skah! Du wirst doch unseren Traum nicht aufgeben!«

Skah schüttelte den Kopf. Verdammt, er war doch der Letzte, der sich nicht wünschte, an der Seite des Nekromanten zu stehen, wenn dieser in einem heiligen Ritual ihren Vätern ein neues Leben gab. Es war ein schöner Traum. Doch wie fest sich sein Freund auch daran klammerte: Um ihn zu erfüllen müsste sich erst das Tor öffnen. Doch daran zu glauben fiel Skah von Mal zu Mal schwerer.

Der Anblick, wie Nor genüsslich die Hornschalen der Assel aufbrach, blieb Skah erspart. Eilige Schritte näherten sich der Höhle. Er fuhr herum und erkannte Dark, der wild mit den Armen rudernd auf sie zulief. Schnaufend blieb der Hüter vor ihnen stehen und stützte sich mit den Händen auf seinen Knien ab.

»Schnell! Zur Höhle!«, keuchte er.

»Was ist passiert?«, fragte Skah.

»Der Ka´ad hat uns alle zum magischen Tor befohlen.«

»Alle zwölf auf einmal?«, fragte Nor erstaunt.

Dark nickte. »Das Tor ...« Er hielt inne und atmete tief ein. Dann fuhr er mit einem leichten Zittern in der Stimme fort: »Der Ka´ad sagt, die Zeit des Wartens ist vorbei.«

Ein krampfhaftes Husten schüttelte Nor. Er würgte das soeben verschluckte Stück Fleisch wieder hervor und spuckte es auf den Boden.

Skah runzelte die Stirn. Dark hatte sie schon öfter aufgezogen. Dieses Mal jedoch konnte er nicht den kleinsten Funken Schalk in dessen Augen entdecken. Darks unkontrolliert hervor schnellende Zunge und die dunklere Färbung seiner grauen Schuppen wirkten sehr überzeugend.

Er blickte fragend zu Nor, der unsicher mit den Schultern zuckte und den Rest seines Mahls auf den Boden warf. »Ein Befehl des Ka´ad ...«, sagte sein Freund und folgte Dark, der sich bereits im Laufschritt entfernte.

Skah zögerte und setzte sich dann ebenfalls in Bewegung. Er wollte sich das Spiel nicht entgehen lassen, das Dark mit ihnen spielte. Schon allein um ihm danach eine Lektion erteilen zu können.

Unterwegs schlossen sich ihnen die anderen Hüter an. Skah blickte in ihre vor Erregung verzerrten Gesichter. Darks freche Zunge war bekannt, aber hätte er wirklich alle anderen Hüter in sein Spiel einbezogen? Konnte es sein, dass er die Wahrheit sagte? Skahs Herz schlug hart gegen seine Brust. Sollte sich das Tor öffnen und sich der Wunsch seines Vaters wirklich erfüllen? Und wenn dieser Nekromant wirklich die Fähigkeit hatte, Tote zum Leben zu erwecken ... Dann wäre von heute an selbst die Angst vor dem Tod eine Legende. Er leckte sich über die Lippen. Wie oft hatten er und sein Vater den Weißschuppen zugehört, wenn sie von einem Tag erzählten, der nicht nur von Leuchtmoosen erhellt wurde.

Würde er dieses Wunder bald mit eigenen Augen sehen können? Er begegnete Nors Blick, der ihn triumphierend anlächelte. Er grinste zurück.

Doch plötzlich mischten sich beunruhigende Gedanken in seine Euphorie, die seine Schritte langsamer werden ließen. Sein Volk lebte gut so, wie es lebte. Wer wusste denn, ob diese lange Zeit der Trennung das Volk der Dämonen nicht mehr gespalten hatte, als das magische Tor allein? Das Volk der Wartenden hatte sich mit den Umständen arrangiert und weiterentwickelt. Wer konnte auch nur erahnen, wie sehr sich die anderen verändert hatten? Zu viele Fragen ohne die Antwort zu kennen. Er atmete tief ein und stellte sich in seinem Geist das langsame aber stete Tropfen von Wasser vor. Eine der ersten Übungen, die man als Späher von seinem Meister lernte, um den Geist zu sammeln und die Gedanken zu beruhigen. Er hieß die Ruhe, die ihn durchströmte, willkommen.

Er konnte jetzt nur warten und auf Antworten hoffen, wenn sie ihr Ziel erreichten.

Als sie die Blutende Höhle erreichten, war alles unverändert. Unschlüssig blieben sie stehen. Enttäuschte Laute stiegen aus einigen Kehlen auf. Skah wollte sich neben Nor auf den Boden hocken, als ein Dröhnen ihn auffahren ließ. Das Dröhnen wurde von einem Pfeifen abgelöst, das sich ins Unerträgliche steigerte. Nor presste sich die Hände auf die Ohren und stöhnte gequält auf. Wie alle anderen wurde auch Skah von dem schrillen Ton in die Knie gezwungen. Plötzlich war es vorbei. Die Stille wirkte im ersten Moment wie ein Schlag gegen den Kopf. Skah öffnete die Augen und blinzelte gegen das rote Licht an, das nun stärker als zuvor die Blutende Höhle durchdrang. Das Glas vor dem Tor war verschwunden.

Einer nach dem anderen richteten sich die Hüter auf. Sie starrten auf das Tor. Nichts rührte sich. Dann stieß Nor einen Jubelschrei aus. Andere fielen ein, bis ihr Geheul die Höhle erfüllte.

»Nor!« Skah versuchte, seinen Freund festzuhalten, wollte, dass er abwartete, wer sich hinter dem Tor verbarg, doch dieser lief wie von Sinnen auf die Öffnung zu ... und hindurch. Zwei andere Hüter folgten ihm. Skah hörte grausige Schreie, eine Gestalt taumelte aus der Höhle heraus – und wurde von einem Schatten zurück gerissen.

Das Schreien brach abrupt ab. Skah begegnete den ungläubigen Blicken seiner Gefährten.

Sie schienen eine Ewigkeit zu warten, ängstlich, geduckt, ohne zu wissen, was sie tun sollen.

Skahs Herz raste voller Erleichterung, als Schatten im Tor auftauchten. Doch diese Schatten bewegten sich zu ruckartig für einen Echsenmenschen und waren zu groß, um Nor oder einer der anderen Hüter zu sein.

Fast zeitgleich sprangen die Echsenkrieger auf und flohen aus der Blutenden Höhle.

Skah hörte über sein eigenes Keuchen hinweg Schritte hinter sich. War es ein Gefährte, oder war es eine der riesigen Gestalten, deren Schatten er am Tor gesehen hatte? Keine Zeit, sich umzudrehen. Skah bemühte sich, Ruhe zu bewahren, doch es wollte nicht funktionieren. Panik schoss wellenartig durch seinen Körper. *Wir führen den Tod mit uns.* Dumpf hallte der Gedanke durch seinen Kopf.

Als die Schritte hinter ihm verstummten, blickte er sich hektisch um. Er sah, wie die sonst so beherrschten Echsenkrieger kopflos davon liefen, zurück zu ihrem Volk, das Unheil auf den Fersen. Zusammen stolperten sie in die vor ihnen liegende Höhle – und mitten in die Menge hinein. Alle hatten sich versammelt, um auf Neuigkeiten von ihren Hütern zu warten. Nun brachten sie mehr als das mit.

Dem überraschten Aufschrei folgte Schweigen. Skah wandte sich um. Die Verfolger waren am Rand der Höhle stehen geblieben. Er hatte noch nie so eine unterschiedliche Ansammlung von Wesen gesehen. Zwei von ihnen meinte er als Trolle zu erkennen, da er diese Wesen bereits mit eigenen Augen gesehen hatte, die anderen konnte er nur anhand der Beschreibungen in den alten Geschichten zuordnen: Zwerge, Dunkelelfen, zwei Kobolde und sogar einen Erdwicht. Nur wirkten sie anders, als er sie sich anhand der Erzählungen vorgestellt hatte. Steif in ihren Bewegungen und die Gesichter bleicher als die weißeste Schuppe eines alten Echsenkriegers. Der Blick ihrer Augen wirkte abwesend. Sie trugen die unterschiedlichsten Waffen mit sich: Steinschleudern und Schwerter; Dolche und Speere. Ihre Kleidung konnte kaum als solche bezeichnet werden, da sie als unförmige Fetzen von den Körpern hingen. Skah schluckte aufsteigende Galle hinunter, als er sah, dass nicht nur der Stoff zerfetzt war. Rotes Fleisch schimmerte zwischen herunterhängenden Hautlappen hervor. Es floss kein Blut, trotz der grausigen Wunden. Skah schauderte. Sollten diese Wesen wirklich die Dämonen sein, auf die sie solange gewartet hatten?

Er war sich sicher, kein Wort von ihnen gehört zu haben, und doch wichen alle gleichzeitig zur Seite, als wären sie von einem Geist beseelt, um Platz für den größten unter ihnen zu machen, der sich bisher im Hintergrund gehalten hatte. Er schien im Gegensatz zu den anderen kaum Verletzungen zu haben, wenn man von der fleischigen Höhle absah, die sein linkes Auge ersetzte. Der Dämon trug eine Keule in der Hand, die im Verhältnis zu seiner Körpergröße geradezu winzig wirkte. Skah bezweifelte, dass er sie hätte heben können. Seine Augen fixierten den Gegenstand, den dieses Wesen auf seiner Brust trug. Einen Ring, der durch eine Schnur gefädelt war. Sein Freund hätte niemals das Geschenk seines Meisters hergegeben. Skah fühlte heiße Wut in sich aufsteigen. Tropfendes Wasser. Ruhe. Jetzt übereilt zu handeln würde nichts bringen.

Ein erstauntes Keuchen des Echsenkriegers neben ihm, ließ ihn den Kopf wenden. Er öffnete den Mund und schloss ihn wieder. Schwindel erfasste ihn, als er sah, vor wem das Volk der Echsenkrieger ehrerbietig zurückwich. Solange Skah denken konnte, hatte sich der Ka'ad nicht mehr unter sein Volk gemischt. Wenn er sich zeigte, stand er, vom Alter gebeugt, auf dem Felssims vor seiner Höhle, hoch über diesem Platz und blickte auf sie hinunter. Seine Befehle gab er durch seine Sprecher bekannt. Und nun war er mitten unter ihnen. Er hatte den rituellen Umhang um seine

Schulter gelegt, der, soviel Skah wusste, bisher nur einmal getragen worden war: Als der erste Ka´ad die Entscheidung traf, dass sein Volk hier auf die von ihnen getrennten Dämonen warten sollte.

Skahs Augen weiteten sich voller Unglauben, als der Ka´ad vor dem Riesendämon stehen blieb und auf die Knie fiel. Bisher hatte sich jeder vor dem Ka´ad verbeugt. Nun sah Skah den Anführer des Echsenvolkes selbst auf dem Boden kauern. Ein Echsenkrieger nach dem anderen folgte seinem Beispiel. Köpfe hoben sich und fragende Blicke trafen Skah, der noch immer stand. Dessen Erschütterung wuchs, als er den Gegenstand sah, den der Ka´ad in seinen Händen hielt und mit gesenktem Haupt den Dämonen darbot. Der Knochen eines Elfen, von dem Skah bezweifelt hatte, dass es ihn wirklich gab, da ihn bisher niemand gesehen hatte. Noch eine Legende, die plötzlich wahr wurde.

Der Dämon trat auf den Ka´ad zu. Er nahm den Knochen, musterte ihn erstaunt und hielt ihn sich an die Nase. Tief sog er den Geruch ein. Dann nickte er und steckte ihn hinter seinen Gürtel.

»Hier habt ihr euch also verkrochen.« Die Worte des Dämons hallten durch die Höhle. »Wer hätte gedacht, dass ihr wirklich so lange ohne uns zurechtkommt. Aber ihr schmeckt immer noch genauso widerlich wie ehedem.« Er spuckte geräuschvoll aus.

Skah ballte seine Hände. Tropfendes Wasser. Ruhig. Jetzt war nicht der richtige Zeitpunkt, um Nor zu rächen. Er begegnete dem Blick des Ka´ad. Erst jetzt bemerkte er, dass er der einzige war, der noch stand. Er beugte zögernd seine Knie.

»Du!«

Skah zuckte zusammen. Der Blick des Dämons schien sich in ihn hinein bohren zu wollen. Die erhobene Keule deutete auf ihn. »Du wirst in einhundert Atemzügen am Tor sein und uns begleiten. Wenn wir zurück sind, wirst du wissen, was es heißt, dem Nekromanten zu dienen. Man nennt mich Bran, der bisher jedem Dämon bedingungslosen Gehorsam lehrte.«

Er wandte sich dem Ka´ad zu. »Ich hoffe, ihr habt die lange Zeit klug genutzt, euch auf diesen Tag vorzubereiten und Wege in die Oberwelt zu finden. Denn das ist unser Ziel.« Sein noch vorhandenes Auge streifte Skah, bevor er sich, ohne eine Antwort abzuwarten, umdrehte und mit den anderen Dämonen die Höhle verließ.

Die Echsenkrieger verharrten in ihrer knienden Haltung. Nur langsam wich die Anspannung von ihnen. Gemurmel erhob sich. Die Stimmung schwankte zwischen Freude, Unglauben und Er-schrecken. Skah blickte verwirrt in die Gesichter der anderen. Er verstand nicht. Bedingungsloser Gehorsam? Das hatte selbst der Ka'ad nie von ihnen verlangt. Es gab Gesetze, die man befolgen, und Befehle, die man ausführen musste. Aber bedingungsloser Gehorsam? Warum bemerkte niemand, dass drei Hüter fehlten? Nor war nicht wie sonst an seiner Seite. Sahen sie das nicht? Oder wollten sie es nicht sehen?

Der Ka'ad trat auf ihn zu.

»Ich werde dir Dark mitgeben«, sagte er. Sein Blick hielt Skahs fest. »Macht eure Sache gut.«

»Aber wir waren nie ...«

»Du wirst einen Weg finden, Skah«, fiel ihm der Ka'ad ins Wort. »Auch wenn du einer der zwölf Hüter bist, zähle ich dich noch immer zu einem meiner besten Späher. Du warst bereits in der mittleren Ebene. Du wirst auch einen Weg darüber hinaus finden.«

Damit wandte er sich um und stieg, ohne noch einmal einen Blick zurückzuwerfen, die in den Fels gehauenen Stufen zu seiner Behausung empor.

Skahs Blick suchte die Menge ab. Dann entdeckte er Dark, der ihm zunickte und dann zu seiner Höhle eilte. Skah folgte seinem Beispiel. Einige Streifen getrockneter Dilgat als Proviant für unterwegs waren schnell zusammengebunden und mit einem Strick an seiner Hüfte befestigt. Bevor er die Höhle verließ, drehte er sich noch einmal um. Er atmete tief ein und versuchte den bohrenden Schmerz in seinem Inneren zu verdrängen. Oh, Nor, warum hast du nicht warten können? Skah presste sich die Faust gegen die Schläfen. Tropfendes Wasser. Ruhe. Er versuchte seine

Gedanken zur Klarheit zu zwingen. Er wusste, dass der Befehl des Ka'ads Gesetz war. Aber er konnte den Tod seines Freundes nicht einfach so hinnehmen. Bei den Dunklen! Gab es denn keine Alternativen?

Er kniff die Augen zusammen. Nors Gesicht tauchte vor ihm auf. Sein schelmisches Grinsen, wenn er ihn mal wieder ausgetrickst hatte. Seine gespannte Miene, wenn Skah ihm die alten Geschichten erzählte, wie er sie von seinem Vater kannte. Dann schob sich ein anderes Bild vor das Gesicht seines Freundes: ein Dämon mit dem Namen Bran. Ein ungeheuerlicher Gedanke kam Skah in den Sinn: War es vielleicht ein Fehler, den Dämonen zu trauen? Konnte es sein, dass der Ka'ad irrte, wenn er ihm befahl, mit diesen Wesen zusammenzuarbeiten? Skah kämpfte mit sich. Hatte er nicht immer zu den Dämonen gehören wollen? Sich gewünscht, dass sein Vater wieder lebte? Und dann ersann er solche Gedanken! Was war nur plötzlich los mit ihm? Er atmete tief durch und horchte noch einige Atemzüge in sich hinein. Als er keine Antwort fand, öffnete er die Augen und schnalzte entschlossen mit der Zunge. Wenn es jetzt keine Lösung für seine Fragen gab, dann morgen. Oder übermorgen. Er musste nur darauf vertrauen, dass sich ihm der richtige Weg zeigen würde.

Dark wartete bereits vor der Blutenden Höhle auf ihn. Schweigend blickten sie sich an, bevor sie aus den Schatten der Felsen traten und sich den versammelten Dämonen näherten. Skah presste seine Kiefer fest aufeinander. Mit ihm und Dark bestand die Gruppe aus zwölf Gefährten. Die gleiche Anzahl, wie sie Hüter gewesen waren.

Sein Schritt stockte. Das konnte doch nicht sein!

»Nor!«, rief er und lief auf seinen Freund zu. Langsam wandte sich Nor um. Stumm sah er ihm entgegen. Skah blieb verwirrt einige Meter vor ihm stehen. »Nor?« Fragend schaute er von Nor zu Bran und wieder zurück. Der Blick seines Freundes schien durch Skah hindurch zugehen. Skahs Lippen verzogen sich schmerzlich, als er die tiefe Wunde am Hals seines Freundes sah. »Nor…«, flüsterte er, streckte seine Hände aus und ließ sie wieder sinken.

Bran musterte Skah interessiert, ohne einzugreifen. Ein Lächeln umspielte seine Lippen. Dann hob er den Arm und bedeutet den Dämonen, sich hinter ihm zu sammeln. Nor wandte sich zeitgleich mit den anderen um und folgte widerspruchslos Brans Befehl.

Der Dämon, der Skah um drei Köpfe überragte, beugte sich zu ihm herunter und grinste ihn an. »Deine Lektion hat begonnen, Echsenmensch.« Skah bemerkte ein gefährliches Glitzern in Brans Augen. »Ich bin gespannt, wie viel Gehorsam ich dich lehren muss.«

Die Dämonen nahmen Dark in ihre Mitte. Nor reihte sich neben seinem einstigen Gefährten ein, zeigte jedoch auch ihm gegenüber kein Erkennen. Skah wurde neben Bran an die Spitze der Dämonen befohlen. Bran gab ein zügiges Tempo vor, und Skah hatte nicht wenig Mühe, mitzuhalten. Gleichzeitig versuchte er seine Gedanken zu ordnen. Nor lebte! Er benahm sich zwar seltsam, aber das musste an seiner Verletzung liegen. Ob die anderen beiden Hüter auch noch lebten? Er hätte sich zu gern zu Nor umgedreht, doch Bran behielt ihn trotz des schnellen Laufs im Auge und gab ihm keine Möglichkeit, innezuhalten. Vielleicht bildete Skah sich auch alles nur ein und beurteilte das Verhalten der Dämonen zu skeptisch. Sie waren anders, ja. Kein Wunder, nach der langen Zeit der Trennung. Aber trotzdem gehörten sie alle zu einem Volk. Vielleicht … Tropfendes Wasser. Ruhe. Er musste unbedingt mit Nor reden. Vielleicht sollte er einfach den Auftrag des Ka´ad ausführen und dann würden er, Nor und Dark in die Unterwelt zurückkehren. Ja, das war ein guter Plan. Skah atmete tief durch.

Nach einer Ewigkeit, wie ihm schien, machten sie an einer Kreuzung Halt, von der zwei weitere Gänge abzweigten. Er sank erschöpft zu Boden, seine Beine fühlten sich an, als wären sie zu Stein geworden. Er hob den Kopf und beobachtete die Dämonen, die sich ebenfalls auf den Boden niederließen. Widerwillig musste er ihnen Bewunderung zollen. Sie schienen weder geschwächt noch müde zu sein. Selbst Nor, der bisher jeder Anstrengung aus dem Weg gegangen war, schien das Laufen nichts ausgemacht zu haben. Seltsam. Skah schüttelte verwundert den Kopf. Er versuchte, Nor auf sich aufmerksam zu machen, aber sein Freund saß zwischen den Dämonen und wandte ihm den Rücken zu. Noch so ein Rätsel, das es zu lösen gab: War es Absicht, dass Nor ihn wie Luft behandelte?

Skah wandte den Kopf und blickte direkt in Brans unversehrtes Auge. Der Dämon hatte sich ihm gegenüber gesetzt und schien ihn die ganze Zeit beobachtet zu haben. Er hatte den Elfenknochen aus seinem Gürtel gezogen und kratzte damit über den Boden. Skah fluchte verhalten, hatte er doch gehofft, wenigstens mit Dark reden zu können.

»Erzähle mir, was du über uns weißt, Echsenwurm«, forderte Bran ihn auf. Der fixierende Blick des Dämons und das kratzende Geräusch des über den Boden schabenden Elfenknochens machte Skahs Versuch zunichte, seine Gedanken klar und ruhig zu halten. Seine Hände verkrampften sich ineinander.

»Wir sind ein Volk«, antwortete er.

Brans mächtiger Körper schüttelte sich vor Lachen. »Ein Volk? Wer hat euch dieses Märchen erzählt?«

Skah blickte den Dämon verwirrt an.

»Beim mächtigen Nekromanten, Echsenwurm, das ist köstlich.« Bran steckte den Knochen in seinen Gürtel und neigte sich vor. Das Grinsen auf seinem Gesicht verursachte Skah eine Gänsehaut.

»Willst du die Wahrheit wissen, Echsenwurm? Niemand weiß, aus welchen Tümpeln ihr gekrochen seid. Doch wir hatten unseren Nutzen an euch. Soll ich dir verraten, welchen?« Bran grunzte selbstgefällig. »Ihr wart schon immer miserable Kämpfer gewesen, und ich glaube nicht, dass sich das geändert hat. Aber wir konnten euch als Späher einsetzen oder dafür, uns den Rücken freizuhalten. Ihr wart viele, und warum sollten wir einen von uns opfern?« Der Dämon lachte erneut. »Es gab noch einen zweiten Grund, Echsenwurm. In Zeiten, wo es magere Beute gab ... na ja, ihr schmeckt zwar nicht besonders gut, aber für die Stärkung unserer Untoten genügt selbst euer Fleisch. Wir sind die rechtmäßigen Herrscher der Welt, Echsenwurm. Und ihr ...« – er zuckte mit den Schultern – »... ihr werdet uns solange dienen, bis wir euch nicht mehr brauchen.«

Skah starrte Bran stumm an. Selbst wenn sich sein Kopf nicht so leer wie ein ausgehöhlter Stein angefühlt hätte, hätte er keinen Ton aus seiner zugeschnürten Kehle bringen können. Die Legenden von einem gemeinsamen Volk sollten eine Lüge sein? Seine Hände krallten sich noch fester ineinander. Er spürte nicht das Blut, das unter seinen scharfen Nägeln hervorquoll. Alles, was die Weißschuppen dem Volk der Echsenmenschen überliefert hatten, musste wahr sein! Bran verhöhnte ihn, wollte ihn verunsichern. Ja, genau so musste es sein.

Skah wandte sich von Bran ab, legte sich auf den Boden und rollte sich zusammen. Wenn Bran ihn mit dieser Art Lügen Gehorsam beibringen wollte, dann würde er an Skah einen harten Stein zu knacken haben.

Der folgende Tag verlief wie der vorherige. Die Dämonen folgten ihm und Bran stumm und ausdauernd, und für Skah gab es keine Möglichkeit, mit Nor oder Dark zu reden. Fluchend steuerte er auf die Stelle zu, von der aus er einst in die mittlere Ebene gelangt war. Dort gab es zwei Abzweigungen. Es war der Ort, an dem er sich entscheiden musste, was er tun sollte. Auch ohne vorher mit seinen beiden Gefährten gesprochen zu haben.

Viel zu schnell hatten sie die kleine Höhle erreicht.

Erschüttert blieb Skah stehen. Er schluckte. Hatten ihm die Dunklen die Entscheidung abgenommen? Sollte er es als einen Fingerzeig von ihnen deuten? Er spürte Brans Hand, die sich schmerzhaft um seine Schulter krallte.

»Ich hoffe für dich, dass der freie Gang der unsere ist!« Drohung schwang in der Stimme des Dämons mit. Skah wandte sich von dem mit Felsbrocken blockierten Weg ab, der in die mittlere Ebene führte und dem anderen Gang zu. Zur Welt der Trolle.

»Ja, das ist unser Weg«, sagte er und hoffte, dass Bran das Stocken in seiner Stimme nicht bemerkte.

»Wir werden sehen«, sagte Bran und stieß ihn in den Gang hinein.

Blitze zuckten vor Skahs Augen. Das Atmen fiel ihm immer schwerer, und er hatte alle Mühe, den Schwindel zu bekämpfen, den der Mangel an Luft ihm bereitete. Die Felsen rechts und links von ihnen rückten näher. Immer häufiger mussten sie sich durch Verengungen zwängen, was nicht ohne blutige Risswunden ablief. Wasser tropfte auf sie nieder. Als Bran immer lauter fluchte, sah Skah erleichtert, wie die Felswände zurückwichen und sich zu einer Höhle formten. Er blinzelte. Das Licht war schwach und doch blendete es seine an die Dunkelheit gewöhnten Augen. Er verkniff sich einen erstaunten Ausruf. Nur wenige Male war er am Rand des Dschungels gewesen, aber von dieser Seite hatte er ihn noch nie betreten. Die Gänge mussten sich durch das Beben verschoben haben, so unmöglich ihm das auch schien. Jetzt verstand er auch, warum der Fels auf ihrem Weg hierher feucht und die Luft so schwer zu atmen gewesen war.

»Licht!«, rief Bran aus und schlug Skah auf die Schulter. »Dann ist die Oberwelt nicht mehr weit entfernt. Du lernst, Echsenwurm.« Skah biss sich auf die Lippen. Er hatte nicht daran gedacht, dass die Dämonen nichts von dem Dschungel in der unteren Ebene wissen konnten, hatten sie doch ihr magisches Gefängnis nicht verlassen können.

Das Licht wurde von Leuchtmoosen abgegeben, die den Rand des Dschungels säumten. Dieses Gewächs leuchtete noch viele Wachperioden, nachdem es abgeschnitten wurde – der einzige Grund für die Späher des Echsenvolkes, den Dschungel überhaupt aufzusuchen und das Gewächs in ihre Höhlen zu bringen.

Der Dschungel barg unheimliche Gefahren. Wenn sie dort hineingingen, gab es kein Zurück mehr. Vor langer Zeit hatten sich einige unvorsichtige Echsenkrieger weiter als ein paar Meter in diesen Flechtenwald hinein gewagt. Heute wartete keiner mehr auf ihre Rückkehr. Er würde nicht nur sich, sondern auch Nor und Dark in den Tod führen. Doch gab es eine andere Möglichkeit? Bran würde ihn töten, bevor er den Vorschlag zur Umkehr auch nur andeutete, wähnte er sich doch so nah an der Oberwelt. Die flechtenartigen Pflanzen, die von der Decke herab bis fast auf das Moos und das niedrige Gestrüpp hingen, das den Boden bedeckte, wirkten zerbrechlich, doch das war nur Schein. Hier am Rand hatte Skah einst einen Troll gesehen, fast vollständig in Flechten eingehüllt. Er war vor dem Entsetzen in dessen totem Blick geflohen.

Skah atmete tief ein und wandte sich zu den Dämonen um. Irrte er sich, oder hatten sie sich verändert? Sie schienen immer unruhiger zu werden. Ihre Wunden sahen schlimmer aus, als er sie in Erinnerung hatte. Wie konnte das sein? Nor leckte sich dauernd die Lippen und starrte ihn und den anderen Hüter an. Selbst Brans fleischige Wunde im Gesicht schien sich verschlimmert zu haben.

»Wir rasten hier«, bestimmte der Dämon, betrat das Moos und ließ sich darauf nieder. Er bedeutete Skah, sich neben ihn zu setzen. Skah folgte der Aufforderung zögernd. Etwas in Brans Blick ließ ihn misstrauisch werden.

»Sieh hin, Echsenwurm«, sagte der Dämon und deutete auf die anderen. »Sie sind nicht gerade intelligent, aber sie gehorchen mir, und ich muss mich um sie kümmern. Haut, die zu zerfallen beginnt, schwächt selbst einen untoten Körper. Frisches Fleisch ist ihr Lebenselixier und gibt ihnen verlorene Kraft zurück. Das verstehst du doch, oder?« Er grinste ihn an. »Dich brauchen wir noch.«

Er nickte den Dämonen zu, und dann spielte sich etwas vor Skahs Augen ab, das er sich in seinen kühnsten Albträumen nicht hätte ausmalen können. Er kniff die Augen zusammen und hatte doch bereits zu viel gesehen. So fest er auch die Hände auf seine Ohren presste, sie konnten nicht das Geräusch der grellen Schreie aussperren, die Dark ausstieß, als sich die Dämonen auf ihn stürzten und ihn auseinanderrissen. Er hörte das Brechen von Knochen, das Zerreißen von Fleisch, begleitete von gierigem Schmatzen. Galle stieg in ihm hoch und brannte auf seiner Zunge, doch hatte er nichts in sich, was er erbrechen konnte. Tränen liefen ihm über die Wangen. Erst als die Geräusche verstummt waren, öffnete er die Augen.

Bran kaute genüsslich an einem Knochen, von dem Skah nicht deuten wollte, welcher Teil Darks es war.

»Du wirst dich an den Anblick gewöhnen, Echsenwurm«, sagte der Dämon und warf den abgenagten Knochen achtlos hinter sich. »Eines Tages, wenn du dir diese Ehre verdient hast, wirst du ein Untoter sein. Dann wirst auch du nicht genug von frischem Fleisch bekommen können.«

Skah wandte sich von ihm ab. Angeekelt sah er die Veränderung, die mit den anderen Dämonen vor sich gegangen war. Zuvor klaffende und schwärende Wunden waren jetzt kaum mehr als leichte Schnitte. So grauenvoll das Bild auch war, konnte er seinen Blick nicht abwenden und sah zu, wie sich bei einem der Untoten die Haut langsam über einer eiternden Wunde schloss. Doch das Schlimmste für ihn war Nors blutverschmiertes Gesicht. Die schlimme Halswunde war kaum noch zu sehen. Skah erkannte, dass es für ihn keine andere Möglichkeit mehr gab. Dieses Wesen hatte nichts mehr mit seinem Freund Nor gemein. Hatte er zuvor noch überlegt, wie er Bran zur Rückkehr bewegen könnte, glaubte er nun den Worten des Dämons. Die Alten hatten gelogen, und sein Traum eines vereinten Volkes, der Traum seines Vaters, gemeinsam auf der Oberwelt zu herrschen, war eine einzige Illusion. Es gab keinen Grund zur Umkehr. Für ihn nicht und für Dark und Nor ebenfalls nicht.

Bran erhob sich und schaute Skah fragend an. Skah deutete entschlossen in die Dunkelheit des Dschungels hinein. »Dort entlang.«

Skah schaute sich immer wieder nervös um, je tiefer sie in das Dickicht eindrangen. Alles schien ruhig. Ein leises Rascheln begleitete ihre Schritte. Es beunruhigte ihn nicht weiter – bis es sich veränderte. Sie überquerten gerade eine kleine, mit Leucht-moosen übersäte Lichtung, als das Rascheln lauter wurde. Das Moos schien sich an einigen Stellen zu bewegen.

Er fuhr herum, als Bran fluchtend stehen blieb und seine Keule schwang. Die beiden Dämonen hinter ihm stießen gequälte Schreie aus und fingen plötzlich an zu springen. Skah sah horn-bewehrte Mäuler, die aus dem Moos heraus nach ihnen bissen. Bran schlug auf den Arm eines Untoten ein, an dem ein zappeln-des Etwas hing. Aus diesem Knäuel wuchsen sechs haarige Beine und zwei Scheren, die mit spitzen Zähnen bewehrt waren. Als alle Hiebe nichts nutzen, griff Bran danach und riss es entzwei. Ein fürchterlicher Gestank breitete sich aus. Zwei andere Untote, die mit diesen Wesen übersät waren, taumelten kreischend in einen Vorhang dickfleischiger Lianen hinein. Voller Grauen sah Skah, wie sich die Pflanzen in Sekundenschnelle um ihre zuckenden Leiber wanden, bis nichts mehr von ihnen zu sehen war.

»Lauft!«, schrie Bran und stieß ihn vor sich her, immer tiefer in den Dschungel hinein, ohne sich darum zu kümmern, was mit seinen zwei Gefährten passiert war. Der dichte Pflanzenwuchs behinderte ihre Flucht. Sie hörten lautes Geraschel über ihren Köpfen, als ob ein großes Wesen durch das Geflecht brach, und dann gellende Schreie hinter ihnen.

»Wurm!« Bran packte Skahs Nacken und zwang sein Gesicht zu sich herum. »Solltest du uns in eine Falle gelockt haben, ist es Zeit für dich zu beten.«

Kaum waren die Worte verhallt, als Skah einen Gegenstand auf sich zufliegen sah. Bran, der ihn im gleichen Augenblick be-merkte, riss ihn mit sich zu Boden. Neben ihnen fiel ein Speer zu Boden, an dessen Ende eine Knochenspitze befestigt war. Skah hob den Kopf und konnte sich einen überraschten Ausruf nicht verkneifen. »Trolle!«

Bran stieß höhnisch die Luft aus. »Trolle. Selbst du Wurm müsstest wissen, dass dieses elende Volk in der unteren ...« Er stockte und starrte ihn an. Skah sah deutlich das Erkennen in seinem unversehrten Auge heraufdämmern.

Bran sprang zeitgleich mit ihm auf. Skah wich der zupackenden Hand aus, doch die scharfen Krallen der Dämonenhand zogen blutige Risse über seine Brust. Er schrie erschrocken auf. Ein Schatten flog auf ihn zu und traf seine Schulter. Er hörte seine Knochen brechen, bevor er den Schmerz spürte. Er sah leuchtendes Moos vor seinen Augen. Warum ...? Er lag am Boden! Er konnte nicht richtig atmen und rang mühsam nach Luft. Ein brennender Schmerz in Schulter und Brust zeigte ihm, dass er noch lebte. Mühsam wälzte er sich auf den Rücken und blinzelte den Schatten von seinen Augen. Er sah Bran über sich, der seine Keule hob. Reflexartig sprang er auf, wurde aber gleich wieder durch den Tritt eine Trolls gegen seinen Oberschenkel zu Boden geworfen. Das rettete ihm das Leben, denn Brans Keule sauste an ihm vorbei und spaltete den Schädel des Angreifers. Miteinander kämpfende Leiber von Trollen und Untoten wälzten sich um sie herum auf dem Boden. Skah mobilisierte seine letzten Kraftreserven und nutzte die Chance, Abstand zwischen sich und Bran zu bringen. Er hörte dessen wütenden Schrei, weil der Dämon von Trollen aufgehalten wurde und ihm nicht folgen konnte. Skahs Wille, zu überleben, trieb ihn vorwärts. *Du musst laufen, Skah*, sagte er sich. *Laufen.* Er fiel zu Boden, raffte sich wieder auf. Einmal, zweimal. Der Lärm der Kämpfenden wurde leiser, bis er ganz erstarb. Er stieß benommen gegen einen Felsen, fiel nieder und krallte sich an dem Stein fest. Mühsam hob er den Kopf und sah eine Höhle vor sich. Er dachte nicht darüber nach, was für einen Bewohner sie verbergen mochte, sondern kroch hinein und rollte sich zusammen. Sein Atem ging stoßweise und er hielt seine Augen geschlossen. Bilder wirbelten vor seinem inneren Auge umher. Nor, der Dschungel. Sein Vater! Er durfte nicht zulassen, dass er zu neuem Leben erweckt wurde. Er durfte nicht zulassen, dass er zu solch einem Wesen wurde. Der letzte Gedanke, den er noch greifen konnte, bevor der Schlaf ihn übermannte, war, dass er letztendlich Rache genommen hatte. Für Nor. Für seine eigenen zerstörten Träume.

Der Fels drückte hart gegen Skahs Rücken. Er drehte sich auf die Seite und versuchte die Stimme auszusperren, die ihn bereits im Traum verfolgt hatte. Doch das Gemurmel wollte nicht verstummen. Er brauchte Kraft, um seine Lider zu heben und sah ein dunkelgrünes Wesen vor sich sitzen, das beständig vor sich hin brummte. Erstaunt bemerkte er Schwimmhäute zwischen dessen Fingern und Zehen. Auf dem Kopf trug es ein seltsames Gestrüpp und seine Augen waren so dunkel, wie der schwärzeste Fels, den er je gesehen hatte. Langsam erinnerte Skah sich an das, was geschehen war.

»Hast Glück gehabt. Ja, das hast du«, sagte das Wesen und schob ihm vorsichtig ein Blatt zu, auf dem Skah tote Insekten liegen sah. Er versuchte zu sprechen, leckte sich über seine trockenen Lippen und versuchte es noch einmal: »Ich muss zurück. Zu meinem Vater.«

Er brach ab, als ein Schmerz in seiner Schulter ihn zusammenzucken ließ.

»Wir werden sehen«, sagte das Wesen und begab sich zum Höhlenausgang. Es warf noch einen Blick zurück bevor es verschwand.

Skah schloss seine Augen. »Ja, wir werden sehen«, flüsterte er.

Das Neue Land
Michael Buttler

»Zwerge!«, gellte der Schrei durch den Gang.

Edoc war sofort hellwach. Grelles Licht explodierte überall und brannte in seinen an die Dunkelheit angepassten Augen. Die ganze Gemeinschaft war hochgeschreckt. Edoc wurde von allen Seiten gestoßen und taumelte blind ein paar Schritte in verschiedene Richtungen, hielt sich an seinen Kameraden fest und wäre beinahe umgefallen. Er schloss die Lider, öffnete sie noch einmal vorsichtig, wiederholte diese Prozedur ein paar Mal.

»Diese feigen Zwerge haben ihre Lichtkristalle nach uns geworfen«, sagte jemand neben ihm.

Endlich konnte Edoc die Helligkeit einigermaßen ertragen. Er schaute sich um. Der Kampf fand am anderen Ende des Lagers statt. Schätzungsweise viertausend seiner Artgenossen standen zwischen ihm und den Angreifern. Weil der Gang hier etwas höher lag, konnte Edoc sehen, was dort vor sich ging.

Wie es die Art der Goblins war, stürzten sie sich in Massen auf die Kriegerinnen des Zwergenvolks, um sie mit ihrer schieren Anzahl zu erdrücken. Die Goblins verfügten nicht wie die Zwerginnen über Lederkleidung, schwere Äxte und Schwerter. Sie hatten auch nicht ihre kompakte Statur, trugen keinerlei Schutzkleidung, waren nackt. Edoc war neben der Schleuder noch mit einem Messer aus behauenem Obsidian bewaffnet. Die Stärke der Goblins war die Stärke der Gemeinschaft.

Im Einzelkampf wäre ein Goblin unterlegen, auch jetzt war es ihnen kaum möglich, dem Angriff standzuhalten. Wegen des Lichts hatte das Ordnen der eigenen Reihen der Goblins lange gedauert.

»Stürmt sie nieder!«, rief Tekkot, ihr Anführer. »Und achtet auf die andere Seite!«

Edoc löste die Steinschleuder aus der Lederschlaufe an seiner Seite und wandte sich um. Er würde zusammen mit seinen Kameraden aufpassen, dass sie nicht in die Zange genommen wurden.

»Cocc sagt, sie kommen nicht von hier«, meinte Agi. Die Goblinfrau war durch das Gedränge an seine Seite getreten. Edoc hob die Nase ein wenig und roch ihren atemberaubenden erdigen Duft. Er war immer ein wenig unbeholfen in ihrer Nähe. Er fühlte sich schon seit langem zu Agi hingezogen, obwohl sie einen anderen zum Partner für die Arterhaltung gewählt hatte, und er sich eigentlich eine andere Goblinfrau suchen musste. So war es Brauch.

»Ihre Kristalle müssten zu sehen sein. Hier geht es ein ganzes Stück geradeaus«, sagte Edoc.

»Das hat Cocc auch gesagt. Er will sich zur anderen Seite durchschlagen, will nicht abwarten wie wir. Er will kämpfen.«

Agi strahlte vor Stolz.

Edoc verzog die Lippen. »Trotzdem, diese Seite muss bewacht werden.«

Von hinten drückten sich die anderen Goblins gegen ihren Rücken. Edoc, Agi und die anderen mussten ein paar Schritte nachgeben. Edoc schaute hinter sich. Einer Gruppe Zwerginnen war es gelungen, wie ein Keil in die Massen der Goblins vorzudringen. Offensichtlich wollten sie durchstoßen, um die Goblins anschließend von der zweiten Flanke anzugreifen. Sie sahen Furcht erregend aus mit ihren kahl geschorenen Köpfen, den hässlich verzerrten Gesichtern und den schweren Waffen. Sie mähten die Goblins nieder wie ein Bauer seine Ernte. Die Schreie machten Edoc fast taub. Er sah die Angehörigen seines Volkes schneller sterben, als andere nachrücken konnten. Es war die schlimmste Schlacht, die er jemals erlebt hatte.

Edoc hob einen Stein auf und legte ihn in seine Schleuder. Das Geschoss traf eine Zwergin an der Schulter und prallte wirkungslos ab.

Nur noch sechs bis acht Reihen Goblins, dann würde sich auch Edoc auf die erste Angreiferin stürzen. Er hielt sein Messer fest umschlossen, hörte sein Blut in den Ohren rauschen. Die Aggressivität des Kollektivs erfasste nun auch ihn, und Edoc fletschte die Zähne, brüllte plötzlich mit den anderen und konnte es nicht erwarten, seine Steinklinge in den Körper der Zwergin zu stoßen.

Da tauchte plötzlich Cocc hinter der Gegnerin auf. Er sprang ihr in den Nacken und versuchte, mit seinem Messer an ihre Kehle zu gelangen. Die Zwergin schüttelte sich und hieb mit ihrem Schwert nach hinten, erwischte den Goblin aber nicht. Dabei kam sie ins Straucheln, machte zwei unsichere Schritte zur Seite und wurde gegen die Wand aus Goblins gedrückt. Cocc saß immer noch in ihrem Nacken und richtete sich auf, verlagerte sein Gewicht so, dass sich die Zwergin nicht mehr auf den Beinen halten konnte. Die Goblins um ihn herum grölten und warfen sich auf die Kriegerin. Edoc wollte auch nach vorne stürmen, da hörte er Agis Stimme: »Cocc hat es geschafft. Mein Cocc.«

Edoc erstarrte. Durch den Rausch der Schlacht, an der er selbst noch gar nicht teilgenommen hatte, spürte er einen Stich in seinem Herzen. Wie konnte Agi nur für diesen Angeber schwärmen?

Das Gedränge wurde immer stärker.

»Rückzug!«, rief Tekkot.

Die Gemeinschaft war plötzlich nicht mehr zu halten. Die Goblins rannten, und Edoc wäre beinahe hingefallen. Er sah Agi neben sich, wie sie den Kopf reckte, wahrscheinlich nach Cocc Ausschau hielt. Er nahm sie bei der Hand.

»Komm!«, schrie er ihr im Getümmel zu und riss sie einfach mit sich.

Tausende Goblins stürmten durch den Gang. Edoc wusste nicht, wie viele Zwerginnen ihnen auf den Fersen waren, doch wenn Tekkot diesen Befehl gegeben hatte, mussten es sehr viele sein.

Er wurde mit Agi an die Seite gedrückt, sodass er sich die Schulter am harten Fels stieß und die Haut aufriss. Dann kamen sie an eine Gabelung. Edoc hatte keine Wahl, wurde in den rechten, größeren Gang gezwungen. Ein Teil der Goblins verschwand auf der anderen Seite. Damit wurden sie ihrer Stärke beraubt, zahlreich zu sein.

Der Weg wurde schmaler; Edoc hatte Mühe, weiterhin so schnell zu laufen. Agi blieb etwas zurück, und er hätte sie verloren, wenn er sich nicht ihrer Geschwindigkeit angepasst hätte. Andere Goblins überholten sie. Schließlich konnten nur noch fünf oder sechs von ihnen nebeneinander laufen. Ihr Vorankommen geriet ins Stocken. Von hinten waren wieder Kampfgeräusche zu hören. Die Zwerginnen holten auf. Edoc mochte sich gar nicht vorstellen, wie sie mit ihren Waffen in die Rücken der Goblins schlugen.

Der schmale Gang mündete in einer breiten Höhle.

»Stehenbleiben!«, rief Tekkot, der sich plötzlich in Edocs Nähe befand. »Wenn alle unsere Leute durch sind, halten wir den Durchgang.«

Agi entriss ihm ihre Hand. »Was sollte das?«, fuhr sie ihn an. »Ich kann alleine laufen.«

Edoc schaute zu Boden. »Entschuldige«, murmelte er. »Ich war nur in Sorge.«

In der Zwischenzeit waren die Zwerginnen herangekommen. Es konnten nie mehr als drei dieser widerlichen, gedrungenen Wesen die Waffe gegen sie richten, und einige Goblins hielten sie mit Holzspeeren auf Distanz. Cocc war natürlich unter ihnen. Aber lange würde das nicht mehr gut gehen. Die Angreiferinnen waren zu gut bewaffnet.

»Ihr beide!«

Edoc schrak zusammen. Tekkot schaute Agi und ihn an.

»Seht ihr dort den Pfad?« Tekkot deutete auf einen Spalt im Felsen, etwa auf Schulterhöhe.

»Ja, Anführer!«, rief Agi.

»Wir müssen hier verschwinden, aber ich will nicht in eine Falle laufen. Ihr werdet erkunden, ob diese verruchte Brut dort auf uns lauert.«

»Jawohl, Anführer.« Agi war voller Tatendrang und lief los. Edoc hastete hinterher und hörte noch, wie Tekkot andere Goblins in einen zweiten und breiteren Gang schickte.

Als Edoc endlich bei ihr war, hatte Agi bereits ihre Füße gegen den Fels gestemmt und zog sich langsam nach oben. Edoc sprang vom Boden ab und hing bald neben ihr.

»Du musst mir helfen«, sagte sie.

»Was ist los?«

»Mach schon. Hoch mit dir.«

Zwei Herzschläge später war Edoc oben, griff nach Agis Armen und zog sie langsam hoch. »Wir müssen uns beeilen«, sagte er und beobachtete, wie die Zwerge immer mehr von den Speeren zur Seite drängten oder einfach zerbrachen.

Agi lehnte sich an den Fels und schnaufte, als sie endlich oben war.

»Ist dir nicht gut?«, fragte Edoc. »Ich kann auch alleine gehen.«

Agi stieß sich von der Wand ab, schaute ihm fest in die Augen. »Es ist nichts. Gehen wir.«

Edoc lief ihr hinterher. Der Gang machte einen Bogen nach links, dann wurde er so eng, dass sie nur noch kriechend hindurchpassten. Edoc hörte die Rufe und Schreie des Kampfes nur noch sehr leise.

»Lass es sein«, sagte er. »Hier bekommen wir die Gemeinschaft niemals rechtzeitig durch.«

»Dieser Weg ist besser zu verteidigen als unsere bisherige Stellung.«

»Er ist schmal. Unsere Stärke ist die zahlenmäßige Überlegenheit. Hier kann eine Zwergin allein Goblin für Goblin nacheinander mit ihrem Schwert töten.«

»Sie wird ihre Waffe gar nicht richtig gebrauchen können. Komm schon, es sind auch nur ein paar Schritte, da vorne wird es gleich wieder breiter.«

Beinahe ebenerdig erreichten sie eine riesige Kaverne. Während Edoc sich noch aufrichtete, lief Agi bereits einige Schritte und blieb dann stehen.

»Das ist genau das, was wir brauchen!«, rief sie und gab ihm ein Handzeichen. »Gehen wir zurück und sagen den anderen Bescheid.«

Edoc schaute sich um. Die Decke lag zehn bis zwölf Goblin-längen über ihnen. Der Raum mochte fünfzig Schritte breit und dreimal so lang sein. Am anderen Ende führte ein Gang hinaus.

Edoc deutete nach vorn. »Wir sollten zuerst nachsehen, ob uns von dort keine unliebsame Überraschung erwartet.«

»Wie weit willst du noch gehen? Wir haben keine Zeit, die ganze Erde zu durchwühlen.«

»Wir müssen nachsehen, Agi. Wenn Tekkot auf unsere Emp-fehlung die Gemeinschaft hier entlang führt« – er deutete auf das schmale Loch, durch das sie eben gekrochen sind – »müssen wir sicher sein, dass sich hier keine Zwerge aufhalten. Sonst sitzen wir in der Falle und diese mörderischen Bestien müssen nur abwarten, bis wir entweder einzeln herauskommen oder verhungert sind.«

»Also gut, dann rede nicht lange.«

Agi lief los. Edoc holte sie ein und griff erneut nach ihrer Hand, doch Agi verwehrte ihm die Berührung.

Edoc überholte die Goblinfrau und wartete vor dem Weg aus der Kaverne. Er schaute zurück. Agi war langsamer geworden, ging die letzten Meter und war bleich im Gesicht.

»Was ist los?«, fragte Edoc. »Wir haben keine Zeit. Bist du verletzt?«

»Es ist nichts. Gehen wir.«

Er fragte sich, was er ihr getan haben könnte, dass sie ihn so abweisend behandelte.

Edoc schaute vorsichtig in den Gang, der leicht abfiel und nach wenigen Metern eine Biegung machte. Sie gingen weiter, schlichen langsam um die Ecke, hielten immer wieder Ausschau nach ihren Feinden.

»Gehen wir endlich zurück«, sagte Agi und wandte sich um. »Wir verschwenden Zeit.«

Edoc folgte ihr.

»Wir sollten schneller sein«, sagte er.

»Ich habe dir gesagt, dass wir den Gang nicht zu untersuchen brauchen«, sagte sie. »Geh du schon vor und sag Tekkot, was wir gesehen haben.«

»Nein, ich lasse dich nicht alleine. Wenn nun doch …«

Sie gab ihm einen Schubs. »Geh, ich bin direkt hinter dir.«

»Also gut.« Edoc lief los, erst zögerlich, dann fiel ihm auf, dass er überhaupt keinen Kampfeslärm mehr hörte. War das vorhin, als sie die Kaverne zum ersten Mal betreten hatten, auch so gewesen? Unwillkürlich wurde Edoc schneller, rannte nun und sprang beinahe in die schmale Öffnung, durch die sie gekommen waren, und robbte sich durch. Hätte er nicht spätestens jetzt etwas hören müssen? Die letzte Biegung. Hätte er bei seinen empfindlichen Augen nicht einen Lichtschein von diesen Leuchtkristallen der Zwerge sehen müssen, sei er noch so schwach? Vor ihm befand sich das Ende des Gangs. Alles war still. Edoc blieb stehen, atmete schwer. Was mochte geschehen sein? Es gab nur zwei Möglichkeiten: Die Gemeinschaft war weitergezogen, und Tekkot, der als ihr Anführer im Geiste zu ihnen sprechen konnte, hatte es einfach versäumt, mit ihnen Kontakt aufzunehmen. Die zweite Variante war …

Edocs hatte das Gefühl, als würde sich sein Magen zusammenziehen. Zögerlich ging er vor, bis er in den Gang schauen konnte, den die Goblins verteidigt hatten. Weil er etwas erhöht stand, hatte Edoc einen guten Überblick auf das, was es zu sehen gab. Er keuchte. Da lag es, sein Volk, zerschlagen und zertrümmert durch die Waffen der Zwerge, kreuz und quer verteilt: Männer, Frauen und Kinder. Edoc war unfähig, sich zu bewegen, konnte das Ausmaß des Grauens nicht fassen. Die Zwerginnen hatten sie tatsächlich in einen Hinterhalt gelockt, die Feinde waren aus dem breiteren Gang gekommen, in den Tekkot die anderen Späher geschickt hatte.

Er hörte, wie Agi hinter ihm herankam.

»Warte«, krächzte er. »Geh nicht …«

»Was ist los?«, rief sie. »Weshalb ist es so still?«

Er stellte sich ihr in den Weg. »Bleib hier.«

»Warum?« Sie schlug seine Arme weg und stieß ihn zur Seite. Er fühlte sich zu schwach, um dagegenzuhalten.

Agi stand neben ihm. »Nein!«, schrie sie und sprang hinunter, rannte aufgelöst zwischen den toten Leibern scheinbar sinnlos hin und her.

Edoc folgte ihr langsam. Jeder Schritt kostete ihn Mühe.

Er schaute hinab auf die Goblins, die ihn sein ganzes Leben lang begleitet hatten. Sie lebten in einem ständigen Kampf, der immer wieder Opfer kostete, doch so etwas wie hier hatte es noch nie gegeben. Tausende Goblins waren tot. Leise flüsterte er die Namen derer, an denen er vorbei kam. Schließlich fand er Tekkot, ihren Anführer.

Edoc hörte einen Schrei und duckte sich, griff nach seinem Steinmesser und wandte sich um, sah Agi, wie sie gerade zu Boden stürzte und noch einmal aufheulte, lauter als beim ersten Mal. Edoc erkannte, was passiert war. Agi hatte Cocc gefunden. Den toten Cocc. Edoc seufzte und begann, sich zu besinnen. Er ging zwischen den Toten umher, hoffte, vielleicht noch einen Goblin lebend anzutreffen. Um die wenigen gefallenen Zwerginnen machte er einen Bogen, weil er ihnen nicht traute. Bei dem Gang, in dem offensichtlich noch eine zweite Gruppe Angreifer gelauert hatten, fand Edoc ein Schwert, das nicht in der Nähe einer Zwergin lag. Er bückte sich und versuchte, es aufzuheben. Mehr als zwei Fuß bekam er den Griff nicht hoch, von der Klinge ganz zu schweigen. Er legte die Waffe wieder hin und schaute sich nach Agi um. Sie lag noch immer zusammengesunken über Cocc. Edoc ging zu ihr und legte ihr eine Hand auf die Schulter. Sie reagierte nicht, hörte nicht auf zu heulen.

»Wir müssen weiter. Die Zwerge können jederzeit wiederkommen.«

»Hau doch ab, du Feigling!«, zischte Agi.

Für Edoc fühlte es sich an, als hätte sie ihn geschlagen.

»Du kannst nichts mehr für ihn tun.«

Agi erhob sich. »Aber er hat alles für uns gegeben!«, fauchte sie ihn an. »Während wir sinnlos durch die Gänge gewandert sind. Wären wir früher zurückgekommen, wie ich es wollte, dann ...«

»Was dann? Hätten wir beide das hier verhindern können? Der Feind hatte sie eingeklemmt. Das hier ist unglaublich schnell passiert.« Edoc breitete die Arme aus und starrte sie regungslos an, bis Agi den Blick senkte.

»Wir sind Goblins«, sagte Edoc. »Wir haben die heilige Pflicht, das Neue Land zu finden, in dem wir wieder so leben können, wie vor der großen Katastrophe. Wir haben es satt, den Steinschwamm von den Felsen zu nagen. Wir brauchen Wiesen und Wälder. Und deshalb sollten wir aufbrechen und versuchen, eine andere Goblingemeinschaft zu finden, uns anschließen und ihnen helfen, das Neue Land zu erreichen.«

»Du hast recht«, sagte Agi und schaute dabei zu Cocc hinunter. »Er soll nicht umsonst gestorben sein.«

Edoc erwiderte nichts.

Sie hatten den Stollen an der Gabelung gewählt, an dem ihre Gemeinschaft während der Flucht geteilt worden war, und hofften darauf, ein paar versprengte Goblins zu finden. Edoc und Agi fanden eine Reihe ihrer Artgenossen, doch alle waren sie von Schwert- oder Axthieben niedergestreckt worden.

Weil Agi häufiger nach einer Pause verlangte als normal, kamen sie nur langsam voran. Aber sie hatten es auch nicht eilig. Letztendlich war es egal, ob sie sich einen Stollen weiter vorne befanden oder nicht. Sie konnten beinahe jederzeit und überall auf andere Goblins treffen. Weder Edoc noch Agi waren Angehörige der Großen Familie und besaßen somit nicht die Macht, mit anderen Goblins in Gedanken Kontakt aufzunehmen, wie Tekkot es gekonnt hatte, und so mussten sie sich auf ihr Glück verlassen.

Sie hatten sich mit Wasserbeuteln und Waffen von den Toten ausgerüstet. Agi hatte Coccs Speer an sich genommen, und Edoc hatte lange suchen müssen, bis er noch einen anderen fand, der nicht durch die Waffen der Zwerge zerstört worden war.

Zweimal waren sie auf Steinschwämme gestoßen, die jeweils eine ganze Goblin-Gemeinschaft ernährt hätte. Edoc und Agi nagten etwas von der Pilzflechte vom Fels ab, dann marschierten sie weiter.

Edoc spürte mit jedem Augenblick, den er länger mit ihr alleine verbrachte, seine Zuneigung zu ihr, das Verlangen, sie in den Arm zu nehmen und zu trösten, sie für sich zu gewinnen, stärker werden. Doch Agi war immer noch auf Cocc fixiert.

Sie erreichten eine Höhle mit riesigen Ausmaßen.

Edoc deutete nach vorne. »Da ist ein Bach. Wir sollten unsere Vorräte auffüllen.« Er wartete nicht auf Agi, sondern ging vor. Am Ufer beugte er sich hinunter, hielt die Hände ins gemächlich fließende Wasser und führte etwas davon zum Mund. Es war kühl und erfrischend.

Er wollte gerade einen weiteren Schluck nehmen, als er ein Flügelschlagen hörte und einen Luftzug spürte. Edoc schaute auf. Ein dunkler Schatten verschwand irgendwo weit oben hinter einer Felskante.

»Agi!«, rief Edoc und wandte sich um. Sie hatte den Nacken in den Kopf gelegt und schaute nach oben. »Geh in den Stollen zurück!«

Der Schatten löste sich wieder vom Felsen und glitt lautlos zu ihm hinunter. Edoc sah das Ungetüm auf sich zurasen, der Körper halb so groß wie er selbst, doch die Schwingen waren gewaltig, jede so lang wie zwei Goblins. Hinter sich führte dieses Wesen einen Peitschenschwanz. Eine Riesenfledermaus. Noch drei oder vier Herzschläge, dann würde die Kreatur ihn erreicht haben. Edoc sprang in den Bach. Das eiskalte Wasser schlug über ihm zusammen. Noch nie war Edoc mit dem ganzen Körper unter Wasser gewesen. Er hielt Lider und Lippen fest zusammengepresst und verlor augenblicklich jedes räumliche Gefühl. Er meinte, immer tiefer zu sinken, spürte, wie er in Panik geriet. Mit hektischen Bewegungen seiner Arme und Beine gelangte er wieder an die Oberfläche. Sofort hielt er Ausschau nach der Fledermaus. Er fand sie weit über sich durch die Luft segelnd.

Edoc strampelte und platschte, hielt mit Mühe den Kopf über Wasser. Mit seinen Händen griff er immer wieder nach dem Ufer, doch er erreichte es noch nicht, bewegte sich noch schneller und bekam Wasser in die Nase. Die leichte Strömung trieb ihn weg von Agi, in die große Höhle hinein. Der Bach floss plötzlich schneller, weil sein Lauf enger wurde. Edoc bekam ein Stück Gestein zu fassen, hielt sich daran fest und zog sich aus dem Wasser.

Vor Kälte und Erschöpfung zitternd lag er einen Augenblick am Boden und schnaufte. Doch er hatte keine Zeit. Das Ungeheuer wartete wahrscheinlich nur darauf, hinabzustoßen, um ihn zu schnappen. Mühsam wälzte sich Edoc herum und schaute nach oben. Es war nichts zu sehen. Er rappelte sich auf. Der Bach hatte ihn ungefähr fünfzig Schritte weit fortgetragen.

Agi stand immer noch dort, wo er sie zurückgelassen hatte. Sie war nicht in den Stollen zurückgewichen. Stattdessen schaute sie an der Felswand empor.

»Agi! Bring dich in Sicherheit.«

Sie reagierte nicht.

Edoc fluchte und lief zu ihr zurück, sah dabei immer nach oben, ob die Fledermaus nicht irgendwo auf ihn lauerte.

»Agi, was ist los?«, rief er. Und dann, als Edoc fast bei ihr war, löste sich oberhalb des Durchgangs der große Schatten aus einer Nische und glitt lautlos zu Agi hinab, dann verdeckte das Ungeheuer ihm die Sicht und schloss die Schwingen um seine Beute.

»Nein!« Edoc rannte los und griff nach seiner Waffe. Den Speer hatte er am Bach verloren. Ihm blieb nur das Messer aus Obsidian. Weil er schnell handeln und die Fledermaus von Agi ablenken wollte, warf er die Steinklinge, jedoch zu überhastet. Mit dem Griff voran traf die Waffe und prallte von der schwarzen Haut ab.

Der Schwanz der Bestie peitschte hin und her. Die Kraft, die dahintersteckte, hätte sicherlich ausgereicht, Edoc zu töten. Im letzten Moment duckte er sich, sprang drüber und umrundete das Ungeheuer.

»Agi!«, rief er. Es gab keine Lücke, kein Durchkommen. Die Bestie hatte die Goblinfrau wie in einem festen Raum umschlossen. Mit den Fäusten trommelte Edoc gegen den harten Körper, schrie wie von Sinnen und richtete doch nichts aus.

Da tauchte plötzlich eine Gestalt neben Edoc auf, massig und in Leder gekleidet, mit einem Holzschild und einer Keule bewaffnet. Wo sie keine Kleidung trug, war sie fellbesetzt. Ein Troll. Der Neuankömmling schob Edoc mühelos zur Seite. Dann hieb er mit seiner Keule auf das Flugmonsters ein. Die Flügel breiteten sich wieder zu ihrer gesamten Spannweite aus, gaben den Blick auf Agi frei, die blutend auf dem Boden lag. Die Krallen des Monsters hatten sich um ihren Leib gelegt. Sie sah aus wie tot.

Das Flugmonster schrie vor Schmerzen und wandte sich zu dem haarigen Ungetüm um. Dabei trat es Agi wie einen Brocken Fleisch zur Seite.

Während sich Troll und Fledermaus gegenüberstanden und anfauchten, eilte Edoc zu Agi und hob sie auf. Dann schleppte er sich mit ihr in den Stollen.

Er legte die verletzte Goblinfrau vorsichtig ab und beobachtete einen Augenblick lang das Spektakel, wie der Troll immer wieder mit seiner Keule gegen den Körper des Flugmonsters hieb, das versuchte, den Gegner mit seinen Flügeln zu umschließen.

Agi stöhnte. Edoc nestelte an seinem Wasserbeutel. Vorsichtig ließ er etwas von dem Inhalt auf ihre Lippen tropfen. Dann berührte er ihre Wangen.

»Agi«, flüsterte er. Wegen des Kreischens und Brüllens in der Höhle war es kaum zu hören.

Die Goblinfrau öffnete die Augen. »Das Monster hat mich nicht gefressen«, sagte sie.

Edoc lächelte.

»Hätte es das nur getan.«

»Agi, was redest du? Wir sind vielleicht die letzten Goblins unserer Gemeinschaft. Wir müssen das Neue Land finden oder andere Goblins.«

»Hör auf zu träumen. Wir sind nicht dafür geschaffen, alleine durch die Stollen zu wandern. Du siehst, was mit uns passiert, wenn wir unsere Gemeinschaft verloren haben: Wir sind hilflos, Futter für andere.«

»Wir sind nicht allein«, sagte Edoc. »Wir haben doch uns. Wir sind unsere eigene kleine Gemeinschaft. Ich möchte zu dir gehören.«

Agi seufzte. »Ich weiß, aber ich bin Coccs …«

»Cocc lebt nicht mehr. Kann ich nicht einmal gegen einen Toten bestehen?«

»Wir überstehen nicht einmal die ersten Tage, wenn …«

Ein lang anhaltendes Kreischen unterbrach Agi. Sie schauten beide in die Höhle. Der Troll hatte seine Waffen verloren, sich aber im Hals der Flugbestie verbissen und schwang mit dem Oberkörper hin und her, als wollte er ein Stück Fleisch abreißen. Die Flügel erschlafften. Der Troll hatte die Fledermaus besiegt und löste sich rückwärts stolpernd von seinem Gegner. Blut schwoll aus der Wunde und bildete eine Pfütze.

Der Troll hob seine Waffen auf und verpasste der Bestie noch ein paar Hiebe, aber sie rührte sich nicht mehr. Dann nahm er die Fledermaus auf und legte sie sich über den Rücken, tanzte und jaulte, rief ab und zu »Rle! Rle!«

»Was soll das?«, fragte Edoc.

»Ich habe erst einmal Trolle gesehen«, sagte Agi. »Doch die haben sich nicht so aufgeführt.«

»Vielleicht ist es ein Kriegstanz.«

Nach einer Weile hatte der Troll offensichtlich genug. Er warf den toten Gegner von sich und stapfte zu ihnen, vollgeschmiert mit dem Blut der Fledermaus.

»Kopp-linn«, sagte er, dann deutete er auf sich. »Tleg.«

»Ich kann keine Trollsprache«, sagte Agi.

»Ich auch nicht.«

»Tleg«, wiederholte der Troll und legte eine Hand auf seine Brust.

»Agi«, sagte Edoc und zeigte auf die Goblinfrau. Dann ahmte er die Bewegung des Trolls nach. »Edoc.«

Tleg lächelte und deutete abwechselnd auf die beiden Goblins. »Aggi, Eddoc«, sagte er immer wieder und freute sich offenbar. Schließlich richtete er die Keule auf die Flugbestie und machte Kaubewegungen, schmatzte.

Edoc hob die Hände. »Nein, nein.«

Tleg setzte sich zu ihnen, deutete auf Agi und sagte wieder etwas.

»Wahrscheinlich fragt er, wie es dir geht«, sagte Edoc.

Agi starrte zu Boden. »Es ist nicht so schlimm. Mir geht es gut, aber dem Kind ...«, flüsterte sie.

Edocs Augen weiteten sich. Fassungslos starrte er Agi an. Sie schaute zu ihm auf. Tränen liefen ihr die Wange hinunter. Der Troll brabbelte irgendetwas, doch Edoc hörte nicht darauf.

»Was hast du denn gedacht?«, fuhr sie ihn plötzlich an. »Das muss dir doch klar gewesen sein. Keine Frau bindet sich an einen Mann, wenn es nicht um die Sicherung unserer Rasse geht.«

Edoc nickte. Und kein Mann würde sich länger zu einer Frau hingezogen fühlen, als es der Zweck verlangte. Er kannte die Gepflogenheiten seines Volkes. Aber Edoc war sich sicher gewesen, dass es da noch etwas Anderes geben musste, echte Verbundenheit, nicht nur für die Arterhaltung. Immerhin – er wusste nun, warum Agi so schnell erschöpft war.

»Kopp-linn«, sagte der Troll und holte Edoc aus seinen Gedanken zurück. »Aggi, Eddoc, Tleg.«

Agi weinte still.

»Was ist mit dem Kind?«, fragte Edoc.

»In meinem Bauch tut es weh. Ich habe Angst, dass ihm etwas passiert ist.«

»Kopp-linn.« Der Troll hieb mit seiner Keule auf den Boden und lachte. Dann deutete er nacheinander auf jeden von ihnen und wiederholte: »Aggi, Eddoc, Tleg.«

»Ob er schwachsinnig ist?« Agi klang besorgt.

»Vielleicht. Aber er hat uns gerettet. Also führt er nichts Böses im Schilde.«

Edoc wandte sich an den Troll.

»Weißt du, wo das Neue Land liegt?«

Tleg schaute ihn mit großen Augen an.

»Male es ihm auf«, sagte Agi.

Edoc stand auf und deutete dem Troll an, ihm zu folgen. Gemeinsam gingen sie zu der toten Bestie. Edoc zögerte, als sie ihr näher kamen Das Blut hatte sich bis zu drei Schritten abseits des Kadavers ausgebreitet. An einer Stelle war es dünn und deshalb schon fast geronnen. Mit seinem Messer zeichnete er etwas auf, das wie ein Baum aussah. Tleg schien es erkannt zu haben und plapperte plötzlich wild drauf los.

Edoc drehte sich im Kreis und deutete in verschiedene Richtungen. Tleg hörte gar nicht mehr auf zu reden und hielt die Keule auf einen unsichtbaren Punkt in der Höhle.

Das konnte nicht wahr sein! Edocs Herz schlug plötzlich schneller. Dieser Troll konnte ihnen den Weg ins Neue Land weisen, dem Ort, von dem alle Goblins träumten, wo es ähnlich wie auf der Oberfläche, bevor die große Katastrophe eingetreten war, Wälder und Wiesen geben sollte. Wo seine Rasse wieder ohne Sorgen leben konnte und nicht mehr den kargen Steinschwamm von den Felsen kratzen musste.

»Agi!«, rief er und rannte zu ihr. »Der Troll kennt den Weg.«

Sie war ohnmächtig.

Seit drei Wachperioden waren sie unterwegs. Tleg hatte Agi einen Großteil der zurückgelegten Strecke getragen, weil die Goblinfrau zu schwach gewesen war, selbst zu laufen.

Bald würden sie das Neue Land erreichen. Dieser Gedanke gab ihm und offensichtlich auch Agi einen besonderen Aufschwung, denn sie wirkte wieder glücklicher und lächelte öfter. Edoc sah mit Freude, wie es der Goblinfrau wieder besser ging.

Die Wege waren verlassen. Sie trafen weder auf Erdwichte oder Kobolde noch auf weitere Bestien, die ihnen das Leben schwer machen konnten. Insgesamt führten die Stollen sie tiefer in die Erde hinein. Edoc fragte sich, wie lange es dauern würde, bis sie in fremde Reiche eindrängen. Er wünschte sich, der Troll wäre nicht ganz so unbekümmert durch die Gänge marschiert und hätte vor den Kurven oder bei Abzweigungen Ausschau gehalten, ob sie nicht in Gefahr liefen, auf eine Horde Dunkelelfen oder Zwerge zu stoßen.

Der Tunnel, durch den Tleg sie gerade führte, verjüngte sich beinahe mit jedem Schritt, den sie gingen. Schließlich war der Gang zu Ende, und sie blieben vor einem Loch im Boden stehen, aus dem es hell schimmerte. Es war drei Goblinlängen tief und halb so breit.

»Was ...?«, setzte Edoc an, da stieg der Troll auch schon in das Loch, hielt sich an den Unebenheiten im Fels fest und stieg hinunter.

»Warte«, sagte Edoc, doch Tleg ließ sich nicht aufhalten.

»Das schaffe ich nicht«, sagte Agi.

Edoc stieg in das Loch und deutete ihr, sich an ihm festzuhalten. Gemeinsam kletterten sie nach unten. Und dann standen sie plötzlich auf einer Terrasse aus unzähligen sechseckigen Basaltsäulen, die wie in den Stein gehauene Stufen zu einem Wald hinab führten. Der Troll hatte auf sie gewartet. Die riesige Höhle war von Leuchtkristallen erhellt, wie sie die Zwerge benutzten, und Edoc musste mehrmals blinzeln, bis er richtig sehen konnte.

»Das ist ...«, setzte Agi an.

»Nein!« Edoc hastete hinunter an den Wald und blieb vor dem ersten Baum stehen.

Tleg folgte ihm lachend.

Er kann nichts dafür, dachte Edoc. *Er hat es nicht besser gewusst.* Dennoch stieg kalte Wut in ihm hoch, während er wie erstarrt auf die leblosen Bäume und Büsche starrte, die sich vor ihnen ausbreiteten. Tot. Zu Stein erstarrt.

Edoc wandte sich langsam um. Tleg musste gemerkt haben, dass etwas nicht stimmte. Er blieb stehen und legte den Kopf schief.

»Das ist ...«, begann Edoc, doch seine Stimme versagte, und er musste es erneut versuchen.

»Das ist nicht das Neue Land!«, schrie er den Troll an und machte sich dabei Luft, kümmerte sich nicht darum, ob Zwerge in der Nähe sein könnten. Es hatte sich so vieles aufgestaut: die Schrecken und Ängste der letzten Zeit, die Vernichtung der Tekkot-Gemeinschaft, der Angeber Cocc, Edocs unerfüllte Zuneigung zu Agi, das verfluchte Kind unter ihrem Herzen, die Enttäuschung, einem Schwachsinnigen aufgesessen zu sein. Nun war es genug. Edoc konnte nicht mehr.

Wütend stürmte er auf Tleg zu, der von dieser Bewegung so überrascht wurde, dass sie beide am Fuße der Basaltterrasse hinfielen. Es knirschte und krachte, dann gab der Boden plötzlich unter ihnen nach. Der Schreck schaltete für die Länge eines Herzschlags Edocs Gedanken aus. Er ließ von dem Troll ab und versuchte, sich irgendwo festzuhalten, doch er griff ins Leere. Der Sturz dauerte nicht lange. Nach gut zwei Goblinlängen landeten sie in einem Bett aus Blättern und Luftwurzeln. Das waren richtige Pflanzen, üppig gewachsen und nicht aus Stein.

Tleg hatte sie doch noch an ihr Ziel gebracht.

Agi schaute durch das Loch auf sie beide hinunter.

»Schau her«, rief Edoc und lachte. »Pflanzen, weiche, lebendige Pflanzen.«

»Was ist mit Tleg?«, fragte Agi.

Edoc schaute zu dem Troll hinüber, der mit Armen und Beinen strampelte, immer hektischer wurde und sich dabei in den Stauden verfing. Dann gab die Pflanze plötzlich etwas nach und Tleg schrie etwas, das Edoc nicht verstand. Der Troll hatte die Augen weit aufgerissen und rollte mit den Pupillen. Dabei kreischte er immer wieder das gleiche Wort, das sich für Edoc wie »Rrutarrg!« anhörte. Tlegs Hände griffen nach weiteren Blättern und Wurzeln, doch dann rieselte ihnen Staub und kleine Steine entgegen.

Edoc war zu weit weg, um dem anderen seine Hand reichen zu können. Aber auch wenn es gereicht hätte, wäre ein Goblins niemals dazu in der Lage gewesen, einen Troll festzuhalten.

Edoc musste hilflos mit ansehen, wie die Pflanze weiter nachgab, und der Troll schließlich in der Tiefe verschwand. Seine Schreie hörten sie noch eine Weile, dann war alles ruhig.

»Kannst du wieder zu mir klettern?« Agis Worte lösten die Spannung in Edoc. »Tleg war zu schwer, aber du kannst es vielleicht schaffen.«

Edoc zwang sich, den Blick von der Tiefe unter ihm abzuwenden und die Decke zu betrachten, an der die Stauden hingen. Vorsichtig bewegte er sich nach oben, langsam verlagerte er sein Gewicht und hielt die Luft an, als erneut Dreck zu ihm herunterrieselte. Edoc verharrte einen Augenblick, dann fand er einen kräftigen Strunk und kletterte daran ein Stück nach oben. Obwohl er noch zu weit weg war, streckte Agi ihm bereits eine Hand entgegen.

Edoc lächelte. Sie würden es schaffen, würden einen anderen Weg hierher finden. Sie waren ihrem Ziel so nahe.

Über ihm knirschte es wieder. »Ah!«, hörte er Agi keuchen. Der Fels, auf dem sich die Goblinfrau befand, knickte nach unten. Agi hielt sich mit ihren Händen krampfhaft am Rand des Steins fest. Ihre Augen waren weit geöffnet.

»Spring zurück!«, rief er. »Spring zurück.«

Doch als sei Agi ebenso wie der Wald über ihm zu Stein erstarrt, rührte sie sich nicht. Der Fels brach, und Agi fiel mit ihm hinunter, rauschte an Edoc vorbei. Er streckte seine Hand aus, doch er konnte Agi nicht erreichen. Der Stein durchbrach die Blätter und Luftwurzeln. Agi sauste stumm ihrem sicheren Tod entgegen.

Edoc schaute ihr hinterher. »Agi ...«, flüsterte er und vergaß, dass er die Verantwortung hatte, andere Goblins zu finden und ins Neue Land zu führen. Er vergaß, dass er nur ein kleiner Teil einer großen Rasse war. Seine Liebe, die es unter Goblins nicht geben konnte, lebte nicht mehr. Alle Pflichten und Regeln der großen Goblin-Gemeinschaft waren ihm gleich. Er war Edoc. Und er hatte für sich zu entscheiden.

»Agi«, sagte er noch einmal, dann ließ Edoc die Pflanze los.

Elbart
Jörg Olbrich

»Es ist eine große Ehre für mich, dass Ihr mir bei diesem Auftrag Euer Vertrauen schenkt«, sagte Gregor der Schmied. »Dennoch muss ich leider ablehnen. Ich kann die Waffen nicht fertigen.«

»Was soll das heißen?«, blaffte Theodor. Der König der Zwerge schaute den Meister, der als Bester seiner Zunft galt, mit funkelnden Augen an.

»Ich habe kein Trigonium mehr.«

»Dann besorg dir das Zeug bei einem der anderen Schmiede.«

»Auch die haben ihre Vorräte aufgebraucht. Seit der furchtbaren Katastrophe haben sich die Grenzen unseres Landes so verschoben, dass die Gebiete, in denen wir das Trigonium abbauen konnten, nun im Land der Dunkelelfen liegen.«

»Wissen unsere Feinde etwas davon?«

»Bisher vermutlich nicht. Dennoch haben wir keine Möglichkeit an diesen Rohstoff heranzukommen.«

»Dann nehmt ein anderes Metall«, sagte Theodor.

»Ohne Trigonium werden die Waffen nicht die gewohnte Härte und Qualität haben.«

»Dann wird dir nichts anderes übrig bleiben, als in das Land der Dunkelelfen zu reisen, Gregor.«

»Das ist völlig unmöglich.«

»Einem Zwerg ist nichts unmöglich. Ich werde dir meine Tochter Firilara und eine ihrer besten Kriegerinnen zur Seite stellen.«

»Ich will ehrlich zu Euch sein, Theodor. Meine Jahre sind gezählt. Ich traue mir eine solche Reise einfach nicht mehr zu. Deshalb schlage ich vor, dass sich Elbart an meiner Stelle mit den Kriegerinnen auf den Weg macht.«

»Dein Schüler?«

»Ja.«

»Wird er das Material denn finden können?«

»Trotz seiner Jugend steht Elbart kurz davor, selbst zur Meisterehre zu gelangen. Er ist seinen Altersgenossen um Jahre voraus. Wenn einer in der Lage ist, im Land der Dunkelelfen Trigonium zu finden, dann er.«

»Einverstanden. Morgen in der Früh werden die Kriegerinnen in deine Werkstatt kommen und den Jungen abholen.«

Theodor der Dritte drehte Gregor den Rücken zu und schaute durch ein Fenster vom Turm hinunter ins Tal. Der Waffenschmied schloss daraus, dass das Gespräch beendet war. Er verbeugte sich, verließ das Audienzzimmer und begann den langen Abstieg über die Treppe nach unten. Die Burg des Königs war auf einem Berg inmitten des Zentrums des Zwergenreichs erbaut. Der Platz um diesen Koloss herum war von Felsen umgeben, die bis zur Decke reichten. Von hier aus zogen sich unzählige Tunnel ins Land der Zwerge hinein. Schwer atmend passierte Gregor die Wachen am Eingang in den Berg und schlurfte müde auf seine Behausung zu.

Elbart ging es schlecht. Richtig schlecht. Als ihm sein Meister am Vorabend von seinem Auftrag berichtet hatte, war ihm der Schreck in alle Glieder gefahren. Dass er ins Land der Dunkelelfen eindringen sollte, war an sich schon schlimm genug. Dies aber in Begleitung von zwei Kriegerinnen tun zu müssen, von denen eine ausgerechnet Firilara war, setzte dem Ganzen die Krone auf.

»Warum tut Ihr mir das an, Meister?«, fragte er am Morgen, als er mit einem Bündel in die Werkstatt kam.

»Ich weiß, dass dies eine schwere Aufgabe ist«, antwortete Gregor. »Es geht aber nicht anders. Wir brauchen das Trigonium. Das weißt du selbst genauso gut wie ich.«

»Schon. Aber warum ich?«

»Du stehst kurz davor, der jüngste Zwerg zu sein, der es jemals zu Meisterehren gebracht hat«, antwortete der Waffenschmied. »Sieh es einfach als Abschlussprüfung deiner Ausbildung an.«

»Die mich das Leben kosten kann.«

»Nein. Du wirst von zwei der besten Kriegerinnen unseres Volkes begleitet.«

»Und die werden mich behandeln wie den letzten Dreck.«

»Sie werden dich aber auch beschützen, Elbart. Mach es mir nicht so schwer. Ich bin mittlerweile zu alt geworden. Sonst würde ich den Weg ins Reich der Dunkelelfen selbst antreten. Du wirst es schaffen. Vertraue auf deine Fähigkeiten.«

»Das tue ich ja, Meister.« Elbart sah seinen Herrn traurig an. Er wusste nur zu gut, wie recht der alte Schmied hatte. Sicher fiel es ihm viel schwerer, als er zugab, seinen Schützling auf eine solch gefährliche Reise zu schicken. Elbart sah diesen Auftrag durchaus auch als Herausforderung an. Aber musste es ausgerechnet die Heerführerin Firilara sein, die nicht nur bei ihren Feinden wegen ihrer Härte und Gnadenlosigkeit gefürchtet war? Auch unter den Zwergen galt sie als besonders fies und brutal. Einige behaupteten sogar, sie würde schwer verwundete Kriegerinnen auf dem Schlachtfeld eigenhändig töten, damit sie den Feinden nicht lebend in die Hände fielen.

Plötzlich öffnete sich die Tür, und zwei Zwerginnen betraten die Werkstatt. Elbart spürte ein flaues Gefühl im Magen, als er die kahlrasierten Köpfe sah. Das unverwechselbare Erkennungszeichen einer Kriegerin. Bekleidet waren sie mit braunen Lederrüstungen, die Arme und Beine frei ließen, und halbhohen Stiefeln. Beide Kriegerinnen trugen jeweils ein Schwert und eine Axt am Gürtel. Sie schauten sich im Raum um. Blickten auf die Esse und die halbfertigen Waffen. Eine der Frauen nahm ein griffloses Schwert von der Werkbank, wog es in der Hand und warf es dann achtlos zurück. Elbart wollte zu einer Erklärung ansetzen, doch die Kriegerin winkte unwirsch ab.

»Das ist Argonia«, sagte Firilara und deutete auf ihre Begleiterin. »Mich darfst du mit Hauptfrau ansprechen. Bist du soweit, oder sollen wir ewig in diesem Loch auf dich warten?«

»Nein, wir können gehen«, sagte Elbart. Er warf seinem Meister einen Hilfe suchenden Blick zu, doch der schwieg. Der Schüler wusste, dass auch Gregor innerlich kochte. Während seiner Ausbildung hatte er ihn immer wieder vor den Frauen und besonders den Kriegerinnen gewarnt. Jetzt musste Elbart mit zwei von ihnen ins Land der Dunkelelfen ziehen.

Er nahm seinen Rucksack und schnallte ihn um. Das enorme Gewicht zog ihn nach hinten, und er hatte Mühe, die ersten Schritte zu gehen. Auf keinen Fall würde er aber Argonia oder Firilara bitten, ihm beim Tragen der Ausrüstung zu helfen. Sicher würden sie ihn ohnehin nur auslachen, sollte er diesen Wunsch vortragen. Elbart reichte seinem Meister zum Abschied die Hand und folgte den Kriegerinnen nach draußen.

»Kannst du nicht einen Schritt schneller laufen, Kleiner?«, fauchte Firilara den jungen Schmied an.

»Ich bin nicht kleiner als ihr«, entgegnete Elbart. Sie waren jetzt etwa eine halbe Stunde unterwegs und hatten den Fluss erreicht. An seinem Ufer entlang würden sie an die Grenze zum Reich der Dunkelelfen kommen. »Außerdem trage ich die komplette Ausrüstung.«

»Hast du etwa gedacht, wir machen das?«, fragte Firilara.

»Wir sind doch nicht deine Packtiere«, fügte Argonia hinzu.

Elbart sparte sich eine Antwort, die ihn ohnehin nicht weiterbringen würde. Er musste versuchen, die beiden Kriegerinnen so gut es ging zu ignorieren. Nur so konnte er verhindern, dass sie weiterhin Scherze auf seine Kosten machten, wie sie es seit dem Beginn ihrer Reise taten. Auch wenn er sicher kräftiger war als die Zwergenfrauen und Dinge tragen konnte, die sein eigenes Gewicht überstiegen, hatte er doch nicht ihre Ausdauer und war es nicht gewohnt, längere Strecken zu laufen.

Auf der anderen Seite des Flusses sah Elbart die versteinerten Wälder. Vor dem großen Beben hatten die Schmiede hier noch Holz gewinnen können, um ihre Essen anzuheizen. Jetzt war das vorbei. Aus der Ferne betrachtet sahen die Bäume unheimlich aus. Elbart konnte nicht zwischen ihnen hindurchsehen. Dafür war das Licht zu schlecht. Zwar hatten die Zwerge an der Decke zur oberen Ebene der Unterwelt Leuchtkristalle angebracht, damit man nicht immer eine Lampe benötigte, aber deren Anzahl war hier bei weitem nicht so groß wie im Zentrum.

»Wenn das so weitergeht, kommen wir nie an unserem Ziel an«, stichelte Argonia.

»Wir sind doch gleich da«, fauchte Elbart zurück. »Ich habe mich genauso wenig um diesen Auftrag gerissen wie ihr. Also lasst mich endlich in Ruhe.«

»Mut hat er ja, der Kleine«, lachte Firilara.

Vor sich konnten die drei jetzt die Felswand erkennen, welche die Grenze zum Reich der Dunkelelfen bildete. Dort strömte der Fluss durch einen Tunnel, den bisher noch nie ein Zwerg oder ein Dunkelelfe passiert hatte, weil das Wasser die ganze Breite einnahm. Elbart hatte vor, genau diesen Weg zu nehmen, und die ganze Nacht mit seinem Meister darüber diskutiert, wie dies funktionieren konnte.

Nach einer weiteren halben Stunde erreichten die Zwerge die Felswand. Firilara und Argonia hatten sich unterwegs weiter über Elbart lustig gemacht, der darauf aber nicht reagiert hatte. Auch wenn die Frauen nur wenig älter waren als er selbst, hatte er ihnen doch nicht viel entgegenzusetzen. Zwergenmänner waren Handwerker. Keine Kämpfer.

»So, Kleiner. Jetzt sag mir mal, wie du hier durchkommen willst«, sagte Firilara, als sie die Stelle erreichten, wo der Fluss im Berg verschwand.

»Jetzt werde ich euch beweisen, wozu ein Schmied in der Lage ist.« Entschlossen nahm Elbart seinen Rucksack vom Rücken und stellte ihn ab.

»Wir sind sehr gespannt«, sagte Firilara. »Vermutlich wird unsere Reise an dieser Stelle zu Ende sein.«

»Ein kurzer Spaziergang. Mehr nicht«, sagte Argonia und stimmte in das Lachen der Hauptfrau ein.

Elbart erwiderte nichts. Er wusste, dass er die beiden Kriegerinnen im Reich der Dunkelelfen brauchen würde. Aus seinem

Rucksack nahm er drei Gürtel und zwei Eisenkrallen, die er an seinen Schuhen befestigte.

»Was hast du vor?«, wollte Firilara wissen.

»Das wirst du schon sehen.«

»Nein.« Die Kriegerin zog ihr Schwert, und bevor Elbart reagieren konnte, spürte er die Klinge an seiner Kehle.

»Du wirst es mir sagen.«

Argonia brach in schallendes Gelächter aus.

Elbart war zu überrascht, um sich über diese Behandlung aufzuregen, und antwortete geschockt: »Ich werde in den Fluss steigen und an der Wand ein Halteseil befestigen, an dem ihr euch dann entlang ziehen könnt.«

»Bist du sicher, dass das funktionieren wird?«

»Nein.«

»Was heißt *nein*?«, fuhr Firilara den jüngeren Zwerg an.

»Ich gehe davon aus, dass es klappt, bin mir aber nicht sicher.« Elbart hielt dem Blick der Kriegerin stand, die ihr Schwert mittlerweile wieder weggesteckt hatte. Der Schmied wusste, dass die Kriegerin nur mit ihm spielte und ihm nichts tun würde. Nicht einmal die Tochter des Königs konnte sich über dessen Befehle hinwegsetzen. Er gab den beiden Kriegerinnen je einen Gürtel. »Den müsst ihr euch umschnallen.«

»Wozu?«, wollte Firilara wissen.

»Damit ihr mich sichern könnt.« Elbart zurrte seinen Sicherungsriemen fest um den Bauch und knotete ein Seil daran.

»Du willst wirklich in den Fluss steigen?«, fragte die Heerführerin

»Ja. Ich werde mich nahe der Wand halten und dann auf der anderen Seite ein Seil befestigen. Ihr müsst mich nur sichern.«

»Ich werde das nicht tun«, sagte Firilara bestimmt. »Ich hasse Wasser.«

»Denk an deinen Auftrag«, entgegnete Elbart und grinste die Kriegerin an. Er selbst war auch nicht eben begeistert von seinem Vorhaben. Wie alle Zwerge hatte er eine Abneigung gegen Nässe. Andererseits freute er sich schon jetzt auf den Anblick der beiden

Kriegerinnen, wenn ihre Lederrüstungen noch enger am Körper lagen. Elbart gefiel es, dass die Zwergin einmal nicht bestimmen konnte, was als nächstes geschah. Sicher war sie das nicht gewohnt. Er spürte, dass sie mit ihrer harschen Art versuchte, ihre Unsicherheit zu überspielen.

»Das ist Wahnsinn.«

»Ist es nicht.« Elbart ging auf die Tunnelöffnung zu und trieb auf Brusthöhe einen Nagel mit einem stabilen Metallring in den Fels. Durch den Ring führte er sein Seil, das er dann an Firilara und Argonia weitergab, damit sie es auch durch die Ösen an ihren Gürteln stecken konnten. Er hoffte sich so besser an der Seite halten zu können.

»Ihr müsst nur gut festhalten und langsam nachgeben. Zieht mich zurück, wenn ich dreimal hintereinander an dem Seil rucke, und lasst nach zwei Rucken wieder nach.«

Den Hammer steckte er in eine Schlaufe am Gürtel, damit er ihn später leicht wieder hervorholen konnte. Nachdem er seinen Rucksack auf den Rücken geschwungen hatte, stieg er in den Fluss. Nach dem zweiten Schritt zerrte die Kraft des Wassers so stark an ihm, dass er sich einfach fallen ließ. Sofort spürte er die Kälte, die seinen ganzen Körper erfasste.

Der Schmied versuchte sich so nahe wie möglich an der Felswand zu halten, musste dabei aber aufpassen, dass er nicht gegen den Stein prallte. An der Seite konnte er den Zug des Seiles fühlen, das die beiden Kriegerinnen hielten. Schneller als er es erwartet hatte, endete der Tunnel. Die Strömung war aber so stark, dass er das Ufer durch Schwimmbewegungen alleine nicht erreichen konnte. So entfernte sich Elbart ein ganzes Stück vom Tunneleingang und spürte plötzlich einen Ruck an seinem Gürtel. Das Seil war zu Ende. Der Zwerg packte es mit beiden Händen und zog sich langsam flussaufwärts. Mit den Beinen machte er dabei Schwimmbewegungen in Richtung Ufer. Endlich gelang es ihm, einen Felsvorsprung zu ergreifen und sich hochzuziehen. Mit den Krallen an den Schuhen stemmte er sich in den Fels.

Erst jetzt fand Elbart Zeit, sich umzusehen. Offensichtlich war sein Eindringen in das fremde Land bisher unbemerkt geblieben. Weit und breit war weder etwas von einem Dunkelelfen zu sehen, noch zu hören. Er nahm einen weiteren Nagel aus dem Rucksack und trieb ihn so weit in den Fels, dass nur noch die Öse zu sehen war. Daran befestigte er ein zweites Seil, das er ebenfalls im Gepäck mitgeführt hatte.

Elbart atmete noch einmal tief durch und ließ sich dann zurück in die eiskalten Fluten gleiten. Dreimal ruckte er kurz an dem Seil und merkte wie es sich daraufhin spannte. Das Signal war bei den Zwerginnen angekommen. Da er das zweite Seil fest umklammert hielt, fiel es ihm jetzt leichter, an der Felswand zu bleiben, als auf dem Hinweg, wo er nur einen festen Punkt gehabt hatte. Nach einem Viertel der Strecke ruckte er zweimal am Seil und hieb den rechten Fuß in den Fels, bis er mit der Kralle einen Halt fand. Er befestigte einen weiteren Nagel in der Wand und zog das Seil durch die Öse. Auf dem restlichen Weg schuf er auf diese Art zwei weitere Festpunkte für das Seil, an dem sie sich später entlangziehen wollten, und kehrte zu den Kriegerinnen zurück.

»Bist du fertig?«, fragte Firilara, als Elbart aus dem Tunnel herauskletterte.

»Ja. Ich war bereits im Land der Dunkelelfen. Dort ist alles ruhig.« Er knotete das zweite Seil an der ersten Öse fest und zog das Sicherungsseil dafür heraus.

»Schön für dich. Dann brauchst du uns ja nicht«, sagte Firilara grinsend.

»Wollt ihr etwa kneifen?«, fragte Elbart. Trotz der bösartigen Reaktion der Heerführerin machte ihr Grinsen Elbart irgendwie an.

»Dir werde ich es zeigen«, schimpfte Firilara. »Wir gehen los.«

Jetzt bereute Elbart seine große Klappe. Gerne hätte er sich zunächst einen Moment ausgeruht, bevor er wieder in den Tunnel stieg. Das würden die Kriegerinnen jetzt aber nicht mehr zulassen.

»Dann klettern wir mal los! Keine Angst, wir sichern uns gegenseitig«, sagte er und ging zum Ufer.

»Seit wann gibst du hier die Befehle?«, wollte Argonia wissen.

»Ihr müsst das nicht machen«, antwortete Elbart. »Ich werde nicht ertrinken.«

»Tue, was er sagt«, zischte Firilara ihrer Untergebenen zu.

Der junge Schmied genoss diese Situation. Auch wenn die drei noch nicht lange gemeinsam unterwegs waren, hatte Elbart sich schon sehr über die beiden Kriegerinnen geärgert. Jetzt hatte er die Möglichkeit, zu zeigen, was er konnte. Lange vor dem großen Beben war er für ein halbes Jahr bei den Bergleuten gewesen. Gregor hatte ihm damals gesagt, dass ein Schmied wissen müsse, woher sein Material kommt. Die Erfahrungen aus dieser Zeit kamen Elbart jetzt zu Gute.

»Haltet euch immer am Seil fest und hangelt euch langsam vor«, wies Elbart die Kriegerinnen an.

Die ersten drei Meter hatten sie schnell zurückgelegt. Dann wurde der Fluss wilder, und sie hatten Mühe, sich festzuhalten.

Plötzlich hörte Elbart einen langgezogenen Schrei. Das Sicherungsseil spannte sich, und der Zwerg schaffte es im letzten Moment, nicht den Halt zu verlieren. Hinter ihm hing Firilara, die sich ebenfalls verzweifelt an die Sicherung klammerte.

»Tu etwas«, schrie die Kriegerin dem Schmied zu. »Wenn Argonia stirbt, bringe ich dich um.«

Elbart zweifelte keine Sekunde daran, dass Firilara dieses Versprechen auch in die Tat umsetzen würde. Auch ohne die Drohung hatte er aber nicht vorgehabt, Argonia den tosenden Fluten zu überlassen. Mit der rechten Hand zog er mit aller Kraft am Seil.

»Hilf mir«, schrie Elbart Firilara zu, die aber selbst verzweifelt darum kämpfte, nicht losgerissen zu werden, und ihn daher nicht unterstützen konnte. Dem Schmied gelang es allmählich, Argonia Stück für Stück näher an die Felswand heranzuziehen. Er war am Ende seiner Kräfte, als die Kriegerin endlich das Halteseil packen konnte.

»Du hast es fast geschafft«, feuerte Firilara ihre Kameradin an.

Die Zwerge mobilisierten ihre letzten Kraftreserven und brachten den Rest des Weges ohne einen weiteren Zwischenfall hinter sich.

»Das hat vor uns noch niemand geschafft«, sagte Elbart und sank völlig erschöpft zu Boden.

Auch die Frauen setzen sich auf die Felsen. Von dort aus schauten sie in das Land der Dunkelelfen.

»Wir müssen weiter«, sagte Firilara nach einem kurzen Augenblick.

»Können wir denn nicht noch einen Moment ausruhen?«, beschwerte sich Elbart. »Ihr seid doch selbst genauso fertig wie ich. Argonia wäre beinahe gestorben. Wir brauchen eine Rast.«

»Ja, Schmied. Die brauchen wir. Aber hier auf dem Fels sind wir für jeden Feind, der vielleicht zufällig unterwegs ist, gut sichtbar. Wir suchen eine Deckung und ruhen dort aus.« Um ihre Worte zu bekräftigen, stand Firilara auf und ging den Felsen herunter. »Los, kommt endlich.«

Elbart und Argonia blieb nichts anderes übrig, als der Kriegerin zu folgen. Während er das tat, beschäftigte sich der junge Schmied mit der Frage, ob Theodors Tochter ihn wirklich getötet hätte, wenn es ihm nicht gelungen wäre Argonia zu retten. Zutrauen würde er ihr das. Die Zwerge stiegen die Felsen hinab und gelangten in einen Wald, wo sie sich hinter einem mächtigen Baumstamm niederließen. Es war etwas dunkler als in ihrem eigenen Reich, aber dennoch hell genug, dass Elbart und die Kriegerinnen alles in ihrer Umgebung erkennen konnten. Zumindest schemenhaft.

»Was starrst du mich so an?«

»Das tue ich gar nicht, Firilara«, antwortete Elbart und wandte den Blick ab. Nach wenigen Sekunden richtete er ihn wieder auf die Kriegerin, die dies entweder nicht bemerkte oder nicht bemerken wollte. Zum ersten Mal sah der Zwerg die mächtige Heerführerin als Frau. Ihre eng anliegende Lederrüstung zeichnete verführerische Formen ab. Ihre Brüste waren deutlich größer als die von Argonia, dafür war Firilara insgesamt schlanker. Einen Moment lang klebte Elbarts Blick förmlich an den nackten Beinen der Zwergin. Dann sah er zur Seite und schalt sich in Gedanken selbst einen Narren. Was tat er hier? Dies war weder der richtige Zeitpunkt noch der richtige Ort, um sein Interesse für das andere Geschlecht zu entdecken, von dem er in seinem bisherigen Leben nichts hatte wissen wollen. Und ganz sicher käme gerade Firilara niemals als Partnerin in Frage. Ein Blick auf den kahlrasierten Schädel und den harten Gesichtsausdruck reichten aus, um zu erkennen, dass die Kriegerin nicht für das Familienleben gemacht war.

»Wir gehen weiter«, entschied Firilara nach einer Weile. »Ich möchte dieses Land so schnell wie möglich wieder verlassen.«

Auch Elbart wollte nicht länger als nötig im Reich der Dunkelelfen bleiben. Dennoch hätte er genau wie Argonia – das konnte er der Kriegerin deutlich ansehen, die noch immer durchnässt war und schwer atmete – noch einen Moment länger im Schutz des Baumes ausgeruht. Er entschied für sich, dass eine Diskussion mit der Hauptfrau wenig Sinn hatte, stand auf und schnallte seinen Rucksack um.

»Ich hoffe, du weißt, wo du hin musst«, sagte Firilara und ließ Elbart vorgehen.

»Nicht genau«, antwortete der Schmied.

»Was soll das jetzt wieder heißen?«

»Dieses Gebiet hat sich durch das große Beben verschoben. Früher hat es zu unserem Reich gehört. Niemand weiß jetzt genau, wo sich das Trigonium befindet.«

»Wie willst du es dann finden?«

»Keine Sorge. Ich weiß, was ich tue.« Elbart ging die Felswand entlang und untersuchte die oberste Gesteinsschicht dabei genau. Er war überzeugt davon, hier das kostbare Metall zu finden, das sie so dringend zur Herstellung neuer Waffen benötigten. Der Schmied konnte spüren, wie die Blicke der Kriegerinnen in seinem Rücken immer zweifelnder wurden. Sicher waren sie alles andere als begeistert von seiner Arbeit, hielten sich aber mit Kommentaren zurück. Nach über zwei Stunden wollte der Zwerg fast aufgeben, als er eine ein wenig dunklere Schichtung fand, an der es sich lohnen konnte, den Meißel anzusetzen.

»Was machst du da?«, wollte Firilara wissen.

»Ich suche nach Trigonium. Deswegen sind wir hier.«

»Das weiß ich. Aber warum an dieser Stelle. Der Stein sieht doch hier nicht anders aus als an der restlichen Wand.«

»Für das ungeübte Auge vielleicht nicht«, gab Elbart zu »Ich aber kann den Unterschied erkennen. Vertrau mir.«

»Einem Mann vertrauen?«

Die Kriegerin konnte sich ein Lachen nicht verkneifen, und auch Argonia stimmte ein. Dass der Zwerg ihr vor wenigen Stunden das Leben gerettet hatte, schien sie vergessen zu haben.

»Es ist mir egal, was ihr denkt. Lasst mich einfach in Ruhe meine Arbeit machen.«

Ohne sich weiter von den Kriegerinnen ablenken zu lassen, drosch Elbart seinen Hammer auf den Meißel. Nach wenigen Schlägen platzte ein Teil der oberen Gesteinsschicht ab und legte eine kurze Ader des gesuchten Metalls frei.

»Seht ihr«, sagte er triumphierend.

»Schwing hier keine großen Reden, beeil dich lieber. Dein Lärm wird ganze Heere von Dunkelelfen anlocken.« Böse schaute die Hauptfrau auf Elbart herunter, während Argonia weiter die Umgebung im Auge behielt.

Der Schmied schwieg und machte sich erneut an die Arbeit. Nach einigen gezielten Schlägen brach ein etwa armgroßes Stück Trigonium aus dem Stein. Von diesem Erfolg angefeuert, gelang es Elbart schnell, auch das restliche Metall aus dem Berg zu gewinnen. Insgesamt waren es vielleicht zehn Kilogramm. Keine schlechte Ausbeute. Auf einmal schlugen drei Pfeile gegen die Felswand.

»In Deckung«, schrie Firilara und zog Elbart am Arm.

»Ich bin gleich fertig.« Der Schmied packte das kostbare Metall, so schnell er konnte, in seinen Rucksack.

»Nein, jetzt. Meinst du, die Dunkelelfen warten, bis du so weit bist?« Die Kriegerin zog den Schmied weiter, der es gerade noch schaffte, das letzte Stück Trigonium zu greifen, dafür aber Hammer und Meißel zurücklassen musste.

Die Zwerge rannten im Zickzack zurück in den Schutz der Bäume. Weitere Pfeile landeten zwischen ihnen auf dem Boden.

»Es sind drei Dunkelelfen«, sagte Firilara und zog ihr Schwert. »Sie werden jeden Moment hier sein. Mit ihren Bögen erreichen sie uns unter den Ästen nicht.«

»Woher weißt du, dass es nur drei sind?«, fragte Elbart gehetzt.

»Wenn es mehr wären, hätten auch alle geschossen.«

In diesem Moment traten die Feinde zwischen den Stämmen hervor. Firilara und Argonia, die mittlerweile ebenfalls ihre Waffen gezogen hatte, schritten ihnen entgegen und gaben dem Schmied so Deckung.

Sofort stürzten sich die beiden Kriegerinnen auf ihre Feinde. Firilara schwang ihr Schwert und drosch es auf den vordersten Dunkelelfen, der seine eigene Klinge gerade noch rechtzeitig hoch bekam, um den Schlag abzuwehren. Den Bruchteil einer Sekunde später hieb ihm die Zwergin ihr Beil in die Seite. Bevor seine Kameraden in den Kampf eingreifen konnten, erwischte Firilara den Verletzten mit einem weiteren Schwertstreich, der ihm die Kehle durchschnitt. Der Dunkelelf ging zu Boden und blieb reglos liegen.

Elbart konnte nur staunen, wie schnell sich die beiden Kriegerinnen bewegten, die es jetzt jeweils mit einem Gegner zu tun hatten. Weil sie Schwert und Axt in je einer Hand hielten, waren sie den Elfen überlegen, die nur die Hiebe der Frauen parierten, ohne selbst zum Angriff übergehen zu können.

Mit einem wilden Schrei stach Argonia ihrem Feind die Klinge in den Bauch. Die Kriegerin warf Elbart einen triumphierenden Blick zu. Der Schmied war froh, dass die beiden Frauen auf seiner Seite standen, und er nicht gegen sie kämpfen musste. Obwohl die Dunkelelfen etwa doppelt so groß waren, fanden sie kein Mittel gegen die wesentlich flinkeren Zwerginnen.

Auch Firilara hatte ihren Gegner so weit in die Enge getrieben, dass dieser sich kaum noch auf den Beinen halten konnte. Mit einem gezielten Axthieb zertrümmerte die Zwergin dem Elfen die Kniescheibe. Schwer angeschlagen setzte der Kämpfer jetzt alles auf eine Karte und wollte sich auf Firilara stürzen. Die wich aus und stach dem Feind das Schwert in den Rücken.

»Siehst du jetzt, warum wir Frauen das stärkere Geschlecht sind?«, fragte Argonia und sah Elbart herausfordernd an.

»Pass auf! Hinter dir«, rief der Schmied und sprang selbst ein paar Schritte zurück.

Der von Firilara getroffene Dunkelelf taumelte vor. Dickes Blut lief ihm aus dem Knie und dem Rücken.

»Was willst du?«, lachte Argonia und deutete auf den verbliebenen Gegner. »Meinst du, der Kerl kann uns jetzt noch gefährlich werden?« Siegessicher drehte sich die Kriegerin wieder zu Elbart. Grinsend steckte sie ihre Waffen in den Gürtel.

»Nein!«, schrie Firilara auf.

Doch die Warnung kam zu spät.

Mit letzter Kraft schwang der Dunkelelf im Fallen sein Schwert und traf Argonia von hinten in den Hals, bevor er schwer auf dem Boden aufschlug.

Rasend vor Wut stürzte sich Firilara auf den verletzten Elfen und spaltete ihm mit der Axt den Schädel.

Elbart eilte zu der regungslos daliegenden Argonia und sah entsetzt auf das Blut, das aus ihrem Hals quoll und eine Lache auf dem Boden bildete. »Sie ist tot.«

»Das darf nicht sein«, entgegnete Firilara. Entsetzt ließ sie ihre Waffen fallen, stieß Elbart zur Seite und kniete sich neben den Körper ihrer Gefährtin. Etwa eine Minute hockte die Kämpferin dort, ohne sich zu rühren. Elbart saß ein Kloß im Hals, als er Firilaras geballte Fäuste sah. Er fürchtete, die Kriegerin könnte ihn für das Geschehene verantwortlich machen. Das käme seinem Todesurteil gleich.

»Wir müssen weiter«, sagte Firilara schließlich mit leiser Stimme und stand auf.

»Wollen wir Argonia nicht begraben?«

»Nein, dazu haben wir keine Zeit. In wenigen Minuten wird es hier von Dunkelelfen wimmeln. Sie ist einen ehrenhaften Tod gestorben. Wir können nichts mehr für sie tun. Nimm ihre Waffen und komm!«

Elbart wagte es nicht, der Kriegerin zu widersprechen. Ein Blick in ihr Gesicht reichte, um zu erkennen, dass die Zwergin kurz vorm Explodieren stand. Er nahm Argonias Beil in die eine und das Schwert in die andere Hand. An beiden Klingen klebte noch das Blut des Dunkelelfen. Für einen Moment schloss Elbart die Augen und atmete tief durch. Dann folgte er der Hauptfrau.

Sie hatten den Fluss fast erreicht, als der Pfeil in Firilaras Rücken schlug. Die Kriegerin ging zu Boden.

Sofort lief Elbart zu ihr. »Ich ziehe den Pfeil heraus.«

»Nein, Elbart. Wenn du das tust, verblute ich. Lass mich hier zurück und lauf, so schnell du kannst. Es ist nicht mehr weit bis zum Tunnel.«

»Ich kann dich doch hier nicht zurücklassen. Sicher sind die Feinde bald da.«

»Doch, das kannst du und musst du. Das Trigonium …«

Elbart sah ein, dass Firilara recht hatte. Der Atem der Zwergin wurde immer schwächer. Ihr Blick trüber. »Es tut mir leid.«

»Das weiß ich, Elbart. Geh jetzt!«

Der Schmied hatte sich gerade entschlossen, den letzten Befehl der Kriegerin zu befolgen, als er aus dem Augenwinkel den Dunkelelfen sah. Der Feind hatte ihn fast erreicht und hielt das Schwert kampfbereit in der Hand. Jetzt blieb Elbart nichts anderes übrig, als sich dem Gegner zu stellen.

So leicht mache ich es dir nicht, dachte der Zwerg und ging entschlossen auf den Elfen zu.

Der schien in Elbart trotz seiner Waffen keine große Gefahr zu sehen. War es doch unter den Völkern der Unterirdischen allgemein bekannt, dass bei den Zwergen die Frauen die Kämpfer waren.

Der Dunkelelf stürmte los. Der Schwerthieb hätte Elbart den Kopf gespalten, doch der Zwerg lief ebenfalls nach vorne und tauchte unter dem Schlag weg. Dabei stolperte er über einen Stein und fiel direkt auf den Gegner zu. Geistesgegenwärtig holte er im Fallen mit dem Beil aus und traf den Dunkelelfen in die Kniescheibe. Elbart war von der Aktion fast genauso überrascht wie sein Feind. Er wusste, dass er keine Sekunde zögern durfte, wenn er diesen Kampf überleben wollte. Bevor der Elf sich von seinem Schock erholen konnte, stieß der Schmied ihm sein Schwert in den Leib. Blut spritzte aus der Wunde und traf Elbart an den Armen und im Gesicht. Seinem Gegner gelang es nicht mehr, sich auf den Beinen zu halten. Tödlich getroffen stürzte er zu Boden. Der Zwerg atmete tief durch und drehte sich zu Firilara um. Er würde sie nicht hierlassen.

»Du musst fliehen«, ächzte Firilara und verlor das Bewusstsein.

»Nein, Firilara«, sagte Elbart. »Ich werde nicht ohne dich gehen.« Er holte das Seil aus seinem Rucksack und schnitt ein etwa zwei Meter langes Stück ab. Dann band er Firilaras Hände zusammen. Elbart zog den Rucksack vor die Brust, setzte sich vor der Kriegerin auf den Boden und schlang ihre Hände um seinen Hals. Damit ihn ihre Last nicht erwürgen konnte, band der Zwerg die freien Enden des Seils an Firilaras Beinen fest. Jetzt saß die Hauptfrau in einer Art Sitzschlinge und Elbart konnte sie huckepack tragen.

Mittlerweile hatten Dunkelelfen das gegenüberliegende Ufer des Flusses fast erreicht. Elbart musste jetzt schnell sein. Er lief los und steuerte den Tunnel an, der nur noch etwa fünfzig Meter entfernt war. In diesem Moment blieben seine Gegner stehen und feuerten die ersten Pfeile ab. Da sie aber noch weit entfernt waren, gelang es Elbart trotz seiner Last auf dem Rücken, den Geschossen auszuweichen. Bevor die Feinde die zweite Salve abfeuern konnten, erreichte der Zwerg den Einstieg und griff nach dem Seil. Zeit, sich umzuschauen, hatte Elbart nicht.

Der Schmied spürte jetzt das Gewicht von Firilaras Körper und hatte Mühe, sich an der Leine gegen die Strömung voranzuziehen. Trotzdem beeilte er sich, weiter in den Tunnel hereinzukommen. Plötzlich prasselten die Pfeile der Dunkelelfen neben ihm gegen die Wand. Er war noch längst nicht in Sicherheit. Der Zwerg riskierte einen Blick zurück und schaute entsetzt auf den Pfeil, der aus Firilaras Arm ragte.

»Ich bringe dich hier raus«, machte Elbart sich selbst Mut und setzte den Weg fort. Der nächste Schwarm an Pfeilen prasselte hinter ihm gegen den Fels. Noch ein kurzes Stück und er war außer Reichweite der Feinde.

Der Körper von Firilara schien ihm immer schwerer zu werden. Endlich konnte er vor sich die Öffnung des Tunnels erkennen. Das Ziel vor Augen zu haben, spornte den Zwerg weiter an.

Mit wackligen Beinen erreichte er schließlich den sicheren Boden und stieg zum Ufer des Flusses herauf. Dort kappte er mit seinem Messer das Halteseil, damit ihm die Dunkelelfen auf diesem Weg nicht folgen konnten. Glücklich, wieder im Reich der Zwerge zu sein, setzte Elbart seinen Weg taumelnd fort. Jetzt musste er Firilara so schnell wie möglich zu ihrem Vater bringen.

Nach wenigen Minuten sah der Schmied vor sich eine Gruppe von Kriegerinnen, die auf ihn zugestürmt kam. »Wir sind gerettet«, sagte er zu der noch immer leblosen Firilara und brach zusammen.

»Ich bin dir zu großem Dank verpflichtet«, sagte Theodor.

Elbart war am Morgen im Palast des Königs erwacht und gleich in dessen Räume geführt worden. Gregor war auch dort und schaute seinen Schüler stolz an.

»Deswegen will ich dich für deine Taten belohnen«, fuhr Firilaras Vater fort. »Ich möchte, dass du ab sofort in meiner Burg lebst und mein persönlicher Schmied wirst.«

»Ich fühle mich sehr durch Euer Angebot geehrt«, sagte Elbart. »Ich bin aber noch kein Meister und kann diese Aufgabe deshalb nicht übernehmen. Gerne will ich aber mit Gregor gemeinsam die besten Waffen schmieden, die Eure Kriegerinnen jemals getragen haben.«

»Die Waffen kannst du auch hier in der Burg herstellen. Das Trigonium hast du ja.«

Elbart sah zweifelnd zwischen Theodor und Gregor hin und her. Er wusste, dass er niemals wieder eine so einmalige Chance bekommen würde. Dennoch war er unsicher. »Was werden die anderen Meister sagen, wenn ein Schüler zum persönlichen Schmied des Königs gemacht wird?«

»Du bist kein Schüler mehr«, sagte Gregor.

»Wie meinst du das?«

»Auch wenn du noch sehr jung bist, habe ich nie einen besseren Zwerg in meiner Obhut gehabt als dich. Du hast alles gelernt, was ich dir beibringen kann. Hiermit erkläre ich deine Ausbildung für beendet. Somit bist du jetzt ein Meister der Schmiedekunst.«

»Und obdachlos«, fügte Theodor grinsend hinzu.

»Wieso das?«

»Gregor wird einen neuen Schüler zu sich nehmen, und du musst eine eigene Schmiede eröffnen. Diese wirst du aber nicht so einfach finden, da die Werkstätten seit dem großen Beben knapp gesät sind. Viele Teile des Landes wurden zerstört, das weißt du. Willst du nicht noch einmal über mein Angebot nachdenken?«

»Unter diesen Umständen nehme ich es natürlich gerne an«, sagte Elbart strahlend.

Etwa eine Woche später traf Elbart auf Firilara, die ihm auf dem Weg zum König entgegenkam. Fast hätte er die Kriegerin nicht wiedererkannt. Sie trug ein weißes Gewand und hatte rote Haare, die zwar nur etwa einen Zentimeter lang waren, aber das Aussehen der Zwergin völlig veränderten. Auch der harte Gesichtsausdruck war verschwunden. Jetzt war sie schön, wunderschön.

»Hallo, Elbart«, sagte Firilara und blieb vor dem Schmied stehen. »Ich habe gehört, dass du jetzt hier in der Burg lebst.«

»Ja, ich arbeite für deinen Vater. Wie geht es dir?«

»Ich werde meinen Arm nicht mehr so gut bewegen können wie früher. Ansonsten geht es mir gut. Ich bin aus dem Heer ausgetreten.«

Verblüfft sah Elbart Firilara an. Es war schwer vorstellbar, dass sie keine Kriegerin mehr sein sollte.

»Komm mich mal besuchen«, sagte Firilara und lächelte den jungen Schmied an. Dann wandte sie sich um und ging weiter.

Die Bewährungsprobe
Timo Bader

Hell stand einsam in der dunklen Beutekammer, nur mit einem kleinen Messer bewaffnet, während die Kobolde in seine Richtung kamen. Mittels der Gabe spürte der Erdwicht die Wut und Kampfeslust der blauhäutigen Wesen, die Speere und Bogen trugen. Hell konnte es unmöglich allein mit allen Angreifern aufnehmen. Er saß in der Falle.

Flink und Stark, seine Kameraden, waren wohl noch rechtzeitig entkommen, bevor die Kobolde in die Beutekammer stürmten, auf die sie am Ende der unbekannten Tunnel gestoßen waren, durch die Hell die Diebe geführt hatte. So zumindest dachte er, bis ihn ein leises Zischen auf ein Regal aufmerksam machte, hinter dem Flinks graue Haarmähne hervorschaute. Offenbar war der Alte zurückgeblieben, um ihm beizustehen.

Die Gabe verriet ihm nichts über die Gefühle anderer Erdwichte, sodass Hell nicht wusste, ob Flink mutig oder nur besonders dumm handelte.

Fast hatten die Kobolde ihn erreicht.

In diesem Moment huschte Flink aus seinem Versteck – trotz seines Alters bewegte er sich schnell wie eine Maus – und stieß mit der Schulter gegen ein Regal. Krachend zerbarst das Holz; Äxte, Dolche und Streitkolben fielen klirrend zu Boden.

Sofort spürte Hell, wie die Entschlossenheit der Kobolde teils in Unsicherheit, teils in leichte Furcht umschlug. Die Gabe offenbarte ihm, dass nur noch ein Ruck fehlte, um den letzten Mut wegzureißen und die nackte Angst zu entblößen.

Nun fanden seine Augen auch Stark, der auf einer Erhöhung ganz in der Nähe kauerte. Rufend und winkend bedeutete Hell dem Dieb, er möge eine der Kisten, hinter denen er sich versteckte, über den Rand schieben. Stark verstand und stemmte sich mit seiner beachtlichen Muskelkraft gegen die Deckung.

Kurz darauf stürzte eine Kiste nach der anderen herab. Erdknollen, Möhren und gebratene Wurzeln rollten den Kobolden entgegen und machten einen Lärm wie hundert Fußpaare; eine ganze Armee schien sich in Bewegung zu setzen.

Mittels der Gabe spürte Hell, wie die Furcht der Kobolde sich in Angst verwandelte. Schreiend und um ihr Leben laufend flohen die Blauhäutigen.

Erleichtert atmete Hell aus. Sie hatten gesiegt.

»Ein echter Erdwicht sollte das Labyrinth nicht verlassen«, knurrte Stark, nachdem sie wieder durch die vertrauten Tunnel ihrer Heimat gingen.

Jedes andere Wesen der Unterwelt hätte sich in dem undurchschaubaren Spinnennetz aus Gängen und Kreuzungen, Treppen, Höhlen, Gabelungen und Schächten rettungslos verlaufen, doch die Erdwichte fanden sich mühelos darin zurecht.

»Wir sind keine echten Erdwichte«, sagte Hell. »Wir sind Diebe.«

»Umso schlimmer.«

Nach Luft ringend holte Flink sie ein. »Alles erledigt«, keuchte er. »Der Zugang zur Beutekammer wurde verschüttet, sodass unsere Kameraden sie ungestört ausräumen können. Danach müssen sie alle Spuren verwischen.«

Hell rieb sich die Hände. »Ist es nicht wundervoll, ein Dieb zu sein?«

»Was soll daran wundervoll sein?«, fragte Stark.

»Nun, du weißt schon …« Hell zögerte. »Wir reisen an die Oberwelt, erleben spannende Abenteuer – und wir schwimmen in Edelsteinen!«

»Pah«, machte Stark. »Sind Edelsteine alles, woran du denkst?«

Fast hätte Hell die Laterne fallen gelassen; die Flamme flackerte unruhig und drohte zu erlöschen. Wie alle Erdwichte konnte

Hell eigentlich sehr gut im Dunkeln sehen, doch seit die Menschen sie gezwungen hatten, die Oberwelt zu betreten, wo es oft blendend hell war, benötigten die Diebe Laternen, um sich in der Finsternis zurechtzufinden.

»Ihr habt beide nicht unrecht«, mischte Flink sich ein. »Vor dem Erdrumpeln ging es uns hervorragend. Die Schächte zur Oberwelt waren frei, und wir konnten die Bewohner nach Herzenslust bestehlen. Im Gegensatz zu den Zünften räumten die Menschen uns großzügige Privilegien ein, und dennoch blieb uns noch mehr als genug. Aber seit die Schächte versperrt sind, können wir keinen Nachschub mehr beschaffen. Unsere Vorräte neigen sich dem Ende zu, und die Geduld der Menschen ist fast aufgebraucht.«

»Quatsch!«, entgegnete Hell. »Wir sind Helden.«

»Pah, Helden«, schnaubte Stark. »Wir sind, was wir sind, weil die Menschen uns dazu gemacht haben. Sie waren mit unserem Aufstieg einverstanden, solange es ihnen half. Wenn wir nicht mehr nützlich für sie sind, lassen sie uns fallen.«

»Aber die Menschen beschützen uns!«, protestierte Hell. »Ohne ihre Soldaten hätten unsere Feinde das Labyrinth längst eingenommen.«

»Ja, doch zu welchem Preis?«, fragte Flink ernst. »Wir haben unsere Freiheit verloren! Unsere Schwestern und Brüder in den Zünften arbeiten in Schlaf- und Wachphasen, um die hohen Abgaben leisten zu können. Zugleich mangelt es ihnen an allem.«

»Unsinn«, widersprach Hell, diesmal nicht mehr ganz so entschieden.

»Du müsstest eigentlich wissen, wie es um die Zünfte steht. Wie geht es den anderen Bergarbeitern? Wie geht es deiner Zunft?«

»Ich habe keine Zunft!«, sagte Hell mit harter Stimme.

»Die Menschen sind eine Plage!«, donnerte Stark.

»Still!« Hell legte einen Finger auf den Mund.

»Siehst du!«, fuhr Stark unbeeindruckt fort. »Nicht einmal frei reden können wir mehr! Was kommt als nächstes? Wollen sie uns das Denken verbieten?«

»Nicht so laut«, flehte Hell. »Das ist Verräter-Gerede. Wenn man uns hört …«

»Du hast uns gesagt«, bemerkte Flink.

»Ich …«, stotterte Hell. »Ich meinte …«

»Bist du ein Verräter?« Der Alte maß ihn mit durchdringendem Blick.

»Wenn ihr mich fragt, sind wir alle Verräter«, grunzte Stark. »Verräter am Volk der Erdwichte und am Glauben an die Zunftgötter.«

»Wir müssen dem ein Ende machen«, stimmte Flink zu.

»Wir?«, fragte Hell. »Was soll das heißen?«

»Warum glaubst du, wurdest ausgerechnet du zum Anführer dieses Auftrags ernannt, obwohl Stark und ich schon viel länger Diebe sind?«

»Weil ich mich schnell in den neuen Gängen zurechtfinden kann, die nach dem Erdrumpeln entstanden. Ich sollte eine neue Beschaffungsquelle finden.«

»Und was fanden wir?«

»Erdknollen und Möhren. Wurzeln …«

»Was fanden wir?«, fragte Flink scharf.

»Waffen«, antwortete Hell.

»Weißt du noch, wie wir den Auftrag nannten?«

»Meine Bewährungsprobe.«

»Ganz genau.«

Hell ahnte, worauf der Alte hinauswollte. »Du wusstest, dass wir die Waffen fänden.« Sein Blick irrte von Flink zu Stark. »Ihr wusstet beide, dass ich den Befehl gäbe, sie an den Menschen vorbeizuschmuggeln, die die Grenzen des Labyrinths bewachen.«

»Wenn sie das erfahren, bist du ein toter Erdwicht«, bemerkte Stark.

»Wollt ihr mich erpressen?«, fragte Hell erschrocken.

»Du hast den Auftrag ausgeführt«, wich Flink der Frage aus. »Nur wir kennen den weiteren Weg deines Schicksals.«

»Und was jetzt?« Die Laterne in Hells Hand zitterte.

»Es wird Zeit, dass du ihn kennen lernst.«

»Ihn?«, fragte Hell verdutzt. »Oh, du meinst … ihn?«

»Ganz genau. Folge mir.«

An der nächsten Abzweigung traten die Diebe in einen Tunnel, den Hell bisher nicht gekannt hatte. Es gab nur einen schmalen Durchgang, der so hinter einem Felsvorsprung verborgen lag, dass man ihn unmöglich bemerkte, wenn man eilig vorbeiging und nicht wusste, wonach man Ausschau halten musste.

Schon nach wenigen Schritten bogen die Diebe erneut ab, diesmal so abrupt, dass sie einfach aus Hells Sicht verschwanden. Auch der nächste Stollen lag in einer Art totem Winkel, sodass Hell eine Weile suchen musste, ehe er den Durchgang fand.

Zweimal gabelte sich der Weg; einmal wählten sie den rechten, einmal den linken Gang. Selbst Erdwichte, die sich blind im Labyrinth auskannten, hätten in diesen unbekannten Gängen die Orientierung verloren, so wie die Menschen, die sich dauernd verirrten. Doch Hells ausgeprägter Orientierungssinn endete nicht mit den Grenzen der Heimat; er besaß eine besondere Fähigkeit, die es ihm erlaubte, sich neue Wege schnell einzuprägen. Er kannte viele Schächte, die zur Oberwelt führten, und hatte sich gemerkt, wie man zu den Dörfern und Städten kam – und wieder zurück in die Unterwelt. Außerdem fand er sich in vielen der neuen Tunnel zurecht, die das Erdrumpeln ins Labyrinth gerissen hatte, und die ins Reich der Kobolde und Goblins führten.

»Wir sind da«, verkündete Flink.

Stark blieb so plötzlich stehen, dass Hell von hinten gegen den Erdwicht prallte, der fast so groß wie ein Mensch war, und einen Schritt zurück taumelte.

Vor ihnen lag eine Höhle, von deren Ausmaßen er sich überwältigt fühlte. Die Decke lag weit über ihnen, fast so hoch wie der Himmel der Oberwelt, und das andere Ende konnte Hell nicht sehen. Der Schein der Laterne füllte nur einen winzigen Teil der Höhle aus – eine leuchtende Insel, in einem Meer der Nacht.

»Wo … sind wir?«, fragte Hell. Das Echo seiner Stimme irrte durch die weite Finsternis, leiser und leiser werdend, bis die Ewigkeit es verschluckte.

»Im geheimsten Geheimversteck der Diebe«, antwortete Stark.

»Warum habt ihr mich hergebracht?« Hell fühlte sich unwohl. »Ihr wusstet, dass ich mir den Weg merken kann. Ist es jetzt überhaupt noch das geheimste Geheimversteck?«

»Nur solange du es nicht weitererzählst«, meinte Flink.

Vor ihnen räusperte sich jemand. Sie machten eine Gestalt aus, in der Mitte einer weiteren Lichtinsel, weit von ihnen entfernt. Langsam kam sie näher, wobei sich ihr Schatten, ein großer schwarzer Umriss, bedrohlich über Hell und die Diebe legte. Es dauerte eine Weile, bis die Gestalt sie erreicht hatte, und mit der Entfernung schrumpfte der Schatten. Es war ein Erdwicht, der sich schließlich vor ihnen aufbaute und Stark nicht einmal bis zur Schulter reichte. Der Fremde trug eine dunkle Robe, sein Haar war schwarz wie Kohle und verwuschelt. Die Augen leuchteten in einem sanften Rot, und das ganze Gesicht lief spitz zu, besonders die Nase, wie der Schnabel eines Vogels.

»Ich bin der namenlose, allwissende Meisterdieb«, verkündete der Erdwicht mit krächzender Stimme. »Der Anführer der Diebe. Du kannst mich Schwarz nennen.«

»Wie kann ich dich Schwarz nennen«, fragte Hell, »wenn du namenlos bist?«

Ertappt zuckte der Meisterdieb zusammen. »Schwarz ist natürlich nur einer von vielen tausend Namen, die ich benutze.«

»Ach so. Nun, ich bin Hell. Und das sind …«

»… Flink und Stark«, krächzte Schwarz. »Ich weiß auch, wer du bist.«

Hells Herz schlug schneller. Woher kannte ihn der Meisterdieb?

»Ihr könnt gehen«, sagte Schwarz zu Flink und Stark.

»Aber …«, setzte der Alte an.

»Geht!«, beharrte der Meisterdieb.

Demütig senkten die Erdwichte die Köpfe und verließen die Höhle.

Schwarz blickte ihnen nach. »Gehorsamkeit gehört nicht zu den Stärken der Erdwichte. Wir sind die Töchter und Söhne des Labyrinths, und unsere Gedanken folgen oft ebenso wirren Wegen.«

Hell schwieg, weil er nicht wusste, was er erwidern sollte.

»Dein Auftrag«, sagte Schwarz, »war erfolgreich.«

»Ja, das war er. Wir fanden …«

»Darauf hättest du nicht antworten müssen«, krächzte Schwarz. »Ich bin der namenlose, allwissende Meisterdieb.«

»Oh.« Hell musterte die unscheinbare Gestalt des Erdwichts.

»Was habt ihr gefunden?«, wollte Schwarz wissen.

Den Worten folgte eine unangenehme Stille.

»Antworte!«

»Nun.« Verlegen kratzte Hell sich am Kopf. »Wir fanden eine Beutekammer der Kobolde, voller Vorräte und Waffen.«

»Waffen?« Der Meisterdieb hob die Augenbrauen.

Hell nickte eifrig. »Waffen.«

»Das wusste ich.« Schwarz zupfte an seiner Robe.

»Natürlich.«

»Du hast dich als treuer Diener erwiesen, Hell Bergarbeiter.«

»Das ist nicht mein Name«, sagte Hell.

»Hell?«, fragte Schwarz.

»Nein, Bergarbeiter.«

»Aber ist das nicht deine Zunft?«

»Es war meine Zunft«, sagte Hell betont.

»Und was bist du jetzt?«

»Nun … ein Dieb.«

»Das ist keine Zunft«, belehrte ihn Schwarz.

»Ich weiß«, sagte Hell. »Aber ich bin auch kein Bergarbeiter mehr.«

»Hm.« Schwarz dachte angestrengt nach. »Du hast deinen Namen abgelegt und deine Zunft verlassen, um ein Dieb zu werden.«

»Die Menschen verlangten immer mehr«, jammerte Hell. »Meine Eltern und die anderen Bergarbeiter litten Hunger und

Durst. Deshalb schloss ich mich den Dieben an. Ich wollte ihnen helfen.«

»Bist du gerne ein Dieb?« Als Hell nicht antwortete, stellte Schwarz eine weitere Frage: »Vermisst du es, ein Bergarbeiter zu sein?«

Hell dachte an Mutter und Vater, die er verlassen hatte. An Lieb, seine kleine Schwester. Wie sie in den Tunneln gruben und feierten und sich umarmten, wenn sie auf Edelsteine stießen, die er dann stolz zu Schwer Gemmenschleifer brachte, seinem besten Freund. »Ich vermisse es ... irgendwie.«

»Macht es dich wütend, was die Menschen dir angetan haben?«

»Es war meine Entscheidung«, erwiderte Hell.

»Macht es dich wütend?«, beharrte Schwarz.

»Ja«, gestand er.

»Nun, Hell ohne Zunftname, als Belohnung für deine Treue ernenne ich dich zu einem meiner Vertrauten. Als ein solcher weihe ich dich in meine Geheimnisse ein. Vergiss alles, was du bisher glaubtest, über die Diebe und die Menschen zu wissen.«

»Dass wir Menschenfreunde sind, weil man uns erlaubt, das Labyrinth zu verlassen und Waffen zu tragen?« Hell tastete nach dem Messer an seinem Gürtel. »Dass die Menschen uns weniger schikanieren als die Zünfte?«

»Wir hassen die Menschen«, verriet Schwarz, »und unterstützen den Widerstand.«

»Den Widerstand?« Hell hatte schon von den Erdwichten gehört, die sich angeblich im Geheimen trafen und planten, die Menschen aus dem Labyrinth zu vertreiben, aber es nur für ein Gerücht gehalten.

»Seit dem Erdrumpeln leiden wir genauso wie die Zünfte«, erklärte Schwarz. »Nur sind wir bereit, etwas dagegen zu tun, und haben viele Verbündete.«

»Was soll ich tun?«, fragte Hell.

»Mit den Waffen der Kobolde wirst du einen Gütertransport ins Reich der Menschen abfangen. Zehn tapfere Widerständler sind bereit, sich den Langen im Kampf zu stellen. Ich möchte, dass du sie anführst.«

»Ich?«, rief Hell.

»Natürlich musst du es nicht alleine tun.« Eine Gestalt trat vor, die sich bisher hinter Schwarz versteckt hatte. Sie war noch ein Stück kleiner als der Meisterdieb, von schlankem Wuchs und erwiderte seinen Blick mit den schönsten blutroten Augen, die Hell je gesehen hatte. »Meine Tochter wird dir helfen. Ihr Name ist Weiß.«

Nachdem Schwarz sich verabschiedet und Hell das Versprechen abgenommen hatte, niemandem von ihren Plänen zu erzählen, einigte er sich mit Weiß, dass sie sich am Ende der nächsten Wachzeit am unteren Ausgang des Labyrinths träfen. Dann zog sich auch die Tochter des Meisterdiebs zurück und ließ Hell mit seinen verworrenen Gedanken allein. Erdwichte und Diebe, der Widerstand, Menschenfreunde und -hasser. Alles war durcheinander geraten; nichts schien mehr so zu sein, wie es vorher war. Selbst das Labyrinth, von dem er geglaubt hatte, es zu kennen, steckte plötzlich voller fremder Wege und voller Geheimnisse.

Hell fühlte sich so leer wie die große Höhle, und während seine Laterne immer schwächer brannte, und er zunehmend schlechter sah, wurde ihm bewusst, dass er im Grunde mehr Mensch als Erdwicht war. So bemerkte er Flink auch erst, als der Alte ihm aufmunternd auf den Rücken klopfte.

»Deshalb hast du so abfällig über die Menschen gesprochen«, murmelte Hell.

»Was ich sagte«, sprach Flink eindringlich auf ihn ein. »habe ich gesagt, weil Stark dabei war. In diesen Zeiten muss man sehr vorsichtig sein. Du darfst niemandem trauen. Ich verstehe, dass der Meisterdieb sich für den Widerstand entschieden hat. Aber das heißt nicht, dass wir das auch tun müssen.«

Verwirrt blickte Hell den Alten an.

»Ich denke, der Meisterdieb macht einen Fehler«, fuhr Flink fort. »Wie alle Mitglieder des Widerstands sehnt er sich nach der

Zeit, in der wir unabhängig von den Menschen waren. Aber sieh nur, was wir ohne sie sind. Wir können uns nicht einmal selbst verteidigen. Hätten die Menschen uns nicht beschützt, dann wären die Kobolde längst ins Labyrinth spaziert, und die Goblins hätten hier ihre Lager aufgeschlagen. Wir brauchen die Menschen – weil wir schwach sind.«

»Wieso bist du ein Dieb?«, fragte Hell nachdenklich. »Ich weiß, dass Stark ein Weber war, bevor die Menschen ihn aus seiner Zunft rissen und zwangen, ein Dieb zu werden, so wie sie es mit vielen anderen großen und starken Erdwichten taten.«

»Ich gehörte zur Zunft der Steinmetze«, erzählte Flink, dessen Stimme jetzt zitterte. »Eines Tages erfuhr ich, dass meine Schwester einen Schmied liebte. Sie trafen sich, ohne die Wege ihres Schicksals vorher mit einem Ring zu verbinden.«

Hell sog entsetzt die Luft ein. Die beiden Erdwichte hatten sich auf dem Weg ihres Schicksals verirrt – eine große Schande für die betroffenen Zünfte.

»Ich schlug ihn tot«, sagte der Alte, »mit einem Hammer.«

»Du bist ein ... Mörder«, flüsterte Hell. »Ein Zunftloser.«

Flink nahm die Hand von seinem Rücken. »Meine Zunft verstieß mich, und ich wurde aus dem Labyrinth gejagt. Gäbe es nicht die Zunft der Diebe, wäre ich tot.«

»Die Diebe formen keine Zunft«, sagte Hell.

»Ist das so?« Flink funkelte ihn wütend an. »Nur weil das die Zünfte sagen?«

»Die Diebe haben keinen Zunftgott, der sie beschützt.«

»Die Menschen beschützen uns!«, rief Flink. »Es gibt keine Zunftgötter!«

»Nur weil die Menschen verbieten, dass wir an sie glauben«, knurrte Hell, »heißt das noch lange nicht, dass sie nicht existieren!«

Flinks Schultern sanken herab. »Du hast recht. Aber verstehst du wenigstens, dass die Menschen viel Gutes tun? Sie beschützen uns, und mit der Zunft der Diebe haben sie mir und vielen anderen Zunftlosen eine zweite Chance gegeben.«

Hell schwieg. Er verstand, was Flink meinte. Nur zu gut.

»Was hat der Meisterdieb vor?«, fragte der Alte.

»Das darf ich nicht verraten«, sagte Hell. »Ich habe es versprochen.«

Flink winkte ihm zu. »Komm, ich zeige dir etwas.«

Bevor Hell erwidern konnte, dass er noch viel zu tun hatte, eilte Flink schon aus der Höhle. Der Alte schritt weit aus, und Hell hatte Mühe, ihm nachzukommen. Im Zickzack ging es durch Tunnel und kleine Höhlen, dann erreichten sie eine Treppe, die tiefer und tiefer nach unten führte, in einen bodenlosen Schlund, so schien es.

»Ich genieße es, ein Dieb zu sein«, sagte Flink. »Wir sind keine Gefangenen des Labyrinths und vollbringen große Taten. Wir sind reich.«

Am Ende der Treppe lag eine Tür, die der Alte öffnete.

»Kommst du nicht mit?«, fragte Hell.

»Den Weg der Erkenntnis musst du alleine gehen.«

Hell wurde an der Schulter gepackt und in eine kleine Kammer gestoßen, in der eine Fackel ein zuckendes Licht verbreitete. Die Wände waren aus schwarzem Stein, und am anderen Ende der Kammer erwartete ihn eine große Gestalt – ein Mensch!

Obwohl er an Flucht dachte, blieb Hell wie versteinert stehen. Der Mensch trug eine braune Kutte, deren Kapuze er sich weit ins Gesicht gezogen hatte. Darunter befand sich nur eine tiefe Schwärze, in der Hell sich zu verlieren glaubte.

»Erdwicht!«, donnerte eine tiefe Stimme.

»Ja, Herr?«, fragte Hell schüchtern.

»Offenbar besitzt du wichtige Informationen.«

»Herr, ich weiß nicht …«

»Schweig!«, brachte ihn die Stimme zum Verstummen. »Unsere Spione sind überall. Wir wissen vom Widerstand, und dass ihr etwas im Schilde führt.«

Hell schluckte und dachte verärgert an Flink, den Verräter.

»Alle untreuen Halbmenschen und ihre Zünfte werden vernichtet.«

»Ihr könnt mir nicht drohen, Herr«, erwiderte Hell in einem jämmerlichen Anflug von Tapferkeit. »Ich habe keine Zunftschwestern oder –brüder.«

»Du bist mutig«, räumte der Mensch ein. »Ich stimme dir zu, dass du außer deinem Leben nicht viel zu verlieren hast. Aber du kannst so viel gewinnen.«

»Ich verstehe nicht …«

»Schon bald wird es nur noch treue Menschenfreunde geben«, erklärte der Mensch. »Die Frage, die du dir stellen musst, lautet, ob du dann ein armer treuer Menschenfreund oder ein reicher treuer Menschenfreund sein willst.«

Der Mensch hielt Hell einen Edelstein vor die Nase, faustgroß und blutrot. Noch nie zuvor hatte er einen so großen und so prächtig funkelnden Edelstein gesehen, der das Licht der Fackel so reflektierte, dass es aussah, als brenne in ihm ein heißes Feuer.

»Der Lohn für deine zukünftige Treue.« Der Mensch warf ihm den Edelstein vor die Füße, woraufhin Hell auf die Knie fiel und gierig danach griff.

»Was verlangt Ihr dafür?«, fragte er.

»Du musst verraten, was du weißt.«

»Ich weiß nichts«, behauptete Hell.

»Dann bist du wertlos für uns.« Der Mensch hob die Hand und forderte den Edelstein zurück. »Ich habe meine Zeit mit dir verschwendet.«

»Nein!«, rief Hell. Er presste den Edelstein an seine Brust. »Ich könnte etwas für Euch in Erfahrung bringen. Der Meisterdieb vertraut mir.«

Der Mensch senkte die Hand. »Weiht er dich in seine Geheimnisse ein?«

Hell rappelte sich auf. »Er erzählt mir alles, Herr!«

»Gut«, säuselte der Mensch. »Du wirst dich ganz normal verhalten. Sobald du etwas hörst oder siehst, was mit dem Widerstand zu tun hat, wirst du mir Bericht erstatten. Von heute an bist du eines meiner Augen und Ohren. Du bist ein Spion.«

»Ja, Herr«, sagte Hell.

»Ein Dieb und ein Spion?«, fragte Schwer Gemmenschleifer.

»Ja«, murmelte Hell. »Wie konnte ich mich nur so verirren?«

Schon seit sie sich als kleine Erdwichte kennengelernt hatten, waren Schwer und Hell unzertrennlich gewesen. Nachdem Hell zu den Dieben gegangen war und seine Zunft verlassen hatte, war Schwer ihm weiter ein treuer Freund geblieben. Genau das, was Hell jetzt brauchte, denn was Schwarz plante, war groß, viel zu groß für einen Erdwicht. Dazu kam noch das Angebot des Menschen, den Widerstand zu verraten …

»Kannst du Licht machen?«, bat Hell leise.

Ohne zu antworten, zog Schwer eine rostige Laterne aus einer Kiste.

»Seit wann besitzt du eine Laterne?«, fragte Hell.

»Ich habe sie heimlich gekauft, weil ich dachte, sie gefällt dir.« Schwer entzündete die Laterne und hängte sie auf. »Es muss dir sehr dunkel vorgekommen sein, wenn du mich besucht hast. So ist es viel gemütlicher, findest du nicht?«

»Die Erdwichte deiner Zunft hätten dich sehen können. Ich weiß, sie würden es nie laut sagen, aber viele von ihnen sind Menschenfeinde und sehen es nicht gerne, wenn andere Erdwichte Laternen oder Fackeln benutzen wie die Menschen.«

»Haben sie aber nicht.« Schwer trat an den Zugang zu seiner Nische und zog einen zweiten Vorhang zur Seite, sodass draußen kein Licht zu sehen war. »Dauernd denkst du an Andere, so wie damals, als du beschlossen hast, ein Dieb zu werden, um deiner Zunft zu helfen. Und was hat es dir eingebracht? Nur Ärger!«

»Sie verstehen nicht …«, begann Hell.

»Für sie bist du ein Geächteter!«, rief Schwer. »Sie haben dich verstoßen, weil sie die Menschen insgeheim hassen, und die Diebe in ihren Augen Menschenfreunde sind.«

Da waren sie wieder: Tränen des Trotzes und der Enttäuschung. Wütend wischte Hell sie fort. Er wollte nicht daran denken, wie viel Leid die Erdwichte ihm angetan hatten.

»Ich muss dir etwas erzählen«, sagte Hell. »Etwas, von dem ich versprach, es niemandem zu verraten. Aber ich kann es nicht länger für mich behalten.«

»So?«, meinte Schwer. »Wieso erzählst du es mir?«

»Weil du ein wahrer Freund bist«, antwortete Hell.

»Das sagst du nur, weil ich dein letzter Freund bin.«

Sie lachten beide, dann schwiegen sie eine Weile.

»Ich erzähle es dir, weil du etwas für mich tun musst.«

Schwer sah ihn sehr lange, sehr angestrengt an. »Also gut.«

»Es geht um den Widerstand. Und um einen Überfall.«

Hell lag neben Weiß auf der Lauer. Die zehn Widerständler, von denen Schwarz gesprochen hatte, versteckten sich hinter großen Felsen, über die gesamte Höhle verteilt. Die Menschen würden diese Stelle passieren müssen, auf dem Rückweg in ihr Reich. Es war der optimale Platz für einen Hinterhalt.

»Wie fühlst du dich?«, fragte Weiß.

Hell hatte die gesamte Wachzeit mit ihr verbracht, Seile und Proviant gekauft, und die Diebe mit den Waffen aus der Beutekammer der Kobolde ausgerüstet.

»Ich weiß nicht …«, stotterte Hell.

»Du wirkst angespannt«, meinte Weiß. »Du schwitzt.«

»Es ist so …« Hell spielte nervös mit dem Edelstein in seiner Tasche. »Ich fühle mich nicht wie ein echter Erdwicht.« Jetzt war es raus, sollte sie ihn doch auslachen.

Aber Weiß grinste nicht einmal. »Wieso nicht?«

Er hatte ihr erzählt, dass er seine Zunft verlassen hatte, um ein Dieb zu werden, damit er die Bergarbeiter unterstützen konnte. Außerdem hatte er ihr anvertraut, dass seine eigenen Eltern sowie seine Zunftschwestern und -brüder ihn verstoßen hatten; etwas, was bisher nur Schwer und sonst kein anderer Erdwicht über ihn wusste.

»Seit ich ein Dieb bin, sagen alle, ich sei kein echter Erdwicht.« Er zögerte. »Ich weiß nicht, ob ich ein Menschenfreund oder ein Menschenhasser bin. Obwohl es mich betrübt, dass die Bergarbeiter und die anderen Zünfte unter der Herrschaft der Menschen leiden, genieße ich das Leben eines Diebes, die Edelsteine und anderen Kostbarkeiten. Ich bin wohl wirklich kein echter Erdwicht.« Er seufzte.

Weiß strich ihm durchs Haar. »So etwas solltest du nicht sagen«, meinte sie. »Du hilfst dem Widerstand, du gibst den Erdwichten ihre Freiheit zurück. Du bist ein …«

»Psst«, machte Hell. »Sie kommen.«

Ein Mensch betrat die Höhle, gefolgt von vier weiteren. Alle fünf waren mit Schwertern bewaffnet. Den Soldaten folgte ein großer von zwei Nachtwölfen gezogener Wagen; der Aufbau war mit schwarzen Tüchern umhangen, sodass die Erdwichte nicht sehen konnten, welche Güter transportiert wurden. Fünf Menschen flankierten den Wagen auf jeder Seite, den Abschluss bildeten fünf weitere Soldaten.

»Zwanzig«, zischte Weiß. »Mein Vater sprach von zehn.«

»Wir schaffen das«, sagte Hell, so leise, dass die Menschen es nicht hörten, aber laut genug für die Ohren der Widerständler, so hoffte er. »Wir mögen nur halb so viele und nur halb so groß sein, aber jeder von uns hat doppelt so viel Mut!«

Er sprang auf und schoss seinen Bogen ab. Der Pfeil sauste durch die Höhle und bohrte sich vor einem der Nachtwölfe in die Erde. Das Tier knurrte und bäumte sich auf, die Vorderläufe trafen einen der Soldaten am Kopf. Auch der zweite Nachtwolf ging durch; der Wagen setzte sich ruckartig in Bewegung und überrollte einen Gegner.

Nun feuerten überall die Widerständler aus der Deckung etliche Pfeile ab. Ein Regen aus Geschossen ging auf die Menschen nieder. Aber statt sie zu treffen, bohrten sich die Pfeile in hölzerne Schilde, hinter und unter denen die Soldaten Schutz suchten.

Entsetzt beobachtete Hell, wie schnell ihre Gegner sich von dem Überfall erholten. Sie waren ausgezeichnet organisiert, fast, als wären sie gewarnt worden.

Hell warf den Bogen weg und hob seinen Dolch.

»Schnappt sie euch!«, brüllte er.

Die anderen Widerständler folgten seinem Beispiel und stürmten mit gezückten Äxten, Speeren und Dolchen auf die

Menschen zu, doch ihre Schläge fuhren genauso wirkungslos in die Schilde wie die Pfeile. Ein Soldat stach einem Kameraden in die Schulter, der blutend zu Boden fiel, und Hell wich mehreren harten Schlägen aus. Die Menschen setzten sich gekonnt mit ihren Schwertern zur Wehr, und der Ansturm der Widerständler geriet ins Stocken.

Neben ihm stürzte ein weiterer Kamerad zu Boden, Blut spritzte aus seinem Hals. Hell konnte ihm nicht helfen, weil er zugleich einem Hieb entgehen musste, der ihn enthaupten sollte und dessen Wucht beinahe die Arme aus den Schultern riss.

»Rückzug!«, schrie er.

Hell gab die Stellung auf und rannte aus der Höhle in einen angrenzenden Tunnel.

Es war vorbei, gescheitert, sie hatten die Schlacht verloren.

»Sie werden uns folgen«, befürchtete Weiß, »und uns alle töten.«

Im Licht der Fackeln huschten hinter ihnen die Schatten der Widerständler in den Tunnel. Der Anblick erinnerte Hell daran, wie sie die Kobolde vertrieben hatten. Dann rief er sich den bedrohlichen Schatten des Meisterdiebs in der großen Höhle ins Gedächtnis.

»Riesenfledermäuse!«, schrie er. »Hunderte!« Er hob die flachen Hände nebeneinander und klappte sie auf und zu, sodass der Schatten wie ein geflügeltes Etwas aussah.

Weiß begriff, was er vorhatte, und tat es ihm gleich. Sie kreischte und ihre Hände warfen den Schatten einer zweiten Riesenfledermaus an die Wand, die durch die Entfernung groß und bedrohlich wirkte. Kurz darauf beteiligten sich alle Widerständler an der Finte. Ihre Hilferufe und die Schatten erweckten einen ganzen Schwarm Riesenfledermäuse zum Leben. Zufrieden hörte Hell, wie sich die Schritte ihrer Verfolger verlangsamten.

Zögernd blieben die Menschen am Tunneleingang stehen.

»Diese Bestien werden uns alle töten …!«, kreischte Hell.

Wie damals bei den Kobolden in der Beutekammer, das spürte er deutlich, schwankten die Gefühle der Menschen zwischen

Furcht und Angst. Es fehlte nur noch ein leichter Hauch, um sie über die Klippe und in den Abgrund der Panik zu stoßen.

»… und dann töten sie die Menschen!«, schrie Weiß.

Hell blickte sie von der Seite an. Ihr Gesicht war vor Anstrengung verzerrt. Was tat sie? Er fühlte, dass Weiß das Grauen gepackt hatte, doch war das unmöglich: Die Gabe gab keine Auskunft über die Gefühle anderer Erdwichte. Dann löste sich das Grauen von Weiß, wie eine Wolke, und schwebte auf die Menschen zu. In dem Augenblick, in dem es sie berührte, ergriffen ihre Gegner die Flucht. Sie warfen ihre Waffen einfach fort und flohen, als hätten sie etwas furchtbar Schreckliches erlebt.

Hell konnte nicht glauben, was geschah. Die Widerständler jubelten und jagten den Menschen nach. Zusammen mit Weiß folgte er ihnen in die Höhle. Singend und feiernd rissen die Widerständler die schwarzen Tücher weg, dann erstarben ihre Stimmen.

Auf dem Wagen saßen Erdwichte. Die Kleider hingen ihnen wie Fetzen an den Leibern, ihre Gesichter waren schmutzig, und sie trugen Fesseln an den Händen.

»Das sind keine Güter«, stellte Hell fest.

»Das sind Sklaven«, bemerkte Weiß.

Erst jetzt entdeckte Hell ein schluchzendes Mädchen, das zwischen den gefangenen Erdwichten kauerte. Wie er es als Lieb wiedererkannte, seine kleine Schwester, verschwand die Sicht vor seinen Augen hinter einem roten Schleier der Wut.

Er würde den ersten Menschen erschlagen, den er fand. Und Hell wusste, wo sich einer versteckte. Es war ihm ein Leichtes, die Treppe wiederzufinden; wütend stürmte er die Stufen hinab und riss die Tür auf. Der Dolch lag schlagbereit in seiner Hand.

»Warte!«, rief ihm Weiß nach. »Nicht!«

In der Kammer herrschte Dunkelheit, doch seine Augen waren noch Erdwichtaugen genug, um die Gestalt des Menschen auszumachen. Hell holte aus – und schlug zu.

Die Klinge trennte den Kopf einfach vom Hals ab. Die Kutte flatterte zu Boden, doch die Kapuze blieb wie durch ein Wunder in der Luft hängen.

Hell packte die Kutte und zog sie beiseite. Sie war leer.

Am anderen Ende der Kammer öffnete sich eine zweite Tür, und Stark trat ein. Sein Blick glitt von dem Dolch in Hells Hand zu der Kutte, dann wurde er kreidebleich. Stark verdrehte die Augen, sodass nur noch das Weiße zu sehen war, und sackte zu Boden.

»Das war knapp«, bemerkte Weiß, die hinter ihm in die Kammer stolperte.

»Was … bedeutet das?«, stammelte Hell.

Ehe er sich versah, stürzten auch Flink und Schwarz durch die Tür. »Hat er ihn …?«, keuchte der Meisterdieb. Er deutete auf Stark. »Ist er …?«

»Nein. Er ist nur wieder ohnmächtig geworden.« Weiß fächerte Stark Luft zu, der die Augen schon wieder aufschlug und sich mühsam aufrappelte.

»Was für eine Schande für die Diebe und seine Statur«, bemerkte Schwarz.

Hell kniff die Augen zusammen und fand heraus, dass die Kapuze an einem dünnen Seil hing. »Stark war der Mensch«, schlussfolgerte er. »Er hat sich verkleidet und seine Stimme verstellt. Ihr habt mich reingelegt!«

»Es ist nichts so, wie es scheint«, belehrte ihn Flink.

Hell entging nicht, dass der Alte nichts statt nicht gesagt hatte.

»Was sollte das Theater?«, fragte er.

»Wir mussten deine Loyalität prüfen«, erklärte Flink.

»Ich dachte, in der Beutekammer hätte ich mich als loyal erwiesen.«

»Deshalb wurdest du zu einem Vertrauten des Meisterdiebs ernannt. Du hast vom Widerstand erfahren und durftest den Überfall anführen.«

»Aber wieso habt ihr mich in Versuchung geführt?«, fragte Hell.

»Das war deine Bewährungsprobe«, antwortete Flink. »Der zweite Teil, sozusagen. Nun erfährst du die ganze Wahrheit. Mein Name ist Schwarz. Ich bin der Meisterdieb.«

»Du?«, entfuhr es Hell. »Und wer ist er?« Er deutete auf Schwarz.

»Das ist Flink«, sagte Flink, der eigentlich Schwarz war. »Er gibt sich Vertrauten des ersten Grades gegenüber als Meisterdieb aus. Sollten sie uns verraten, droht mir keine Gefahr. Erst Vertraute des zweiten Grades erfahren von meiner wahren Identität.«

Hell schwirrte der Kopf. Um sich zu beruhigen, wollte er den Edelstein aus der Tasche ziehen, doch seine Hand griff ins Leere. Er musste ihn verloren haben!

»Suchst du den?« Schwarz, der echte Schwarz, hielt ihm den Edelstein hin.

»Wo hast du den her?«, fragte Hell überrascht.

»Ich bin der Meisterdieb.« Der Alte lächelte. »Meine leichteste Übung.«

»Sollte ich den nicht bekommen? Für meine Treue?«

Schwarz schüttelte den Kopf. »Tut mir leid, der ist ein Vermögen wert.«

»Das glaube ich nicht«, erwiderte Hell. »Der Stein ist Schund.«

»Wie kannst du nur …?« Empört ballte der Meisterdieb die Hand zur Faust.

Ein leises Knacken ertönte. Entsetzt öffnete Schwarz die Hand, und alle sahen, wie sich dünne Risse auf der Oberfläche des Edelsteins bildeten. Schwarz kreischte vor Schreck, als die Kostbarkeit seinen Händen entglitt und zu Boden fiel, wo sie zersprang.

»Glas!«, keuchte Schwarz. »Eine billige Kopie!«

Hell grinste erfreut. »Schwer Gemmenschleifer hat sie in meinem Auftrag angefertigt. Das Original habe ich gut versteckt. Ich betrachte es als Entschädigung.«

Zunächst schien es so, als wollte Schwarz ihn angreifen, aber dann entspannten er sich und brach in lautes Gelächter aus. »Du wolltest den Menschen die Kopie zurückgeben und beteuern, dass du nichts weißt, ja? Hell, du bist ein Dieb, durch und durch.«

Hell stimmte in das Lachen ein, wurde jedoch bald wieder ernst. »Es war Schwer, nicht wahr? Schwer Gemmenschleifer hat den Menschen von dem Überfall erzählt.«

»Wir folgten ihm und hörten, wie er die Soldaten warnte«, berichtete Schwarz.

»Weil ich ihm vertraute, starben zwei Diebe«, bedauerte Hell.

»Es ist nicht deine Schuld«, tröstete ihn Weiß.

»Soll ich diesen Schwer töten?«, fragte Flink.

»Nein!«, rief Weiß dazwischen.

Alle blickten sie verwundert an.

»Er hat den Widerstand verraten!«, protestierte Flink.

»Nein, ein Erdwicht sollte keine anderen Erdwichte töten«, sagte Hell, wofür Weiß dankbar seine Hand nahm. »Wir wissen, dass er ein Verräter ist. Das können wir benutzen, um den Menschen falsche Informationen zuzuspielen.«

»Keine schlechte Idee«, gestand Schwarz. »Hell, du hast mich heute sehr erstaunt. Wusstest du, dass ich einen Nachfolger suche? Ich bin alt und …«

Hell hörte nicht auf die Worte, sein Blick hing wie gebannt an Weiß fest.

»Erst einmal müssen die anderen Erdwichte erfahren, dass die Menschen unsere Schwestern und Brüder als Sklaven in ihr Reich verschleppen«, sagte sie.

»Sobald diese Nachricht die Runde macht, wird es viel mehr Menschenhasser geben«, stimmte Schwarz zu. »Das ist eine fabelhafte Idee.«

»Der Widerstand wird stärker werden. Wir haben die Waffen der Kobolde und …«

»…dich«, sagte Hell zu Weiß. »Du warst es, nicht wahr? Du hast die Angst in die Herzen der Menschen gepflanzt. Mit der Gabe. Ist es nicht so?«

Sie tauschte einen scheuen Blick mit ihrem Vater aus, dann sagte sie: »Ja.«

»Wir müssen mehr finden, die das können.« Hell klatschte begeistert in die Hände. »Wir müssen die Menschen aus dem Labyrinth vertreiben. Wir müssen kämpfen.«

»Hell«, bremste ihn Weiß. »Du klingst nicht wie ein echter Erdwicht.«

»Sondern?«, fragte er unsicher.

»Wie ein echter Held.«

Der Elfen Fluch
Christine R. Förster

Ein gellender Schrei ließ Teklan von seiner Schlaf-
stätte aufspringen. Xino! Schon wieder. Der Junge war sofort bei
seinem kleinen Bruder und nahm ihn hoch, um ihn zu trösten.

»Schhh, schhhh, alles wird wieder gut. Ganz ruhig, Kleiner.«
Dabei streichelte Teklan ihm über seinen hellgelben Haarflaum.
Als das nichts half, fing er an, eine traurige Melodie vor sich hin
zu summen, was das Schreien in ein leises Wimmern übergehen
ließ.

»Lass ihn doch nicht so schreien!« Jetzt war auch Teklans
Mutter aufgewacht.

»Tu ich doch nicht. Ich hatte ihn schon beruhigt, Mutter.
Nun fängt er wieder an, weil du so laut warst.« Teklan begann
erneut zu summen.

»Du sollst schließlich nachts dafür sorgen, dass er überhaupt
nicht erst schreit. Ich muss auch irgendwann mal schlafen. Du
liegst doch sowieso immer die halbe Nacht wach. Wir kriegen
morgen wieder Ärger mit Suklun. Du weißt, dass Xino von ihm
zum Schatz des ganzen Stammes ernannt wurde, seit keine Jungen mehr geboren werden. Und ohne Vater bist du für ihn verantwortlich.« Hetlins Stimme zischte nervös.

Verantwortung – wie Teklan dieses Wort doch hasste. »Nur
weil ich seit Vaters Tod das Familienoberhaupt bin, heißt das
noch lange nicht, dass ich auch verantwortlich bin, ob der Kleine
schreit oder nicht. Du bist seine Mutter, du bist eine … Frau, das
ist allein deine Aufgabe!« Während Teklan die Worte aussprach,
schämte er sich schon dafür. Nein, so war er nicht erzogen worden. Er verabscheute die alten Männer für diese Denkweise. Wie
konnte er nur mit seiner Mutter so reden?

Hetlin schaute ihn mit ihren großen, traurigen Augen an, nahm Xino in den Arm und setzte sich schweigend mit ihm auf die Bettkante.

»Es tut mir leid, Mutter. Wir sind beide mit den Nerven am Ende. Du weißt, dass ich nicht so denk. Aber es tut mir selber weh, wenn ich Xino so leiden sehe. Dazu kommt Sukluns Gerede, er würde ihn als sein Kind annehmen, wenn wir nicht besser für ihn sorgten – wo er doch selbst keinen Sohn hat. Als Stammesführer hat er sogar das Recht dazu. Ich denk, er will dich gleich auch noch als Zweitfrau.«

»Ach, wenn doch nur jemand wüsste, was dem Kind fehlt«, seufzte seine Mutter.

Kein Schamane und keine Kräuterfrau, auch nicht die der benachbarten Stämme, hatte herausfinden können, woher die Schmerzen kamen, die den Kleinen so oft plagten und ewig schreien ließen. Und nichts von dem, was sie ihm gegeben hatten, konnte diese stillen oder nur lindern. Dazu kam, dass er für sein Alter von fast einem Jahr deutlich zu klein war und sich zu wenig bewegen konnte.

»Viele sagen ja, der mächtige Fluch, den uns die Dunkelelfen geschickt haben, sei schuld. Dass dabei ihre böse Magie die Frauen getroffen hätte, sodass sie nur noch Mädchen gebären können. Und da Xino so kurz nach der Großen Katastrophe zur Welt kam, lebt er … noch.« Teklan wurde zuletzt kaum hörbar leise. Denn er wusste von einem Jungen, der nur wenige Tage nach seinem Bruder tot geboren wurde.

Teklan saß am Rand der Siedlung und dachte an seinen merkwürdigen Traum, den er letzte Nacht wieder gehabt hatte. Es war immer derselbe Traum: Finstere Wolken ziehen eiligst vor die Sonne und entladen sich in zahlreichen Blitzen; er selbst steht auf einer endlos scheinenden Ebene und beobachtet einsam das Schauspiel. Seine Großmutter Zoanna hätte ihm erklären können, was das für Gebilde waren, die er ihr beschrieben hatte. Denn sie gehörte zu den wenigen unterirdischen Menschen, die jemals an der Oberfläche gewesen waren.

»Na, letzte Nacht hat der Kleine aber wieder die ganze Siedlung zusammengeschrien.« Zoanna hatte sich unbemerkt neben Teklan gesetzt und richtete ihre trüben Augen hinaus auf die Steppe, wo ein paar Jamaschs grasten. Ihre gedrungenen, kleinen Leiber wirkten wie Schatten in der Düsternis. In der Unterwelt war es nicht überall völlig finster, denn Leuchtkristalle oder die gemeine Steppenleuchtflechte spendeten ein schummriges Licht.

Teklan gefiel nicht, dass die Mundwinkel seiner Großmutter bei diesen Worten belustigt zuckten. Nahm sie die Sache etwa nicht ernst? Er konnte doch sonst mit ihr über alles reden, und sie verstand – zumeist – seine Probleme. Verstört fuhr er sich mit den Händen durch seinen blassgrünen Haarschopf.

»Sei jetzt nicht wieder gleich eingeschnappt. Du nimmst alles zu ernst.«

Und erneut fiel Teklan auf, wie schwer es doch war, seine Stimmungen vor einer Blinden zu verbergen, die nicht in seinem Gesicht, sondern direkt in seinem Herzen zu lesen schien.

»Du bist doch selbst noch ein Kind mit deinen vierzehn Jahren, gar nicht fähig, so viel auf deine schmalen Schultern zu laden, wie du dir aufbürden lässt. Dein älterer Bruder Haklan hätte die Familie weiterführen sollen. Aber nein, er ist ja genau wie dein Vater in den Kampf gezogen, auch noch, um diese verblödeten Halbmenschenwichtelchen zu verteidigen. Hätte doch eine von deinen älteren Schwestern statt seiner gehen können, dann … Zudem wäre die sicher wiedergekommen. Die Mädchen dieser Familie sind einfach zäher.«

»Bitte, Großmutter, fang jetzt nicht wieder davon an. Die Ältesten reden immerhin schon darüber, den Mädchen das Kämpfen beibringen zu lassen. Nach echtem zwergischen Kriegerinnenvorbild. Ich weiß, wenn du etwas zu sagen hättest, wäre das schon längst im Gange, und es gäbe hunderte Firilaras, die den Dunkelelfen so in ihre dürren Ärsche getreten hätten, dass die lieber in die untersten Schichten der Erde geflohen wären, als weiterhin unsere angestammten Gebiete zu besetzen. Nicht wahr?« Bei diesen Worten lächelte Teklan. Das Bild, das er bei diesen Gedanken vor Augen hatte, war aber auch zu gut.

»Tja, die brutalste Kriegerin gefällt dir wohl am besten. Aber ich hab gehört, dass nicht sie es war, die diesen großen Goblinstamm völlig ausgelöscht hat, sondern dass sie sich zur Ruhe gesetzt und gar ein Kind bekommen hat.«

»Was?! Nein, das kann nicht wahr sein! Das ist Blödsinn, das ist nur eine deiner erlogenen Geschichten. So etwas würde die größte Kriegerin aller Zeiten niemals tun.« Teklan war vor Entsetzen aufgesprungen.

»He, ich kann doch nichts dafür. Wenn die Männer mich hätten jemals kämpfen lassen, ich hätte sicher nicht damit aufgehört, um sabbernde, schreiende Bälger auf die Welt zu bringen. Frag doch Esran selbst, der ist gerade von seiner Handelsreise zu den Zwergen zurückgekehrt und hat das erzählt.«

»Ach, lass mich doch mit deinem Gewäsch in Ruhe!« Der Junge trat mit seinem Stiefel in den Boden, sodass Sand und kleine Steinchen seine Großmutter trafen. »Ich dachte, du hältst zu mir. Und jetzt machst du mich auch noch fertig!«

Dass Zoanna einfach ruhig sitzen blieb, steigerte Teklans Wut zusätzlich. Er stapfte zurück nach Hause. Tränen rannen über seine Wangen. Noch nie in seinem Leben war er so enttäuscht gewesen. Er hatte es in der letzten Zeit wirklich nicht leicht gehabt. Erst war sein Vater vor fast zwei Jahren in einem Grenzscharmützel mit den Dunkelelfen und dann auch noch sein einziger Bruder außer Xino im Kampf gegen die Goblins gefallen. Seitdem musste er als ältestes männliches Mitglied der Familie zwar nicht für diese sorgen – denn das tat die Gemeinschaft, für die seine Schwestern auf dem Feld arbeiteten – aber alle wichtigen Entscheidungen für sie treffen und für die Fehler aller einstehen.

Doch der Glaube an seine beiden Idole hatte ihn immer wieder aufgebaut. Seine Großmutter als Vertraute, als verständige Freundin, die ihn mit ihren Geschichten zum Lachen und Träumen bringen konnte, und Firilara als strahlende Heldin, die niemals in einem Kampf besiegt werden konnte, die immerzu über ihre Feinde triumphierte. Und jetzt …? Nichts mehr, woran er sich klammern konnte. Nichts.

Mit gesenktem Kopf stolperte Teklan über die Türschwelle. Schon draußen hatte er Xinos gequältes Schreien gehört. »Nicht das jetzt auch noch«, stöhnte er leise.

Verschwommen sah er durch seine Tränen, wie eine dürre, kleine Gestalt das Kind auf ihren Armen ungelenk hin- und herschaukelte. Das konnte nur ihr Erdwichtsklave sein.

»Langsamundsaublöd, was machst du da? Du sollst das Kind doch nicht mit deinen Schmutzfingern anfassen! Hast du denn keinen Dreck mehr, in dem du rumwühlen kannst?«

»A… aber, Meister, ich hab doch nur …«

»Was hast du?!«

»I… ich hab doch nur helfen wollen. Ich hab hier geputzt … wie meine Aufgabe. Ihre Frau Mutter liegt mit Kopfschmerzen … er hat geschrien …«

»Weg von dem Kind, du verlaustes … du Abschaum!« Teklan stand jetzt direkt vor dem zitternden Erdwicht und schrie ihn so laut an, wie er nur konnte, sodass er sogar Xino übertönte.

Vor Schreck ließ Langsamundsaublöd das Kind über seinem Bettchen fallen. Ein kurzer Augenblick der Stille folgte. Doch sogleich fuhr es mit einem Kreischen fort, das durch hastiges Nach-Luft-Schnappen unterbrochen wurde, als ob es kurz vor dem Ersticken wäre.

»Schau, was du angerichtet hast!«, rief Teklan entsetzt.

Der Sklave blickte hektisch von dem Kleinen unten zu dessen Bruder hoch und zurück und schien überhaupt nicht mehr zu einer Handlung fähig. Teklan trat direkt ans Bettchen heran und streckte seine Arme hinunter. Aber statt Xino hochzunehmen, fuhr er mit einer schnellen Bewegung herum und schlug Langsamundsaublöd mit seinem Handrücken hart ins Gesicht. Der ging sofort zu Boden. Als Nächstes trat sein junger Meister ihm mehrmals hintereinander kräftig in den Bauch, bis er sich zu ihm hinunterkniete und seinen Kopf mit Faustschlägen traktierte. All seine angestaute Wut und Verzweiflung entlud sich in einem Rausch der Gewalt.

»Und der ist für meinen Vater … und das für Haklan, der für euch gestorben ist … und …« Eine Berührung an seinem Arm ließ ihn innehalten. Teklans Blick wurde auf einmal klar, er kam zur Besinnung. Vor ihm der wimmernde, blutende Erdwicht, im Ohr das Japsen seines kleinen Bruders. Was war geschehen?

Er wandte den Kopf und sah in die traurigen Augen seiner Mutter, die gleich darauf Xino auf den Arm nahm.

»Was hast du vor?« Zoannas Stimme war nur ein Flüstern.

»Schlaf weiter«, antwortete Teklan ebenso leise und versuchte den Rucksack hinter seinem Rücken zu verbergen. *Ich Trottel! Sie kann doch sowieso nichts sehen.*

»Du willst doch nicht heimlich während der Nachtruhe verschwinden? Niemand wird dich dafür bestrafen, dass du einen Erdwicht fast zu Tode geprügelt hast.«

»So schlimm war es nun auch wieder nicht«, maulte der Junge.

»Deshalb wird dich auch keiner bestrafen.«

Teklan konnte das Lächeln seiner Großmutter im schwachen Licht eines zwergischen Leuchtkristalls nicht sehen, aber er spürte es. »Davor hätte ich keine Angst. Es ist … Suklun hat doch gesagt, bei der nächsten kleinen Auffälligkeit in unserer Familie wird er Xino holen. Ich kann einfach nicht mehr hier rumsitzen und warten, dass sich irgendetwas von selbst bessert. Ich will … ich muss etwas unternehmen.«

»Aber Junge, wo willst du denn hin?«

»Ich werde zu den Dunkelelfen gehen und von ihnen verlangen, dass sie den Fluch von Xino nehmen.«

»Bist du denn völlig verrückt geworden?« Zoanna atmete hörbar durch. »Das muss es wohl sein. Das ergibt überhaupt keinen Sinn. Sie werden dich töten. Davor sicherlich foltern, aus dir rauspressen, wie viele wir sind. Und wie sollten sie den Fluch von dem Kind nehmen, ohne es zu sehen? So etwas geht sicherlich nicht.«

»Ich werde ihn mitnehmen.« Teklan war sich einer Sache noch nie so sicher gewesen wie jetzt. Egal, was seine Großmutter sagen würde, er würde sich nicht umstimmen lassen.

»Aber Xino ist daran gewöhnt, dass er immer noch bei Hetlin die Brust kriegt.«

»Er isst doch auch anderes, wenn man ihn nur lässt. Zumindest, wenn ich ihn füttere. Für Mutter ist er das letzte Geschenk von Vater und beim Stillen genießt sie seine Nähe. Sie wird ihn niemals loslassen, wenn man ihn nicht mal von ihr trennt.«

»Gut, dann komme ich mit dir. Jemand muss auf den Kleinen aufpassen, wenn du dort die Lage erkunden willst.«

»Nein, das geht nicht. Zran ist zu alt, um uns beide, das Kind und Proviant zu tragen.« Teklan meinte das Glitzern von Tränen in Zoannas blinden Augen zu erkennen. »Aber du kannst mir helfen. Du weißt doch, wo Mutter die alte Karte aufbewahrt.«

Teklan hatte sich schon lange nicht mehr so wohl gefühlt wie in dem Moment, als er auf der alten Nachtwölfin seines Vaters saß. Das Kind lag fest in Decken verschnürt vor ihm auf dem breiten Rücken des mächtigen Tieres, der Rucksack war voll beladen, an seiner Seite hing ein kurzes Schwert. Er war bereit.

»Sag Mutter, sie soll sich keine Sorgen machen.« Kaum ausgesprochen, wusste er, dass das völlig absurd war. »Oder nicht zu viele. Wenn ich nichts unternähme, würde Xino hier auch bald sterben.« Teklan gab Zoanna zum Abschied einen Kuss auf die Stirn. »Wir werden uns wiedersehen. Wenn nicht hier, dann im Zwischenreich.«

Er trieb Zran viel zu heftig an. Das Tempo würde sie nicht lange halten können. Die Nachtwölfe waren, neben ihren kräftigen Kiefern, auf Ausdauer und nicht auf Geschwindigkeit gezüchtet worden. Hauptsache, er war unterwegs, schnell raus aus der Siedlung, bevor jemand versuchen konnte, ihn aufzuhalten.

Leise hörte er hinter sich: »Viel Glück, Teklan! Möge Gott seine Hand schützend über dich halten.«

Zoannas Vertrauen in Gott, das hätte ich auch gern. Sie glaubt ja, dass sie noch lebt, weil Gott etwas Besonderes mit ihr vorhat. Kein unterirdischer Mensch ist je so alt geworden – 43 Jahre. Ich warte aber nicht darauf, dass Gott etwas geschehen lässt. Ich werde etwas bewirken. Ich!

Mit Hilfe der Karte konnte sich Teklan einigermaßen orientieren, obwohl sich mancher Verlauf von Bächen und Flüssen nach der Großen Katastrophe offensichtlich verändert hatte. Auch gab es Begrenzungen der weiten Steppe, die neu waren. Sein Weg führte ihn an einer verlassenen Siedlung vorbei. Die meisten Wände der würfelförmigen, aufeinander getürmten Wohnräume waren durch riesige Felsbrocken zerstört worden. Der Anblick erinnerte ihn daran, dass das gigantische Gewölbe der Höhle, in der sich die Heimat der Menschen befand, trotz seiner Weite endlich war.

Wie viele Menschen mögen wohl in dieser Siedlung gestorben sein, dachte der Junge. Warum mussten die verdammten Dunkelelfen uns diesen schrecklichen Fluch schicken? Sie hatten uns doch bereits besiegt und vertrieben.

Teklans Ziel war der große unterirdische See, an dem ihre frühere Hauptstadt Titlan lag. Seit die Dunkelelfen dieses Gebiet erobert hatten, war kein Mensch mehr dort gewesen. Sie hatten zwar Erdwichtsklaven ausgesandt, aber die waren nie zurückgekehrt, um zu berichten. Aus welchen Gründen auch immer.

Der Junge hatte das Gefühl, dass er gut auf seiner Reise vorankam, aber er wusste nicht, welche Entfernung er zurückgelegt hatte. Er ritt, so lange Zran ihn und seinen Bruder tragen konnte. Er schlief, wenn er müde war, und aß, wenn er hungrig war. Ohne die Tageszeitansagen des Nachtwächters hatte er kein Gefühl für Zeit. Die meisten älteren Stammesmitglieder konnten die Zeit unter Tage bestimmen, er aber nicht. Doch er hatte genügend Proviant für sie beide dabei, Wasser war sowieso kein Problem, und Zran konnte sich selbst versorgen, indem sie hin und wieder einen Jamasch erlegte.

Xino war seit dem Aufbruch erstaunlich ruhig und schien sehr zufrieden mit dem leichten Schaukeln während des Ritts. Er hörte meist sofort zu jammern auf, wenn Teklan ihn fütterte. Trotzdem hatte sein großer Bruder Angst, dass er vielleicht so wenig schrie, weil er schwächer wurde. Brauchte er zusätzlich zu anderer Nahrung doch noch dringender die Milch der Mutter als er angenommen hatte, oder wäre das auf jeden Fall auch daheim so gekommen? Dennoch war Teklan davon überzeugt, dass er das Richtige tat. Denn seine Träume von der oberirdischen Ebene hatten sich verändert; er beobachtete dort nicht mehr alleine die Wolken und das Gewitter, sondern Xino stand neben ihm. Er konnte tatsächlich stehen! Dabei hatten die Heiler behauptet, dass er das niemals schaffen würde.

»Da ist der See! Am gegenüberliegenden Ufer liegt Titlan. Das war einst unsere Hauptstadt, Xino. Du musst das lernen, unsere Familie hat hier früher gelebt, bevor die Dunkelelfen kamen. Ich bin hier groß geworden.« Teklan strahlte über das ganze Gesicht, und selbst sein kleiner Bruder zeigte ein Lächeln, angesteckt von der Freude seines Bruders.

»Tja, ein toller Erfolg, dass wir so weit gekommen sind. Ich hab aber keine Ahnung, wie es weitergehen soll.« Weil er so einsam war und vor allem Zoanna vermisste, hatte er es sich angewöhnt, ständig mit Xino zu reden und ihm alles Mögliche zu erklären, obwohl er davon ausging, dass der Kleine kein Wort verstand.

»Wie soll ich denn an einen Dunkelelfen herankommen, um mit ihm zu reden, ohne vorher getötet zu werden? Es wird sicher jede Menge Wachen geben.«

Am Seeufer fand Teklan eine Höhle, die ihm weit genug von den ersten Hütten der Elfen entfernt zu liegen schien. Er beschloss dort eine ausgiebige Rast zu machen und dann zu Fuß die Gegend zu erkunden.

»Zran, du passt gut auf Xino auf. Hörst du?«

Die Nachtwölfin leckte wie zur Zustimmung dem Kind, das fest in seine Decke gepackt am dichten Fell des Tieres lag, übers Gesicht, worauf dieses mit einem leisen Juchzen reagierte.

Teklan ließ einen kleinen Leuchtkristall in seiner Nähe, damit Xino keine Angst in der völligen Dunkelheit der Höhle bekommen sollte.

Nur mit einem Wasserbeutel und seinem Kurzschwert machte sich Teklan auf den Weg. Er hatte die Kapuze seiner dunklen Jacke über den Kopf gezogen, damit seine hellen Haare und blasse Haut ihn nicht verraten sollten. Denn er wusste nicht, ob oder wie gut die Dunkelelfen in der Finsternis sehen konnten.

Teklan lief gebückt unterhalb der Böschung des Seeufers entlang; er rechnete jeden Moment damit, entdeckt zu werden. Aber vorerst hatte er Glück: Die ersten Elfenpatrouillen bemerkten ihn nicht. Der Junge hatte die Vermutung, dass sie vielleicht weniger nach einzelnen Personen Ausschau hielten, als dass sie durch ihre Anwesenheit Angreifer abschrecken sollten.

Nach einiger Zeit begann ein dichter Schilfgürtel, in dem Teklan keine Mühe sich zu verbergen, aber voranzukommen hatte. Bald darauf entdeckte er ein paar kleine Schilfhütten. Zwischen den sauber angelegten Gärtchen rannten drei Elfenkinder herum. Der Junge beobachtete sie eine Weile; sie spielten ein Fangspiel, nicht anders als er es früher mit seinen Geschwistern getan hatte.

Seltsam, sie so aus der Nähe zu sehen. Sie haben zwar dunkle Haut und Haare, aber die Kinder unter sich wirken gar nicht so bösartig.

Teklan schlich weiter, hier und da sah er andere Elfen, aber er hatte keine Idee, wie er sie ansprechen sollte. Zudem hörte er, dass sie sich mit einem eigenartigen Singsang von einer Sprache verständigten.

Dann war er an das Ende der Ansiedlung gelangt, denn er stieß auf eine einzelne schiefe Hütte. Der Schilfgürtel reichte hier nicht bis ans Ufer heran, eine Dunkelelfin kauerte im seichten Wasser und schrubbte ihre Wäsche. Teklan kannte sich nicht mit den Gesichtszügen der Elfen aus, aber bei dieser hier sah er zum ersten Mal Falten. Auch waren ihre Haare heller als bei den anderen. Vielleicht war es bei ihnen gerade andersherum als bei den Menschen, deren Haare mit dem Alter nachdunkelten. Seine Großmutter hatte dunkelgrüne, fast schwarze Haare. Aus ihren Geschichten wusste er, dass Elfen viel älter werden konnten als seine Artgenossen.

Hm, eine besonders alte Dunkelelfin könnte mir weiterhelfen. Wenn sie genau wie bei uns mit dem Alter weiser werden und viel mehr wissen, könnte sie den Fluch aufheben oder mir zumindest sagen, wer das kann. Wie bring ich sie nur dazu, mit mir zu reden?

Auf einmal sprach die Elfin, und zwar in seine Richtung gewandt. Teklan konnte nichts verstehen, aber sehen, dass sie eine einladende Handbewegung machte.

Mist, sie hat mich entdeckt, weiß aber sicher noch nicht, wer ich bin. Was soll ich tun?

Als sie noch einmal rief und winkte, rannte er aus seinem Versteck los. Mit einem Hechtsprung riss er sie um und drückte ihren Kopf ins Wasser, so wie man die Schnauze eines ungehörigen jungen Nachtwolfs in den Dreck stieß. Teklan drehte ihre Arme auf den Rücken und schob sie weiter ins tiefere Wasser und zugleich ins Dickicht des Schilfs.

Die Elfin hatte sich bisher kaum gewehrt, fing aber plötzlich heftig zu strampeln an. Er hielt immer noch ihren Kopf unter Wasser, damit sie nicht schreien konnte. Er wollte sie jedoch nicht töten. So hielt er ihre Arme nur noch mit einer Hand, presste die andere fest auf ihren Mund und ließ sie sich bis zum Hals an die Luft strecken.

»Sei still und hör auf zu zappeln. Dann geschieht dir nichts«, zischte Teklan ihr ins Ohr. »Gott, ich flehe dich an, wenn es dich gibt, lass sie mich verstehen.«

Und die Elfin wurde ruhiger.

»Danke.«

Der Junge spürte, dass er deutlich stärker war als die alte Frau. Und auch wenn er bisher nicht in einem Krieg gekämpft hatte, war er gut dafür ausgebildet worden. Er schob ihren Kopf kurz unter Wasser, riss mit einer schnellen Bewegung sein Kurzschwert aus der Scheide und setzte es ihr an die Kehle. Damit er ihr in die Augen sehen konnte, überstreckte er ihren Hals nach hinten. Die Angst, die er sah, kannte er von Xino, wenn er in einem Schreianfall nach Luft rang.

»Du verstehst mich?«

Sie nickte.

»Gut. Du bist alt, oder?«

Erneut ein Nicken.

»Kannst du auch sprechen?«

»Ja.«

»Du musst den Fluch von uns nehmen.«

»Was?!«

»Wenn du es nicht für alle Menschen kannst, dann von meinem kleinen Bruder.«

»Was?«

»Der Fluch, den ihr über uns ausgesprochen habt. Verstehst du mich nicht?«

»Doch. Fluch. Ich verstehe.«

»Na also. Dann nimm ihn zurück.«

»Nein! Ich weiß nicht, wovon du sprichst. Du bist ein Mensch? Über der Erde hatte ich mit deiner Art zu tun.«

»Ja.« Teklan ließ seinen Griff etwas lockerer werden und drehte sie um, sodass ihre Gesichter einander ganz nahe waren. »Ihr habt uns verflucht. Ihr habt uns die Große Katastrophe geschickt, mit Erdbeben, Einstürzen, glühender Erde. Und diese Krankheit, dass die Frauen …« Er hielt inne. Es gab die unwahrscheinliche Möglichkeit, dass die Elfen nichts mit ihrem Problem zu tun hatten. Da durfte er nicht ihren Nachwuchsmangel verraten. »Und manche Kinder sind auch krank … wie mein Bruder.«

»Und? Was habe ich damit zu tun?«

Langsam machte sie Teklan wütend mit ihren Fragen und ihrer unschuldigen Miene. »Du bist eine Dunkelelfin. Ihr seid schuld an alldem. Ihr müsst es wieder zurücknehmen!« Am Ende wurde er ungewollt laut. Erschreckte sich selbst darüber.

Die alte Frau lachte hysterisch. »Wir sollen Schuld haben. Wie lächerlich. Die Zwerge sind für die Katastrophe verantwortlich. Sie haben sich rücksichtslos immer tiefer in die Erde gewühlt. Die Natur hat sich gegen diese Vergewaltigung gewehrt.«

Teklan stutzte. Sie hörte sich nicht an wie jemand, der das gerade erfunden hatte; wie seine Schwester Siklin, die so etwas ständig tat. »Aber … Warum sollte ich dir das glauben?«

»Du musst mir nicht glauben. Du glaubst ja nicht einmal an deinen eigenen Gott. Schau dir selbst eure alte Stadt und die Zerstörungen an. Warum hätten wir unsere neu gewonnenen Behausungen vernichten sollen?«

Der Triumph in ihren Augen irritierte den Jungen. Sie war sich ihrer Sache so sicher. Meinte sie, sie könnte ihn mit Worten besiegen?

»Na, habe ich dich überzeugt? Ach, ihr Menschen. Auch die Oberirdischen kamen auf die absurdesten Ideen, was die Zusammenhänge in der Welt betraf.«

Die Wut, die zuvor eine kleine Welle gewesen war, brandete wild in Teklan empor. Er ließ sein Schwert fallen, drückte mit beiden Händen ihren Hals zusammen, sah mit Befriedigung die Panik in ihren Augen und das Zucken der vorher so höhnisch gehobenen Mundwinkel. Er tauchte ihre Gestalt ganz unter Wasser. Irgendwann wehrte sie sich nicht mehr, und er ließ los, ließ ihren Körper mit dem Gesicht nach oben treiben. Am Grund suchte er nach seinem Schwert und fand es. War da eine leichte Bewegung des Brustkorbs? Er wollte nicht nachschauen, ob sie noch am Leben war.

Teklan schwamm mit kräftigen Zügen los. Früher, als er noch die Gelegenheit dazu gehabt hatte, war er ein guter Schwimmer gewesen. Wie oft hatte er hier im See gebadet? Die Dunkelelfen würden keinen Angreifer im Wasser vermuten, so hoffte er jedenfalls. Er schlug die Richtung zur Stadt ein; sie konnte nicht mehr weit sein. Er musste sich selbst von der Wahrheit überzeugen.

Da lag Titlan vor ihm. Er brauchte sich nicht weiter dem ehemaligen Hafen zu nähern. Die Verwüstungen waren nicht zu übersehen. Dass es sich dabei um Folgen des Krieges handelte, konnte er ausschließen. Denn manche Gebäude waren von riesigen Felsbrocken begraben worden, und eine Erdspalte zog sich vom Ufer des Sees mitten in die Stadt hinein. Hätten die Dunkelelfen tatsächlich einen Fluch gewirkt, wäre der ziemlich daneben gegangen. Nein, so blöd hätten nur Erdwichte sein können. Nach allem, was Teklan erlebt hatte, fing er zu kichern an.

So schnell er konnte, schwamm der Junge zurück. Er hielt sich meist nah am Ufer, damit er sich stehend im flacheren Wasser ausruhen konnte. Nur um die Siedlung, in der er die Elfin getroffen hatte, machte er einen großen Bogen. Als er die Gegend erreicht hatte, von der er meinte, dass dort die Höhle lag, in der er Xino und Zran zurückgelassen hatte, schleppte er sich erschöpft am Ufer in den Schutz des Schilfs und fiel in einen tiefen Schlaf.

Als Teklan wieder erwachte, brauchte er eine Weile, um sich zu erinnern, wo er war. Er hatte nicht seinen üblichen Traum mit den finsteren Wolken gehabt. Plötzlich hatte er Angst, Xino wäre etwas zugestoßen. Mit den schrecklichsten Vorahnungen rannte er los und schaffte es einmal nur knapp, sich vor einer Elfenpatrouille zu verstecken.

In der Nähe der Höhle hörte er ein ungewöhnliches Quieken. Beim Anblick, der sich ihm bot, wurde ihm schwindlig und er musste sich am Fels abstützen. Sein kleiner Bruder krabbelte auf dem Boden dem Leuchtkristall hinterher, den Zran gerade mit der Schnauze anschubste.

»Nun erzähl doch!«

»Lass dir doch nicht alles einzeln aus der Nase ziehen!«

»Was haben die Dunkelelfen euch angetan?«

Alle Schwestern redeten gleichzeitig auf ihn ein. Nach Hetlins heftiger Standpauke saß Teklan müde am Tisch und beobachtete, wie fröhlich seine Mutter mit Xino am Boden spielte und ihn ab und zu fest an sich drückte. Er hatte sie schon lange nicht mehr so glücklich erlebt. Zoanna hingegen starrte Teklan aus ihren blicklosen Augen an. Er fühlte sich regelrecht durchdrungen von ihrem Geist und befürchtete, dass sie in Gebiete vorstoßen könnte, die er niemandem offenbaren wollte.

»Sie haben also den Fluch von Xino genommen?«, fragte Siklin.

»Nein, glaub ich jedenfalls nicht. Ich denk, die Elfin, mit der ich gesprochen habe, hat die Wahrheit gesagt, dass sie keinen Fluch über uns Menschen verhängt haben. Und gerade sie schien mir nicht die Fähigkeit zu besitzen, einen Fluch aufzulösen.« Auf keinen Fall wollte der Junge zugeben, dass sie es gar nicht mehr tun konnte, weil er sie höchstwahrscheinlich mit seinen eigenen Händen umgebracht hatte. Sie war zwar eine Dunkelelfin gewesen, aber dass er seine Wut so wenig beherrschen konnte, dass er einfach so eine Wehrlose tötete … Nein, das musste nicht einmal seine Familie wissen. Obwohl … eine wusste es wahrscheinlich bereits.

»Aber was ist dann mit Xino los?«

»Vielleicht hat ihm ja die Reise gut getan. Vielleicht das ständige Schaukeln auf Zrans Rücken. Ich werde die nächsten Tage mit ihm reiten. Mal sehen, ob sein Zustand so bleibt oder sich gar weiter bessert. Morgen früh muss ich sofort zu Suklun, um ihm zu berichten.«

»Da bist du ja, Teklan. Ich hatte gehört, dass du zurück bist. Warst du wirklich bei den Dunkelelfen?« Suklun saß im Versammlungsraum auf einem kostbaren hohen Stuhl aus geschnitztem Holz.

Teklan war wie immer beeindruckt von der kräftigen Statur und sogleich eingeschüchtert von der Art ihres Anführers, den Raum mit seiner Macht zu durchfluten. Er wirkte recht jung für einen Stammesführer, aber die unterirdisch lebenden Menschen wurden nie so alt, dass es ihnen anzusehen war, wenn man von Zoanna absah. »Ja, Großer Krieger.«

»Du musst nicht so förmlich sein. Nenn mich Suklun! Rede mit mir wie mit einem Freund. Erzähle mir ganz genau alles, was du auf deiner Reise erlebt hast.«

Und Teklan tat, wie ihm geheißen. Besonders ausführlich beschrieb er ihre einstige Hauptstadt und berichtete, dass die Dunkelelfen die Zwerge für die Große Katastrophe verantwortlich machten. Das Ende der Begegnung mit der Elfin hingegen ließ er offen.

»Ich hatte vernommen, dass dein gefährliches Abenteuer erfolgreich gewesen und dein kleiner Bruder gesundet wäre. Jedoch habe ich ihn in der vergangenen Nacht schreien hören wie ein Jamasch am Spieß.«

»Ja, das tat er. Ich weiß nicht, was los ist. Es ging ihm so gut unterwegs, er hat nur geschrien, wenn er Hunger hatte. Er hat inzwischen sogar gelernt zu krabbeln und alles Mögliche zu essen. Zunächst wollte er gestern nicht einmal mehr bei seiner Mutter trinken.«

»Hm, ich hatte mal einen Nachtwolfwelpen, der nicht wuchs und sich nicht bewegte. Weil er schwächer wurde, und seine Geschwister ihn nicht mehr an die Zitzen ließen, gab ich ihm Jamaschmilch. Und siehe da, er wurde groß und kräftig. Er hatte wohl die Milch seiner Mutter nicht vertragen.«

Teklan starrte seinen Anführer mit großen Augen ungläubig an. Sollte die Erklärung für Xinos Leid so einfach sein? »Danke für die Geschichte, großer Suklun. Wir werden das auf jeden Fall ausprobieren.«

»Du musst auch etwas für mich tun, Junge! Du musst bei Gott schwören, dass weder du noch die Mitglieder deiner Familie jemals jemandem erzählen, was du herausgefunden hast. Jeder hier im Stamm soll glauben, dass die Dunkelelfen Xino vom Fluch befreit haben. Ich will die anderen Stammesältesten davon überzeugen, gegen die Dunkelelfen in den Krieg zu ziehen und unsere alten Gebiete zurückzuerobern. Da ist es nicht dienlich, wenn du das alte Feindbild zerstörst.«

»Aber ... Großer Krieger, die Dunkelelfen haben keine Schuld an der Katastrophe. Die Zwerge waren es. Wir müssten gegen sie kämpfen.« Teklan war völlig verwirrt, er hatte gedacht, Suklun hätte ihn verstanden.

»Na und?! Die Zwerge sind zu stark für uns, sie haben uns nicht aus unserem Land vertrieben. Und wir treiben Handel mit ihnen. Gegen sie zu kämpfen, wäre Selbstmord für unser Volk. Unsere Stämme sind aber nur einig, wenn sie einen Gegner haben: die Dunkelelfen. Außerdem weißt auch du nicht, ob sie unsere Frauen nicht doch mit dem Fluch beladen haben, keine Jungen mehr zu gebären. Wenn ich erfahre, dass du oder die Deinen etwas verraten, werde ich dich töten und Xino als Sohn in meine Familie aufnehmen. Willst du das?«

»Nein, natürlich nicht, Großer Krieger«, murmelte Teklan.

DAS ZWEITE LEBEN
HARALD NEBEL

Der Bolzen traf den untoten Raben im Flug.

»Wer schießt auf meine Raben?«

Erschrocken fuhren wir herum. Der Nekromant trat aus seinem Zelt, ein gefährliches Funkeln stand in seinen roten Augen. Am liebsten hätte ich mich in ein Erdloch verkrochen, doch hier gab es nur Sand und darunter das magische Glas, aus dem unser Gefängnis gebaut war.

»Nun? Ich warte auf eine Antwort.« Eine Drohung lag in seiner Stimme.

»Ich, Herr!«

Der Nekromant ging in die Knie, nahm den Raben in seine knochigen, von papierdünner Haut überzogenen Hände. Mit einem Ruck riss er den Bolzen aus dem untoten Körper. Zähes, schwarzes Blut floss aus der Wunde. Er blickte nicht auf, als er fragte: »Wer ist *ich*?«

Bevor ich antworten konnte, trat Zara an meine Seite: »Es war ein Versehen, Herr. Ich habe Kuja zeigen wollen, wie man mit einer Armbrust schießt!«

Der Nekromant vollführte eine kurze Bewegung mit der Hand, und das Loch, das der Bolzen hinterlassen hatte, schloss sich. Der Rabe regte sich, grub zum Dank seine Krallen tief in den Arm seines Herrn. Es klang, als würde Papier reißen. Der Nekromant lachte, hob seine Hand und ließ die Kreatur fliegen.

»Kuja also.« Die Lippen des Nekromanten zogen sich zu einem fiesen Grinsen zurück. »Dann wundert mich nichts mehr. Der hat schon zu seinen Lebzeiten nie etwas getroffen. Er sollte auf die Raben zielen, dann wären sie sicher.«

Einige untote Krieger, die sich dazugesellt hatten, lachten dröhnend. Ich war bei ihnen nicht beliebt.

Wozu ein Chronist?, fragten sie sich.

Einzig Zara, die Oberste der Leibwache, hatte ihre mütterliche Seite für mich entdeckt. Wobei dies bei einer untoten Zwergin eine besondere Bedeutung hatte. Unterricht in Armbrust und Wurfaxt war ihre Art mir zu helfen.

Der Nekromant verschwand in seinem Zelt. Auch die Untoten kehrten an ihre Plätze zurück.

»Du hast Glück, dass der Rabe nicht ganz tot war!«, sagte Zara.

»Tot, untot, ganz tot. Macht das ein Unterschied?«, erwiderte ich.

»Das Leben macht den Unterschied. Eines Tages wirst Du das alles wieder verstehen!«, antwortete die Zwergin.

Bevor ich dazu kam, sie zu fragen, was ihre Worte bedeuteten, fuhr ein Blitz vom Himmel.

Überrascht schauten wir hoch. In den vielen Jahren unsrer Gefangenschaft hatten wir noch nie ein Gewitter erlebt. Ließ die Magie des Gefängnisses nach? Würde es zerfallen und uns frei geben?

Doch oben am Himmel hing nur der blutrote Mond. Scheinbar hatte sich nichts verändert, das beruhigte uns, denn von seinem Licht ging eine besondere Kraft aus: Er hatte uns bewahrt, so wie wir waren, als wir die Falle betraten.

Wieder ein Blitz! Diesmal traf er einen der Rabenbäume und spaltete ihn. Alle Krieger sprangen auf. Wir hassten dieses Land, das so untot war wie wir. Wir wussten, dass kein Gefängnis einen so mächtigen Magierfürsten für alle Zeit bannen konnte. Wir hatten nur zu warten – und darin waren wir gut. Besser als jedes Lebewesen.

»Sammelt euch!« Der Nekromant stand ruhig mitten im Chaos der Elemente, als würde er selbst es beherrschen. Tausendfach hatten wir unsere Formation geübt. Nun nahm jeder seinen Platz ein. Die Skelette bildeten die vorderen Reihen, dahinter kam die Leibwache des Nekromanten. Mein Platz war zwei Reihen hinter unserem Herrn. Weit genug weg, um nicht beim Kampf im Weg zu sein; nah genug, um als sein Chronist alles mitzubekommen.

»Seid ihr bereit?«, fragte unser Herr. Wind kam auf und zerrte an seiner zerfetzten, schwarzen Robe.

Ein tausendfaches »Ja!« antwortete Lurr Daris.

Schweigen senkte sich über das Heer. Nur das Schreien der Raben störte die Stille. Eine blasse Lichtkugel löste sich aus den Händen des dunklen Magiers und glitt – zuerst langsam, dann immer schneller – auf das Tor zu. Schrilles Pfeifen setzte ein. Jeder Sterbliche hätte sich die Ohren zuhalten müssen.

Das mächtige Portal erglühte. Krachend schlug eine Reihe von Blitzen in die Pforte ein. Als die Kugel den Ausgang berührte, schwangen die Türflügel auf. Der Elfenbann war gebrochen!

Bevor wir uns in Bewegung setzen konnten, stürmten drei Krieger herein. Auf einen Wink des Nekromanten hin bildeten die Skelette eine Gasse, und die Leibwache nahm sich der Gegner an. Erst als sie tot am Boden lagen, erkannten wir, dass es Echsenmenschen waren.

Der dunkle Magier befahl allen im Gefängnis zu bleiben. Nur ein Erkundungstrupp ging durch das Tor. Die Echsenmenschen sollten ihnen den Weg zur Oberwelt zeigen. In den folgenden Tagen kam immer wieder einer der schuppigen Krieger, um dem Nekromanten Bericht zu erstatten und ihm zu erzählen, was die Echsenmenschen über die Völker der Unterwelt wussten.

Auch führte unser Herr ein langes Gespräch mit Ka´ad, dem Anführer der Echsenkrieger. Wir hätten nie geglaubt, dass sie so viele Jahrhunderte auf unsere Befreiung warten würden.

Erst als der ausgesandte Suchtrupp eine Wochen überfällig war, bereitete der Nekromant einen Teil seines Heeres vor, in die Außenwelt aufzubrechen.

Zwei Wochen nach unserer Befreiung durften wir das Gefängnis zum ersten Mal verlassen. Die Blutige Höhle, wie die Echsenkrieger sie nannten, wurde vom Schein des Mondes erleuchtet. Tote

Echsenmenschen stapelten sich an den Wänden. Offensichtlich hatten sie hier eine Kultstätte errichtet.

Ich schritt zur Spitze des Heeres. Während ich an den Truppen vorbei lief, formierten sich die Krieger. Ich genoss den Anblick. Wo sonst sah man Zwerge, Orks, Menschen, Trolle und Erdwichte an einem Strang ziehen? Wie schade, dass wir alle erst den Tod erleben mussten, um zu dieser Einigkeit zu finden.

Als ich bei meinem Herrn eintraf, unterhielt er sich mit Zara, einem lebenden Echsenkrieger und einem untoten Menschen. Plantes war einer der Anführer der Leibgarde. Ich betrachtete das Amulett, das um seinen Hals hing. Bei einigen anderen der Leibgardisten war mir schon ein ähnliches aufgefallen. Zara trug eines, ebenso ich selbst. Doch Plantes war der Einzige, der es über der Rüstung trug. Darunter war dank seiner mächtigen Muskeln kein Platz.

»Es gibt keinen Weg mehr in die Oberwelt«, zischelte der Echsenmensch.

»Das glaube ich nicht! Wo ein Wille ist, da ist auch ein Weg. Er muss nur gefunden werden. Wo ein kleiner Erkundungstrupp nicht durchkommt, kann ein Heer erfolgreich sein!«, erwiderte der Nekromant.

»Vielleicht lag es auch an diesem Skah, den ihr als Führer mitgeschickt habt, dass sie nicht zurückkehrten«, warf Plantes ein.

Der Echsenkrieger zischelte zornig.

»Oder es hat einen ganz anderen Grund. Irgendwie fühle ich mich hier draußen schwach!«, warf ich ein, um den Streit nicht hochkochen zu lassen.

Zara nickte. »Ja, auch ich fühle mich hier unwohl!«

Der Echsenmensch züngelte. »Alles ist so wie immer. Macht den mächtigen Untoten die Höhlendecke Angst?«

Plantes wollte etwas erwidern, doch der Nekromant kam ihm zuvor. »Auch ich spüre einen leichten Mangel an Kraft. Was immer es auch sein mag, wir werden es herausfinden! Aber kommen wir zurück auf die Frage: Wie erreichen wir die Oberwelt?«

»Über uns liegt die Höhle der Menschen. Dort hinten ist ein Tunnel, der nach oben führt. Aber an seinem Ende ...«

Der Nekromant unterbrach den Echsenkrieger: »Ich werde sehen, was dort auf uns wartet. Was immer es ist, es kann allenfalls eine Verzögerung darstellen. Wir werden in die Oberwelt durchbrechen und sie uns untertan machen!«

Der Echsenmensch wies uns den Weg zum Rand der Höhle. Der Einstieg zum Tunnel war ein zwergengroßes Loch in der Wand. Hinter ihm verbarg sich ein breiter Gang, der mit einer leichten Biegung nach oben führte. Vier Untote konnten hier nebeneinander marschieren. Die zwanzig Mann starke Leibgarde stieg zuerst ein; ihr folgten der Nekromant und ich. Ein Luftstrom wehte uns entgegen, und ich musste mich gegen ihn stemmen. Er brachte den Geruch nach verbranntem Holz mit sich. Ja, dieser Weg führte zu den Menschen, ihre Lagerfeuer verrieten sie. Den Echsenführer ließ der Nekromant zu meiner Verwunderung zurück, ebenso nahm er keine weiteren Krieger mit.

Am meisten überraschte mich, dass der Nekromant voranschritt. Er bemerkte mein Erstaunen: »Nur eine kleine Sondierung der Lage. Protokolliere, dass Lurr Daris sich vor nichts fürchtet und seine Erkundungen selbst leitet!«

Immer wenn er sich direkt an mich wandte, glaubte ich mein Herz zu spüren. Mein vom Speer durchbohrtes Herz, das schon so lange kalt war. Warum fühlte ich mich in seiner Gegenwart so unwohl? Ich sollte ihn bewundern und ihm dankbar sein, dass er mir ein zweites Leben geschenkt hatte. Warum war dem nicht so? Ich konnte es mir nicht erklären.

Zügig schritten wir voran. Als das Ende des Tunnels sich näherte, blieben wir stehen, und nur der Nekromant ging weiter. Eine Steinmauer verschloss den Durchgang, darin eingelassen eine Holztür. Links davon befanden sich mehrere vergitterte Öffnungen. Neben der Tür eine Klappe; sie stand offen, und ein Mensch blickte hindurch. Fünf Schritt vor der Tür blieb der Nekromant stehen. Von hinten vom Licht der Fackeln beleuchtet, musste er für den Menschen einen zugleich unheimlichen und beeindruckenden Anblick bieten.

»Was wollt ihr?« Der Mann hinter der Tür musterte unseren Herrn misstrauisch.

»Unser Ziel ist die Oberwelt«, antwortete der dunkle Magier ruhig. »Und sofern ihr uns passieren lasst, haben wir keinen Streit mit euch.«

Der Tonfall des Nekromanten machte deutlich, dass Streit etwas war, das man mit uns besser nicht anfing. Doch vor dieser Botschaft verschloss der Mensch sein Herz.

»Kehrt um, wer immer ihr seid! Wir werden euer Heer nicht durch unser Reich lassen!«

Ein Seufzen, das klang wie das Rascheln von Papier. »Ich hatte eigentlich nicht vor, mit euch meine Zeit zu verschwenden, doch ihr scheint es so zu wollen.«

Ich glaubte ein wenig Unsicherheit in den Zügen des Menschen zu erkennen, doch nur für einen Moment, dann war der Eindruck verflogen. Die Klappe schloss sich. Der Nekromant kehrte der Tür kopfschüttelnd den Rücken zu und ging langsam zu uns zurück.

»Intelligenz gehört offensichtlich nicht zu den Stärken dieses Volkes. Wir werden später sehen, ob sie zu etwas nutze sind«, murmelte er, als er wieder neben mir stand.

»Sieh her, Kuja«, wandte er sich dann mit erhobener Stimme an mich. »Dies ist es, woraus ich dich und all die anderen errettet habe. Diese Verbohrtheit, dieser Mangel an Weitsicht. Die Menschen hier« – er deutete in Richtung des verschlossenen Tores – »sind so sehr mit sich selbst beschäftigt, dass sie nicht sehen, dass sie Teil eines großen Ganzen sein könnten. Ihr Misstrauen macht sie blind!«

Nun wandte er sich der gesamten Streitmacht zu, breitete die Arme aus und rief: »Ich habe euch dieses Misstrauen genommen. Hier steht Troll neben Zwerg, Erdwicht neben Mensch. Streit und Zwietracht sind Worte, die ihr nicht kennt. Habe ich nicht ein Paradies geschaffen?«

Aus all unseren Kehlen schallte ihm begeisterte Zustimmung entgegen. Weil er es so wollte.

Erst als wieder Stille eingekehrt war, bemerkten wir den Nebel, der in den Gang kroch. Nein, nicht Nebel: stinkender Qualm. Ein normales Feuer war das nicht! Der Rauch füllte schnell den Gang, hüllte uns ein.

Der Nekromant blieb ruhig in den Schwaden stehen. Er befahl uns zu husten. Hustende Untote? Ich war verwundert. Als er kurz darauf anordnete, wir sollten uns tot stellen, verstand ich, was er wollte. Es keuchte und hustete, wer noch Lungen hatte, die funktionierten. Dann sanken wir in gespieltem Tod zu Boden.

Irgendein giftiges Kraut mussten die Menschen im Feuer verbrannt haben. Dies hatte der Nekromant beim Betreten des Stollens gerochen und sich zu diesem Zeitpunkt bereits seinen Plan zurechtgelegt. Sicherlich hatten die Menschen diesen Gang schon oft auf diese Weise verteidigt. Doch Wesen wie uns kannten sie nicht.

Jetzt begann das Warten. Darin hatten wir Übung.

Als ich mich tot stellte, musste ich an den Raben denken – tot, untot, ganz tot – und auch der Satz des Nekromanten fiel mir wieder ein: »Kuja also. Der hat schon zu seinen Lebzeiten nie etwas getroffen!« Er hatte mich gekannt, als ich noch lebte. Ich wusste zwar meinen Namen, aber ich besaß nur einzelne Bilder als Erinnerung. Fragmente die ich kaum zuordnen konnte. Ich erinnerte mich an ein Kind, dessen Anblick ich genau im Gedächtnis hatte. Hatte ich Kinder? Ich erinnerte mich an eine Bibliothek. Ich konnte schreiben – ein seltenes Wissen. Wo hatte ich es erlernt? War ich ein einfacher Schreiber gewesen, oder mehr? »Er hat nie etwas getroffen!«, klang als hätte ich es zumindest versucht, nichts was ein Schreiber normalerweise täte. Einen Moment lang tauchte ein Bild in mir auf. Ein Stab. Leider verblasste es wieder. War ich ein Priester, ein Magier gar, und hatte es mit meinem Tod vergessen?

Es dauerte eine Weile, bis etwas geschah. Die Menschen öffneten die Tür, und ein Strom frischer Luft drang herein. Er trieb den Rauch den Gang hinunter. Sie ließen sich Zeit, bis auch der letzte Qualm verflogen war.

»Seid vorsichtig! Der Rauch haftet an ihren Rüstungen. Schleift sie nach oben. Der Stammesführer wird sie sich anschauen wollen.« Der Mann, der die Anweisungen gegeben hatte, schritt durch unsere Reihen und betrachtete uns kritisch. Mit seinem Schwert stieß er mich an der Schulter an. Ich rührte mich nicht.

Einer der anderen fragte: »Sollten wir sie nicht liegen lassen, bis dein Vater hier ist?«

»Der Befehl lautet, den Gang immer sofort zu räumen! Also machen wir das!«

Zwei Männer packten einen Orkkrieger und zogen an ihm. Mit einem schmatzenden Geräusch löste sich ein Arm. Der Mensch schrie entsetzt auf. Ich musste an mich halten, um nicht loszulachen. Sie stellten sich wirklich dämlich an!

»Nehmt sie an den Rüstungen und schleift sie nach oben zum Lagerfeuer.«

Die Menschen taten, wie geheißen. Sie waren fest von unserem Ableben überzeugt: Sie nahmen uns noch nicht einmal die Waffen ab. Schon kurz darauf lagen wir alle aufgereiht nebeneinander im Lager der Menschen.

»Jetzt!«, war alles, was der Nekromant befahl.

Wie ein Wesen sprangen wir auf, und zogen unsere Waffen. Die Menschen waren viel zu überrascht, um Widerstand zu leisten. Einige von ihnen flohen, als sie sahen, dass die Toten wiederauferstanden.

Auch der Mann, der dem Ork einen Arm ausgerissen hatte, war unter denen, die flüchten wollten. Der Ork stürmte ihm hinterher und warf sich auf ihn. Ein Troll kam ihm zur Hilfe, und gemeinsam zerrten sie den zappelnden Menschen zurück ans Lagerfeuer.

Nun erst reagierten die verbliebenen Menschen und griffen zu den Waffen. Darauf hatten die anderen Untoten nur gewartet. Sie waren zu lange untätig gewesen und sehnten sich nach einem Kampf.

Der Anführer der Menschen zog ein Schwert mit mitternachtsblauer Klinge. Ich konnte die magische Kraft spüren, die es verströmte. Zara und Plantes stürzten nach vorne. Einer der Menschen stellte sich ihnen in den Weg, wurde jedoch sofort durch einen Axtschlag der Zwergin zurückgedrängt. Plantes stürmte weiter, direkt auf den Anführer zu. Der Mensch parierte den Schwerthieb des Untoten mit seiner magischen Waffe. Als die beiden Klingen aufeinander prallten, blieb in der von Plantes eine tiefe Scharte zurück.

Mit einem Kampfschrei auf den Lippen ging der Anführer der Tunnelwächter zum Gegenangriff über. Ich befürchtete, Plantes' Kopf fallen zu sehen, doch der machte einen schnellen Schritt zurück. Durch den Ruck hüpfte das Amulett auf seiner Brust in die Höhe. Es schien fast, als schwebe es aus eigener Kraft einen Fingerbreit vor Plantes' Adamsapfel. Haarscharf zischte die dunkelblaue Klinge am Hals des Untoten vorbei und traf das Amulett. Als sich die beiden magischen Gegenstände berührten, brüllten sie ihr Todeslied. Mit einem hellen Klirren zersprang das Schwert. Die Bruchstücke fielen zu Boden, wobei ihre dunkle Farbe verblasste, und aus dem Amulett stiegen silberne Funken. Kurz schwebten sie unentschlossen in der Luft, dann glitten sie auf Plantes zu, und ehe er fliehen konnten, versanken sie in seiner Brust.

Mit dem Ende des magischen Schwertes war der letzte Widerstand gebrochen; die Menschen warfen ihre Waffen fort und flehten um Gnade. Sie hatten drei der ihren verloren. Von uns war keiner verletzt worden.

Die drei Toten wurden zur Seite gelegt und die Gefangenen abgeführt. Der Nekromant wandte sich dem Menschen zu, den der Ork und der Troll gefangen hatten. Sie zwangen den Mann auf die Knie. Für eine Weile betrachtete unser Herr den zitternden Gefangenen verächtlich, bevor er schließlich zu ihm sprach: »Du hast einem von uns Schaden zugefügt. Du hast ihm einen Arm ausgerissen. Wir verlangen einen Ausgleich.«

Als in der Hand des Nekromanten eine Klinge aus blauem Licht erschien, begann der Mensch verzweifelt, sich zu wehren. Vier Untote hielten ihn fest, der Nekromant trat näher. Der Schrei des Mannes hallte von den Wänden der Höhle wider, als die Klinge sich in sein Fleisch senkte und ihm den Arm abtrennte. Er endete erst, als der Gefangene in Ohnmacht fiel.

Ich sah weg, wollte das grausame Schauspiel nicht sehen. Dabei fiel mein Blick auf Plantes, der einen verwirrten Eindruck machte und gerade von Zara hinter einen Stapel Feuerholz gezogen wurde. Was hatten die beiden miteinander zu besprechen?

Doch ich konnte nicht in ihre Nähe gelangen, um zu lauschen. Stattdessen wandte ich nun, trotz meiner Abscheu, den Blick wieder auf das Geschehen vor mir. Den frischen Arm hielt der Magier dem verstümmelten Ork an die Schulter. Ich konnte sehen, wie Muskeln, Sehnen und Haut sich verbanden. Der Untote bewegte prüfend seine neuen Finger.

Der Nekromant hatte kaum mehr als einen kurzen, verächtlichen Blick für den ohnmächtigen Mann übrig, bevor er zu der Stelle ging, an der das zerbrochene Schwert des Anführers lag. Er hob die Bruchstücke auf, betrachtete sie eine Weile, bevor er mich zu sich winkte.

»Bewahre das für mich auf, Kuja.«

Ich nahm die Splitter entgegen, nicht sicher, was der Blick zu bedeuten hatte, mit dem er mich maß, während er sie mir übergab.

Er wandte sich von mir ab, sah sich suchend um. »Plantes!«

Der Untote eilte herbei. Nun, da die Aufregung des Kampfes vorüber war, entdeckte ich an ihm Zeichen des Verfalls. An vielen Stellen hatte seine Haut kleine Risse, und der Schnitt über seiner Kehle, der sein erstes Leben beendet hatte, klaffte ein Stück weit auf.

»Gib mir dein Amulett!«, befahl der Nekromant, streckte fordernd die Hand in Plantes Richtung.

Ich glaubte, den Untoten einen Moment lang zögern zu sehen, doch dann streifte er die Kette über seinen Kopf und reichte das Schmuckstück unserem Herrn.

Lurr Daris schloss so fest seine Hand darum, dass die Haut an manchen seiner Fingerknöchel riss. Irgendetwas schien ihn zu beschäftigen.

Das Heerlager wuchs. Immer mehr Untote traten aus dem Tunneschacht. Inzwischen war das Zelt des Nekromanten aufgebaut worden. Ich saß an einem kleinen Tisch, hatte Pergament und Feder vor mir und protokollierte die Ereignisse für die Nachwelt.

Lurr Daris stand am Kartentisch, über eine alte Karte gebeugt, die wir von den Echsenmenschen bekommen hatten. Demnach lagerten wir in einer Vorhöhle. Der Durchgang zur Haupthöhle der Menschen war mit Palisaden und einem Fort geschützt. Nichts, was wir nicht erstürmen könnten. Allein unser Herr schien die Verluste zu scheuen. Etwas, was mich erstaunte. In früheren Tagen hätte er nicht gezögert.

Ich sprach ihn darauf an.

»Ich spüre den Mond nicht«, war seine Antwort. Ich wusste, was er meinte, hatte ich es doch auch schon die ganze Zeit über gespürt. Der rote Mond unseres Gefängnisses hatte uns in den Jahren unserer Gefangenschaft stets Kraft gegeben. Nun waren wir es nicht mehr gewohnt, ohne ihn zu leben.

Zwei Soldaten, die den Anführer der Tunnelwächter brachten, beendeten meinen Gedankengang.

Zu meiner Überraschung sprach der Nekromant freundlich mit ihm, bot ihm sogar einen Sitz an, was der Mensch ablehnte.

»Ich bin der Herr über das zweite Leben, mein Name ist Lurr Daris. Vielleicht habt Ihr von mir und meinem Heer gehört?«

Der Mensch schwieg.

»Nennt mir Euren Namen, oder wenigstens einen Namen mit dem ich Euch ansprechen kann!«

Der Angesprochene zog die Unterlippe ein.

»Ich weiß, dass Ihr der Sohn des Stammesführers seid. Einer Eurer Leute sagte das ...«

»Warum lebt ihr noch? Was seid ihr für Wesen?«

»Wir sind Untote. Wie ich schon sagte, haben wir keinen Streit mit euch. Wir wollen nur euer Land durchqueren.«

»Ich traue Euch nicht, Lurr Daris. Es gibt uralte Geschichten. Geschichten, die mir mein Vater erzählte, als ich ein Kind war. In diesen spielt Ihr nicht die Rolle des Guten!«

»Ich hatte viel Zeit zum Nachdenken. Ein Mensch kann sich ändern.«

»Ein Mensch, ja ...«

Der Nekromant zuckte gleichgültig mit den Schultern. »Wie Ihr wollt. Führt ihn ab und foltert einen seiner Mitgefangenen, bis er uns den Namen seines Anführers verrät.«

»Mein Name ist Nerkal.«

»Seht Ihr, es geht doch. Bringt ihn weg!«

Als die Untoten Nerkal hinausführten, sah ich etwas an seinem Hals glitzern. Er trug ein Amulett, eines, das meinem aufs Haar glich. Auch der dunkle Magier schien es erblickt zu haben. Gedankenverloren sah er zu den Splittern des magischen Schwertes hinüber, die neben mir auf dem Tisch lagen. Ihr dunkles Blau war zu stumpfem Grau verblasst. Sie hatten ihre Magie verloren. Der Nekromant nahm Plantes' Amulett zur Hand. Es stellte eine Sonne dar. Mein Anhänger war vergoldet, und die Strahlen waren in leuchtendem Blau gehalten. Das Schmuckstück, das der Nekromant in der Hand hielt, war schmutzig gelb. Mir fiel ein, dass auch Zara ein Amulett um den Hals trug. Es sah genau so aus wie jenes, das mein Herr gerade in Händen hielt. Was hatte das zu bedeuten?

»Wie hat er ihnen so viel Macht gegeben, dass sie selbst ein magisches Schwert vernichten konnten?«, murmelte er leise vor sich hin. Mich schien er völlig vergessen zu haben.

Ich tat, als würde ich den Text, den ich gerade geschrieben hatte, noch einmal sorgfältig durchlesen. Keinen Moment zu früh. Ich konnte seinen Blick spüren, der auf mir ruhte. Ein Schauer lief mir den Rücken hinunter. Sprach der Nekromant von mir? Hatte ich die Amulette hergestellt? Nein, ich musste mich täuschen, er konnte niemals mich meinen!

Zweihundert Schritt von den Palisaden entfernt fand das Treffen statt. Zwanzig Mann, zehn von jeder Seite, standen sich vierzig Schritt entfernt gegenüber. Aus dem gegnerischen Trupp lösten sich zwei Männer. Der Nekromant befahl mir, ihn zu begleiten, und so trafen wir die beiden in der Mitte.

»Ich bin Lurr Daris, Herr des zweiten Lebens, und dies ist mein Chronist. Wir wollen in die Oberwelt und bitten um freies Geleit durch euer Land.«

Auf diese Bitte ging der Mensch erst gar nicht ein. Er schien genau zu wissen, was er wollte. »Ich bin Garkan, der große Krieger dieses Stammes, und dies ist Parlskan, mein Verwalter. Eure Boten hatten uns ausgerichtet, Ihr seid an einem Gefangenenaustausch interessiert.«

Der Nekromant ließ sich seine Verärgerung nicht anmerken, auch wenn ich mir sicher war, dass er sie verspürte. »Wir haben einige Eurer Leute in unserer Gewalt, die Ihr sicher gerne zurückhaben würdet. Wir sind bereit, sie gegen Vieh zu tauschen.«

»Vieh?«

»Irgendwelche lebenden Tiere?« Ein dünnes Lächeln ließ neue Risse in den Lippen des Nekromanten entstehen.

»Wir könnten euch Jamasch anbieten.«

Ich war erstaunt. Warum feilschte unser Herr um ein paar Tiere? Er hatte ein Heer dabei! Früher wäre er einfach durch die Palisaden gestürmt und hätte sich um die Verluste nicht gekümmert. Für jeden Untoten der fiel, starb ein Gegner. Am Ende der Schlacht erweckte er die Toten und hatte meist mehr Männer als zuvor.

Schnell war man sich über den Gefangenenaustausch einig. Alle lebenden Gefangenen, mit Ausnahme von Nerkal, wurden gegen dreiundzwanzig Jamasch getauscht.

»Was wollt Ihr mit den Jamasch, Herr?«, fragte ich den Nekromanten auf dem Rückweg.

»Ich werde ein Ritual abhalten und dazu brauche ich Kraft. Ich fühle mich, als wäre es Neumond.«

»Vielleicht ist es Neumond?«

»Seit wir vor vierzehn Tagen das Gefängnis verlassen haben, fühlt es sich so an.«

Der Geruch frischen Fleisches brachte mich beinahe um den Verstand. So lange hatte ich kein blutendes Fleisch mehr gegessen! Im Unterschied zu den anderen Untoten aß ich nur Tiere. Die Leichen der gefallenen Feinde hatte ich immer verschmäht. Die anderen jedoch waren über sie hergefallen, wenn der Nekromant sie ließ.

Natürlich reichten die wenigen Jamasch nur für die engsten Getreuen. Schon beim ersten Bissen spürte ich, wie Kraft in mich floss. Meine Haut begann sich zu straffen, meine Muskeln pochten, als sie langsam wieder zu ihrer ursprünglichen Form zurückkehrten. Ich erfreute mich daran, dass sich die Speerwunde über meinem Herzen geschlossen hatte. Sie kitzelte ein wenig, wie sie es immer tat, wenn ich Fleisch gegessen hatte.

Ich war der Einzige, der bei dem Ritual zuschauen durfte. Mir als Chronist wurde diese Ehre zum ersten Mal zuteil. Es gab nicht viel zu sehen: ein paar Fackeln in einem Kreis um die drei Toten gesteckt, die mit den Köpfen zueinander in der Mitte lagen. Seinen Zauberstab hatte der Nekromant außerhalb des Fackelkreises in den Boden gerammt, damit er ihn beim Ritual nicht behinderte. Der Nekromant drehte im Inneren des Kreises seine Runden, webte mit seinen Händen magische Formeln, führte mit ihnen komplizierte Bewegungen aus. Es gab Momente, in denen schien er fast zu tanzen. Dann wieder blieb er stehen, und ein Sing-Sang erklang. Dunkel, fordernd, und ich hatte nicht den Eindruck, dass es seine Stimme war.

Es dauerte eine Weile, dann konnte ich etwas spüren: Im Kreis begann eine Macht zu wachsen. Mein Amulett pulsierte. Auf einmal war ich mitten im Ritual: Ich sah die Seelen der Verstorbenen. Der Nekromant riss Teile aus ihnen heraus. Erinnerungen, die er den zukünftigen Untoten nicht lassen wollte. Gefühle wie Liebe. Er brauchte Soldaten, keine Menschen mit ihren Ängsten und Sehnsüchten. Die abgerissenen Teile der Seele umkreisten mich. Sie leuchteten wie Funken. Nach und nach erloschen sie. Plötzlich stürzten einige von ihnen auf mich zu.

Ich erwachte vor dem Ritualkreis und spürte sofort, dass sich etwas verändert hatte. Ich sah einen der Toten an und wusste nun seinen Namen. Ich hatte die Erinnerung – als wäre es meine – wie er mit seinem Töchterchen spielte. Von einem anderen hatte ich die Erinnerung an seinen ersten Kuss. Ein Teil ihrer Seelen, die der Nekromant herausgerissen hatte, mussten sich nun in mir befinden.

Ich war überwältigt und brauchte eine Weile, bis ich meine Gedanken geordnet hatte. Wie hatte ich vergessen können, was es hieß, ein Mensch zu sein? Die Seelenfragmente der anderen gaben mir einen Eindruck dessen, was er mir alles genommen hatte.

Ich war so sehr mit mir beschäftigt, dass ich erst aufsah, als der Nekromant vor mir stand. Er hatte seine durch das Fleisch gewonnene Frische wieder verloren, und seine Haut spannte sich so fest über die Knochen, dass er beinahe wie ein Skelett wirkte. Es dauerte einen Moment, bis ich begriff, dass etwas nicht stimmte: Die drei Toten lagen noch immer auf der Erde. Das Ritual war gescheitert!

Erschöpft setzte er sich neben mich: »Der Mond fehlt. Es liegt am Mond!«

Ich stützte ihn auf dem Weg zurück zum Lager. Erst nach einer Stunde hatte sich der Nekromant so weit erholt, dass er seinen Männern Befehle geben konnte. Doch die Skelette reagierten nicht. Jene Unglücklichen, die erst viele Stunden nach ihrem Tod erweckt worden waren und in denen am wenigsten Leben steckte. Der Nekromant steuerte sie mit der Kraft seiner Gedanken. Doch jetzt war diese Verbindung zerbrochen. Die Skelette saßen regungslos am Boden.

Der Nekromant befahl den Rückzug. In der Dunkelheit der Höhlen würden die Menschen hoffentlich nicht erkennen, wie schwach unser Außenposten war, denn dass die Skelette nicht mehr kämpfen konnten, war nicht zu sehen. Die Dämonen, die im Gefängnis zurückgeblieben waren, würden bald zur Verstärkung ausrücken müssen.

Lurr Daris war so schwach, dass er getragen werden musste.

Bei der Rückkehr in unser Gefängnis hing der rote Vollmond weiterhin am Himmel. Ich konnte förmlich spüren, wie bei uns allen langsam die Kräfte wieder erwachten. Der Nekromant ordnete einen Ruhetag an. Danach wurden erholte Krieger zum Brückenkopf beordert und die erschöpften zurückgebracht. Auch der Gefangene wurde ins Gefängnis verlegt.

Ich saß wieder an meinem Tisch und protokollierte das Geschehene – zumindest den offiziellen Part. Dass ich Teil des Rituals geworden war, verschwieg ich. Der Nekromant war eitel, eines Tages würde er den Text lesen, weil er von ihm handelte.

Ich wog den Magier in Sicherheit, indem ich ihn nach dem Ritual bat, bei weiteren Wiedererweckungen dabei sein zu dürfen.

Er grinste. Es gefiel ihm, dass er mich mit seiner Magie beeindruckt hatte. »Der wichtige Teil des Rituals spielt sich auf einer Ebene ab, die dir verschlossen bleibt. Doch wenn du es wünschst und darauf achtest, mir nicht im Weg zu sein …«

Seine Antwort erfreute mich. Bei weiteren Ritualen konnte ich mehr Seelenfragmente einfangen!

Der Nekromant schwieg, in Gedanken versunken. Auch ich hing den meinen nach, folgte den Erinnerungen, welche die Seelenfragmente in mir geweckt hatten.

Der untote Magier erhob sich und begann auf und ab zu laufen. Seine Robe wehte hinter ihm. »Es ist tatsächlich der Mond, doch hier in seinem Licht, sollte das Ritual gelingen. Bald werden wir mehr über dieses armselige Volk wissen, das uns im Weg steht. Ich brauche nur eine Schwachstelle, an der ich ansetzen kann, dann wird ihr Widerstand brechen wie morsches Holz.«

Für seine Verhältnisse war er gesprächig. Das Mondlicht gab ihm Kraft und gute Laune. Ich beschloss dies zu nutzen: »Die Kameradschaft, die uns Untote verbindet: Wohin ist der Hass, der unsere Völker trennte, gegangen?« Ich hoffte ihm etwas über die Seelenfragmente entlocken zu können.

Verwundert blieb er stehen und blickte mich an.

Hoffentlich war ich nicht zu weit gegangen. »Ich bin Chronist. Was soll ich dazu schreiben?«

Ein Schmunzeln huschte über seine Züge. »Ich glaube, ich habe dir ein wenig zu viel Intelligenz gelassen, Kuja.« Der Nekromant schritt um meinen Tisch herum, stellte sich hinter mich und sah auf meine Arbeit hinab. Ich wagte nicht, mich umzudrehen, sondern wartete ab, was er tun würde. Schließlich begann er erneut zu sprechen.

»Ich habe die Könige immer gehasst. Sie nahmen sich alles, ohne dem Volk etwas zurückzugeben. Sie hetzten ihre Untertanen aufeinander, säten Zwietracht statt Einigkeit, um ihrer Macht willen. Ich gab euch das wahre Leben. Den Frieden der Völker. Wenn wir erst hier heraus sind, dann wird es auf der ganzen Welt so sein. Ich werde die Könige vernichten, und es wird keinen Streit mehr geben. Alle laufen in eine Richtung. Es wird Friede herrschen.«

Mir war klar, dass er meine Frage damit nicht beantwortet hatte, doch ich wagte nicht, sie noch einmal zu stellen.

Wieder steckten die Fackeln im Kreis. Doch diesmal war etwas anders: Das Opfer lebte noch. Man hatte Nerkal gefesselt, und neben ihm steckte ein Opfermesser im Boden. Der Nekromant würde ihn töten und sofort wieder zurückholen.

Ich hatte mich verändert. Vor ein paar Tagen hatte ich am Boden gesessen und dem Ritual nur zugeschaut, diesmal stand ich bereit. Diesmal würde ich mehr von der Seele des Opfers retten!

Der Magier riss das Messer aus dem Boden und zog es über Nerkals Kehle. Blut durchnässte das Hemd des Mannes, und rote Bläschen bildeten sich an der Wunde, als er vergeblich versuchte, zu atmen.

Unbeeindruckt nahm der Nekromant seine Wanderung auf und begann seine dunkle Magie zu weben. Mit einem Mal veränderte sich mein Sehen. Ich war wieder im Zwischenreich. Noch nicht ganz im Reich der Toten, doch schon auf dem Weg dahin. Der Nekromant zog seine Runde, umkreiste die frische Seele. Verwundert sah ich auf Nerkals Anhänger. Es war auch hier drüben vorhanden! Ich blickte an mir herab: Ja, auch meines war in dieser Welt.

Warum hatte er mich angeschaut, als er über Plantes' Amulett nachdachte? Hatte ich die Schmuckstücke wirklich zu Lebzeiten geschaffen? Nein, das konnte nicht der Fall sein, sonst hätte er mich doch hier nicht zuschauen lassen! Oder fühlte er sich mir so überlegen, da ich nun sein Geschöpf war?

Der Nekromant riss das erste Seelenfragment heraus. Ich erwartete, dass es zu mir kommen würde. Voll Erstaunen stellte ich fest, dass es im Amulett verschwand. Die Welt des Rituals verschwamm vor meinen Augen und entzog sich meinem Zugriff. Die Entdeckung, die ich soeben gemacht hatte, wühlte mich so sehr auf, dass ich mich nicht mehr im Zwischenreich halten konnte. Das war mein Glück, denn der Nekromant schaute in diesem Moment zu mir herüber. Noch ahnte er nicht, was ich wusste, doch wie lange konnte ich es noch vor ihm verheimlichen?

Wieder saß ich im Zelt und schrieb an der Chronik. Das Ritual war erfolgreich gewesen. Der Nekromant hatte mir diktiert, welche Pläne er hatte: regelmäßige Truppenwechsel, damit die Untoten hier wieder zu Kräften kamen. Eine Woche lang konnten sie draußen Dienst tun. Hier sammelten sie innerhalb eines Tages neue Kräfte. Er wollte noch mehr Lebewesen in sein Heer aufnehmen.

»Nach und nach werde ich die ganze Unterwelt erobern, und dann graben wir uns nach oben durch! Die Menschen sind schwach, sie werde ich zuerst vernichten. Die Starken ins Heer, die Schwachen in den Magen. Schreib meinen Sieg nieder, Kuja! Nun bin ich nicht mehr aufzuhalten.«

Der Nekromant wurde nach draußen gerufen. Eine Patrouille hatte einen einzelnen Dunkelelfen aufgegriffen, nun bereitete er ein neues Ritual vor.

Zara und Plantes betraten das Zelt. Ich war erstaunt, sie mussten den Nekromanten doch draußen gesehen haben, was wollten sie hier drin?

Zara trat an meinen Tisch. »Kuja, du musst es beenden!«

»Ich? Warum? Wie?«

»Du bist der Einzige der diesen Verrückten aufhalten kann. Du bist ein Magier. Erinnere dich! Du hast die Amulette geschaffen! Ich wünschte, wir könnten deines zerstören. Plantes und ich erlangten all unsere Erinnerung wieder, als unsere zerstört wurden!«

So hatte ich doch Recht gehabt mit meiner Vermutung. Mir schwirrte der Kopf. Ich konnte es noch nicht ganz fassen. Und wie sollte ich mein Amulett zerstören? Das Wissen wie das zu tun sei, hing um meinen Hals, nur ich kam nicht heran. Ich nahm den magischen Gegenstand ab. Kein Hinweis befand sich darauf. Ich hieb es auf den Tisch. Nichts geschah. Plantes versuchte es zu zerbrechen. Erst als er sich einen Finger abriss, gab er auf.

»Wie wurde dein Amulett zerstört, Zara?«

»Es geschah in einer Schlacht: Ein Pfeil von einem magischen Bogen.« Sie zeigte mir ihren Anhänger. Es wies genau in seiner Mitte ein Loch auf. Auch ihr Exemplar hatte seine Farben verloren und war nur noch schmutzig-gelb.

Plantes kam mit dem Griff des magischen Schwertes in der Hand zurück. Daran waren noch zwei Handbreit der Klinge. Wir berührten damit das Amulett. Nichts tat sich. Das Schwert war tot. Als Zara heftiger auf das Schmuckstück einhieb, zerbrach auch dieser Teil der Klinge. Sie legte beide Teile vorsichtig auf dem Tisch ab. Hoffentlich bemerkte der Nekromant nichts!

»Wir brauchen unbedingt eine magische Waffe, um dein Amulett zu zerstören«, stellte Zara fest.

»Im ganzen Heer gibt es keine magischen Waffen. Keine Schwerter, Bögen, nichts. Ich bin mir sicher! Der Nekromant hätte sie an sich gebracht und dann wären sie in dieser Kiste.«

Alle Blicke folgten meiner ausgestreckten Hand. Die persönlichen Dinge des Nekromanten. Noch nicht mal ich wusste, was in der Kiste war!

Für einen Moment sahen wir einander schweigend an, dann stürmten wir wie auf ein Zeichen hin auf sie zu. Sie war durch drei Schlösser gesichert. Ob wir sie öffnen konnten? Ob der Nekromant etwas mitbekam?

Bevor wir uns weitere Gedanken machen konnten, kam ein Untoter herein.

»Der Nekromant fängt gleich mit dem Ritual an. Alle sollen zusehen!«

Meine Begeisterung für die Teilnahme an den Ritualen hatte ihn wohl auf diese Idee gebracht. Ich war nicht in der Lage etwas zu erwidern, sondern starrte auf das Amulett am Hals des Untoten. Es glänzte golden wie meines. Wie viele von diesen Dingern hatte ich angefertigt? Erst jetzt fiel mir auf, dass die meisten Leibgardisten eines trugen. Gerade meine Amulette hatten dem Nekromanten die besten Untoten geliefert. Welch ein Hohn!

Wieder steckten die Fackeln im Kreis. Seinen Stab hatte der Nekromant an den gespaltenen Rabenbaum gelehnt. Die Untoten standen in einem weiten Kreis um die Fackeln herum.

Der Dunkelelf schrie. Er wollte kein Untoter werden, und ich verstand ihn gut. Wann würde das endlich ein Ende haben?

Ich musste es stoppen. Jetzt und hier!

Einer der Raben kehrte zurück auf seinen Baum und nahm seinen angestammten Platz auf einem der Äste ein. Es war jener Rabe, den ich aus Versehen heruntergeschossen hatte. Er schaute mich misstrauisch an.

Der Magier begann seinen Sing-Sang, nur unterbrochen von den Schreien des Dunkelelfen. Doch mein Blick ruhte auf dem Raben. Auf dem Baum, an dem der Zauberstab lehnte.

Wenn der Stab keine magische Waffe war, was dann?

Ich streifte das Amulett über meinen Kopf. Fünfzehn Schritte bis zum Baum. Es war zu schaffen!

Ich rannte los, ergriff den Stab. In dem Moment, in dem ich ihn berührte, spürte ich die dunkle Kraft, die in ihm ruhte. Der Stab wehrte sich, Flammen züngelten an ihm empor, meine Hände schmerzten, aber ich ließ ihn nicht los.

Der Gesang des Nekromanten verstummte. Ich hieb auf mein Amulett. Daneben! Der Stab wollte den Anhänger nicht treffen! Wild zuckte er in meiner Hand. Dafür waren die Flammen verschwunden.

»Kuja!«, schrie der Nekromant.

Hastig blickte ich zu ihm hinüber, nur kurz, dann kämpfte ich weiter mit dem Stab, versuchte ihn zu bezwingen. Mein Amulett, ich wollte es zerstören, ich wollte meine Erinnerungen zurück. Ich wollte wieder ich sein.

Ich hieb auf das Schmuckstück, verfehlte es wieder, und der Nekromant eilte herbei, Wut loderte in seinen Augen. Ich war zu langsam. Gleich musste er mich erreichen!

Plötzlich trat Plantes vor und schnitt ihm dem Weg ab. Und ich hörte ein Klicken, als die Sehne einer Zwergenarmbrust einrastete.

Endlich traf ich das Amulett. Ein Stoß purer Energie schoss durch den Stab, meine Hände zuckten und zitterten, doch ich lockerte meinen Griff nicht. Das Schmuckstück hatte seine Farbe verloren, und Funken stiegen aus ihm hervor. Silberne Funken, die sich auf den Weg machten. Ich blickte zum Nekromanten, sah jedoch nur Plantes´ Rücken. Plötzlich stand der Untote in Flammen. Er kam nicht mal dazu, zu schreien, bevor er zu Asche zerfiel.

Fünf Schritt voneinander entfernt standen wir einander gegenüber, als die Funken in meinem Kopf ihre Wirkung entfalteten. Erinnerungen drohten mich wegzuschwemmen. *Ich stand mit Zara und Plantes an einem Kartentisch, ein Elf begann zu sprechen ...*

Gewaltsam riss ich mich von meinen Erinnerungen los und kehrte ins Hier und Jetzt zurück.

Ich war ein Magier, das wusste ich nun wieder. Ich spürte wie mein Amulett den Stab besiegt hatte. Noch nicht ganz, doch meine Kraft floss in ihn hinein, verdrängte die Magie des Nekromanten. Ich richtete den Stab auf ihn.

Er sah mich an. Lachte. »Du triffst nicht, Kuja!«

»Doch, ich werde dich töten! Ich werde dem ein Ende machen.«

»Du hast deine Erinnerungen wieder. Erinnerst Du dich an deine Mutter? Erinnerst Du dich, wie sie starb? Der Fehlschuss eines Jägers. Du hast geschworen, nie eine Waffe in die Hand zu nehmen. Nie zu schießen. Selbst als man dich in der Prüfung zwang, kam aus deinem Stab keine Feuerkugel. Du wurdest Schildmagier. Zugegeben, der beste. Aber du hast nie etwas getroffen! Nie geschossen! Gib mir den Stab!«

Er streckte fordernd die Hand aus. Die Wut war nun aus seinem Blick gewichen. An ihrer Stelle sah ich Hohn. Ich war keine Gefahr für ihn.

Ich erinnerte mich wieder an meine Mutter und meinen Schwur. Bevor sie in meinen Armen gestorben war, hatte ich ihr einen heiligen Eid geleistet. Niemals mit einer Waffe auf ein Lebewesen zu schießen. Ich hatte es bei der Prüfung erzählen müssen. Und der Nekromant war unter den Zuhörern gewesen. Ich hatte den Magiertitel erhalten, als einziger Magier der keine Feuerkugel schießen konnte. Wir waren an derselben Universität gewesen. Im selben Semester. Wir hatten uns gehasst. Von Anfang an. Wie musste er sich über den untoten Kuja amüsiert haben!

Ich versuchte mein Wissen nach etwas zu durchforsten, das mir helfen könnte. Da waren so viele Erinnerungen und zu wenig Zeit. Ich war wütend auf mich! All meine Schilde würden mir nicht helfen.

»Gib auf, Kuja! Du kannst deinen Schwur nicht brechen! Du weißt es!«

»Es stimmt, ich kann ihn nicht brechen. Den Schwur, einer sterbenden Mutter gegeben, keine Kraft kann ihn brechen.«

»Schön, dass du es einsiehst. Gib mir meinen Stab!«

»Du hast nur eines vergessen. Du bist kein Lebewesen. Du bist tot!«

Die Feuerkugel schoss aus dem Stab und traf den Nekromanten in den Brustkorb. Ihr rötliches Glühen beleuchtete seine Züge, in die Erstaunen geschrieben stand. Selbst angesichts seiner Vernichtung konnte er noch immer nicht glauben, dass ich es war, der ihn besiegt hatte. Hungrig fraß sich das Feuer durch seinen trockenen Körper. Nicht lange, bis von dem mächtigen Nekromanten nur noch ein Häufchen Asche geblieben war.

Schwer stützte ich mich auf den Stab. Die Umgebung um mich verschwamm, und ich sah jene Erinnerung, die ich zuvor verdrängt hatte. *Vor mir der Kartentisch. Zara und Plantes an meiner Seite. Uns gegenüber stand ein Elf, wieder begann er zu sprechen:* »*Wir brauchen noch diese Vollmondnacht, um das Gefängnis zu vollenden. Ihr müsst den Nekromanten aufhalten. Er darf das Tal mit der Falle nicht vor morgen früh erreichen!*«

Zara brauste auf: »*Weil ihr Elfen eure Sache nicht auf die Reihe bekommt, sollen wir Zwerge bluten?*«

»*Das Menschenheer kann die Hauptlast tragen, wenn dein Volk zu feige ist!*«*, bot Plantes spitzzüngig an.*

»*Hört auf, euch zu streiten! Wir können nur gemeinsam das Heer des Nekromanten aufhalten. Hier am Pass! Da wird die Entscheidung fallen!*«*, sagte ich.*

»*Sind die Amulette fertig?*«*, fragte Plantes.* »*Ich möchte nicht noch einmal erleben, wie der Nekromant die Seelensense beschwört!*«

»*Die Seelensense?*«*, fragte der Elf.*

»*Ein Dämon. Er sah aus wie unser Totengott, ein Bauer mit einer Sense. Alle Magier außer Kuja starben*«*, erklärte Plantes.*

Alle blickten mich an. »*Ich habe genug Amulette für alle Offiziere. Sie müssten die Seele schützen, sodass sie nicht verloren geht.*«

Tränen traten mir in die Augen und ich stand wieder, auf den Stab des Nekromanten gestützt, unter dem roten Mond. Die Amulette hatten die Seele festgehalten. Die Seelensense war missglückt. Doch die Untoten hatten unsere Linien überrannt. Die Elfen hatten das Gefängnis fertiggestellt. Eines fügte sich zum anderen. Jetzt war ich der Herr der Untoten. Ich spürte, wie der Stab mir die Macht über sie gab.

Das Treffen mit Garkan, dem Stammesführer der Menschen, fand am üblichen Ort statt, zweihundert Schritt vor der Palisade. Er starrte auf meinen Begleiter, jedes Detail nahm er in sich auf. Der alte Krieger musste sich beherrschen, nicht in Tränen auszubrechen.

»Ich bin Kuja Leuchterberg. Der neue Nekromant.«

»Was wollt Ihr?« Seine Hand ging zum Schwert. Nur mühsam beherrschte er sich.

»Frieden. Mein Vorgänger hat Krieg gegen euch geführt, aber ich möchte friedlich mit meinen Nachbarn leben. Ich biete euch an: Ihr versorgt uns mit frischem Fleisch, und wir ziehen uns wieder in unsere Höhle zurück.«

»Ihr wollt den Brückenkopf räumen, den ihr in unserer Höhle errichtet habt?«, fragte er ungläubig.

»Ja. Wir brauchen ihn nicht mehr. Vertrauen ist wichtiger als ein Brückenkopf im Feindesland.«

»Warum sollte ich Euch vertrauen?«

Ich schwieg, wie hätte ich soviel Misstrauen zerstreuen können?

Da mischte sich mein Begleiter in das Gespräch ein. »Vertrau ihm, Vater! Wie hieß der Magier, der mein Amulett machte?«

»Leuchtenburg.«

»Oder Leuchterberg? Er ist der Magier der die Amulette machte. Vor der Schlacht gegen den Nekromanten! Der Schlacht, in der unser Urahn verletzt wurde. Er hat meine Seele aus meinem Amulett befreit. Vater, er ist es!«

»Lasst mich mit meinem Sohn allein!«, verlangte Garkan.

Ich nickte, zog mich zurück. Ich war mir sicher, dass Nerkal seinen Vater überzeugen würde, dem Frieden mit seinen ungewöhnlichen Nachbarn eine Chance zu geben.

Schwarze Wasser
Claudia Hornung

»Roghad?«

Vreghs Stimme ließ Roghad aus unruhigem Schlaf auffahren. »Was?«

Der alte Ork legte ihm hastig die Hand vor den Mund und bedeutete ihm zu schweigen. »Still! Weck niemanden auf! Sie werden es noch früh genug erfahren.«

Roghad warf einen Blick auf die beiden Orks, die sich unweit von ihm einen Schlafplatz eingerichtet hatten. Beide schnarchten misstönend vor sich hin.

»Komm«, drängte Vregh. »Krarnak will dich sprechen.«

Roghad streifte die zerlumpte Decke ab und erhob sich lautlos. Mit einer raschen Bewegung prüfte er den Sitz des Dolches an seinem Gürtel, ehe er mit leisen Schritten dem langjährigen Berater seines Onkels folgte. Er ahnte, dass es keine gute Neuigkeit sein würde, wegen der ihn Vregh mitten in der Nacht aus dem Schlaf riss. Aber hatte es seit dem großen Beben überhaupt gute Neuigkeiten gegeben?

Nein, dachte Roghad, während sie das Labyrinth der Grabkammern, in denen die Orks schliefen, verließen. *Nicht eine ...*

Vor ihnen lag jetzt die größte Halle, finster und weit, die gewölbte Höhlendecke getragen von wuchtigen Basaltsäulen. Roghad wusste nicht, wie es den Dunklen einst gelungen war, dieses beeindruckende Heiligtum zu bauen. Er wusste auch nicht, ob *Anya*, deren Name in das große Portal am Eingang geritzt war, eine Königin oder eine von den Dunklen verehrte Göttin gewesen war. Fest stand nur, dass die Hallen und Grabkammern seit langem verlassen waren – und das einzige Bauwerk, das die Ströme aus flüssigem Feuer und das entsetzliche

Beben verschont hatten. Sonst gab es weit und breit nichts als Zerstörung.

Roghad spürte ein Brennen in den Augen, als er an die verzweifelte Flucht der stolzen Orkkrieger dachte. Kein Gegner hatte es je vermocht, sie so in Panik zu versetzen. Und doch hatten allzu viele es nicht geschafft, waren verbrannt, erstickt oder von herabstürzendem Fels erschlagen worden. Auch unter den knapp zweihundert Überlebenden, die sich ins Heiligtum hatten retten können, waren viele Verletzte – so auch Krarnak, Roghads Onkel, der Anführer der letzten noch verbliebenen Orks. Ein gewaltiger Brocken rot glühenden Gesteins hatte ihm das Bein zerschmettert. Nachdem es einige Zeit so ausgesehen hatte, als würde die schwere Verletzung dennoch heilen, wurde Krarnak nun seit zwei Tagen von heftigem Fieber geschüttelt.

Roghad befürchtete das Schlimmste, als er hinter Vregh hereilte, vorbei an den Schwarzen Wassern, die er unheimlich fand, seit er sie das erste Mal erblickt hatte. Schwarze Wasser – so nannten die Orks den unterirdischen See inmitten des Heiligtums, weil seine Oberfläche durch die matt leuchtenden Opferschalen, die rings um ihn aufgestellt waren, immer schwarz glänzte.

Hinter den Schwarzen Wassern befand sich ein kleineres Höhlensystem, trocken und sauber, in dem die Orks nach der Flucht ihre Verletzten untergebracht hatten. Die Luft war hier kühler als im vorderen Bereich, und es gab außerdem eine Quelle, um Wunden auszuwaschen und die notdürftigen Verbände zu säubern. Inzwischen lagerte außer Krarnak – und Vregh, der immer an seiner Seite war – niemand mehr hier; die anderen Verletzten waren entweder genesen oder gestorben. Sie hatten sie bei den anderen begraben, dort draußen, in der heißen, steinernen Wüste, die einst die Heimat der Orks gewesen war und jetzt nur noch eine Stätte des Todes.

»Krarnak?« Mit raschen Schritten eilte Roghad an die Seite seines Onkels.

Der sterbende Anführer der Orks vermochte kaum noch die Augen zu öffnen. Die Hand, die Roghad ehrerbietig mit der Stirn berührte, war schweißnass.

»Krarnak«, flüsterte Roghad. »Du darfst nicht gehen. Unser Volk braucht dich! Wer soll die Orks anführen, wenn du …«

»Genau deshalb habe ich dich rufen lassen.« Mühsam hob Krarnak den Kopf und sah seinen Neffen aus fiebertrüben Augen an. »Du wirst meine Stelle einnehmen.«

»Ich? Nein …« In Roghads Kopf überschlugen sich die Gedanken.

»Doch, du!« Krarnaks Finger krallten sich um Roghads. »Du musst!« Hilfe suchend wandte er sich um. »Vregh …«

Sein Berater und ältester Vertrauter lehnte mit verschränkten Armen am Höhleneingang, als wollte er verhindern, dass Roghad davonlief. »Krarnak hat recht, du hast keine Wahl. Er hat dich nicht um etwas gebeten, er hat dir eine Aufgabe übertragen; seine Aufgabe, die er nicht mehr lange erfüllen kann.«

»Aber …«

»Nein!«, sagte Vregh hart. »Krarnak wird sterben und du bist der einzige seines Blutes, der somit Anspruch auf seine Nachfolge erheben kann. Tust du es nicht, wird Gamth die Führerschaft an sich reißen.«

»Gamth«, wiederholte Roghad mechanisch und rief sich kurz das Bild des stärksten Orkkriegers vor Augen. Ein großartiger Kämpfer, in vielen Schlachten und Zweikämpfen erprobt, doch hitzköpfig und aufbrausend. Und nicht allzu … klug.

»Er ist nicht der Richtige, um ein Volk wie unseres zu führen«, sagte Vregh eindringlich. »Schon gar nicht in solch einer schlimmen Zeit wie dieser. Da braucht es jemanden, der besonnen handelt und mit Weitblick.«

Roghad betrachtete Krarnaks angespannte Züge, die Brust, die sich in quälend langsamen Atemzügen hob und senkte. »Ich habe mich damals entschieden, dir und Thagdaroks Söhnen in die Unterwelt zu folgen, weil ich das endlose Morden und Meucheln nicht mehr ertragen konnte. Alles, was ich wollte, war …« Roghad verstummte, als er bemerkte, dass Krarnak ihm gar nicht zuhörte.

Vregh näherte sich von hinten und legte ihm die Hand auf die Schulter. »Wir sind Orks, Roghad. Du bist ein Krieger, wie wir alle. Und wenn du verhindern willst, dass unser Volk die Unterwelt mit seinem und fremdem Blut besudelt, dann nimm Krarnaks Platz ein und führe fort, was er getan und Thagdarok einst begonnen hat.«

»Also gut«, sagte Roghad leise. »Ich bin einverstanden. Wann wirst du es verkünden?«

»Gar nicht.« Vreghs Stimme klang ernst und unnachgiebig. »Du gehst selbst und informierst dein Volk über die Veränderung. Deine Aufgabe beginnt hier und jetzt. Ich werde bei Krarnak wachen, bis du zurück bist.«

Er hatte die Männer in der großen Halle des Heiligtums zusammenkommen lassen, um die Neuigkeit bekannt zu geben. Angespannte Ruhe folgte seinen Worten. Roghads Blick glitt über die versammelten Reihen. Unruhe spiegelte sich auf den meisten Gesichtern, Misstrauen, teils auch Furcht. An den sonst so stolzen Orks waren die Ereignisse der letzten Wochen nicht spurlos vorübergegangen. Fast alle trugen Narben auf der grünschwarzen Haut, viele hatten ihre Waffen verloren und – was womöglich schlimmer war – den Glauben an ihre Stärke, die Zuversicht, jeden Feind besiegen zu können. Jetzt verloren sie auch noch ihren Anführer.

Gamth war der erste, der schließlich das Schweigen brach. »Warum du?«, fragte er herausfordernd. »Wenn es Krieg gibt, bist du doch kaum der Richtige.«

Einige Orks grölten zustimmend, aber damit hatte Roghad gerechnet. »Wir werden keinen Krieg führen«, erklärte er mit Nachdruck. »Denn wir würden ihn ohnehin verlieren. Sieh dich um – wie viele Männer zählst du?«

»Na und? Ein einziger Orkkrieger kann es mit vielen Gegnern aufnehmen!«

Die bestätigenden Rufe der Gamth umstehenden Männer nahmen an Lautstärke zu. Ein paar schwenkten die wenigen Waffen, die sie hatten retten können.

»Ruhe!« Roghad gebot ihnen zu schweigen. »Hört mir zu! Wir alle sind einst Thagdarok und seinen Söhnen in die Unterwelt gefolgt, um ein Leben in Ehre zu führen. Daran hat Krarnak festgehalten und ich, so wahr ich hier stehe, werde es auch tun.«

Zustimmendes Murmeln aus den Reihen der Krieger folgte seinen Worten. Roghad nahm es als gutes Zeichen und fuhr fort: »Wir wissen nicht, welches Leid das große Beben den anderen Völkern der Unterwelt zugefügt hat oder ob sie davon verschont geblieben sind. Wir wissen auch nicht, wie es in der Oberwelt aussieht, da alle uns bekannten Zugänge verschüttet sind. Möglich, dass dort niemand überlebt hat.«

Betroffene Stille breitete sich unter den Orks aus. Die Vorstellung, die letzten zweihundert Krieger eines aussterbenden Volkes zu sein, war entsetzlich.

»Ich kann euch nicht voraussagen, wie die Zukunft für uns aussieht oder ob es überhaupt eine Zukunft für uns gibt«, sagte Roghad und seine Stimme hallte durch das Heiligtum. »Aber so lange wir keine Gewissheit über unsere Lage haben, sollten wir jeglichen Konflikt mit anderen Völkern vermeiden. Ich halte es für sicherer, wenn unsere derzeitige Situation nicht bekannt wird.«

Gamth schnaubte unwillig. Roghad wusste, dass es ihm und einigen anderen sehr schwer fallen würde, sich länger hier versteckt zu halten. Er musste bald etwas finden, mit dem er die Männer sinnvoll beschäftigen konnte.

Oh Krarnak, dachte er, während er die Versammlung beendete und sich aufmachte, zu seinem Onkel zurückzukehren. *Warum hast du ausgerechnet mich mit deiner Nachfolge betraut?*

Noch bevor er das hintere Höhlensystem erreicht hatte, kam ihm Vregh bereits entgegen. Sein Blick war bestürzt und voller Sorge. »Roghad!«

»Was ist passiert?«

»Es gab einen Zwischenfall an der Grenze. Offenbar haben die Trolle einen Späher in unser Gebiet geschickt.«

»Verdammt!« Roghad presste die Hände gegen die wulstigen Schläfen. Musste denn gleich am ersten Tag, an dem er die Verantwortung übernommen hatte, so etwas passieren? »Verdammt!«

»Fluchen nützt nichts«, rügte Vregh. »Lass dir berichten, was genau geschehen ist, und dann lass die Grenzposten verstärken.«

»Du meinst, damit die Trolle nicht merken, mit welch geringer Zahl an Gegnern sie es zu tun haben?«, fragte Roghad bitter.

Vregh erwiderte seinen Blick vollkommen ruhig. »Genau.«

Der Bote, der gekommen war, hatte sich bei Gamth und seinen Kumpanen am Feuer niedergelassen und verschlang gerade mit hastigen Bissen das noch blutige Lendenstück einer Riesenratte. Als Roghad hinzutrat, sprang er auf, wischte sich die schmierigen Finger an seinem zerrissenen Ledermantel ab und neigte den Kopf. »Kommandant …«

An den Titel würde Roghad sich nicht so schnell gewöhnen. Unwillig scharrte er mit dem Fuß. »Also – was ist passiert?«

»Ein Trollspäher war ein gutes Stück weit in unser Gebiet eingedrungen. Wir haben ihn erst so spät entdeckt, weil …« Er schluckte. »Wir sind so wenige.«

»Ich weiß«, sagte Roghad missmutig. »Weiter.«

»Er wollte fliehen, aber das … das haben wir verhindert.« Unsicher sah der Bote zu ihm auf. »Wir haben ihn getötet und seine Leiche zur Grenze geschleift. Dort haben wir ihn liegen lassen, als Warnung für andere.«

»Gut gemacht!« Gamth schlug ihm anerkennend auf die Schulter. »Diese widerlichen Trolle werden schon sehen, was sie davon haben, Orkland zu betreten.«

Roghad schüttelte verärgert den Kopf. »Woher wisst ihr, dass er ein Späher war? Habt ihr ihn befragt? Hat er euch gesagt, was er hier wollte?«

Der Blick des Boten wanderte zwischen ihm und Gamth hin und her. »Nein.«

»Ihr habt ihn gar nicht erst zu Wort kommen lassen, was?«, grölte Gamth.

Roghad musste sich kurz abwenden, um seine Wut zu verbergen. Dann hatte er sich wieder unter Kontrolle. Unwirsch wandte er sich an den Boten. »Wenn du dich gestärkt hast, nimm die Hälfte der Männer mit – sie sollen sich entlang der Grenze postieren und die uns bekannten Übergänge im Auge behalten. Sendet auch einige Späher aus, um zu erfahren, was vor sich geht – das zu wissen, könnte für unser Überleben von größter Bedeutung sein. Aber haltet euch unbedingt verborgen! Hast du verstanden?«

»Ja, Kommandant«, versicherte der Bote eifrig.

»Und was dich angeht«, Roghad warf Gamth einen bösen Blick zu, »du wirst dich vom Gebiet der Trolle fernhalten. Dein Befehl lautet, den Übergang zum Reich der Dunkelelfen zu beobachten.«

Nachdem Roghad den Abzug der Männer koordiniert hatte, von denen viele froh zu sein schienen, die düsteren Hallen des Heiligtums verlassen zu können, kehrte er voll banger Ahnungen zu Vregh zurück. Sein Gefühl hatte ihn nicht getrogen: Mit Krarnak ging es zu Ende. Die schweren Atemzüge wurden immer langsamer.

Roghad sank an der Seite des Onkels nieder und nahm seine Hand. »Ich bin hier«, sagte er leise. »Ich bin hier.«

Die Nachtstunden verstrichen in zäher Langsamkeit und irgendwann musste Roghad eingeschlafen sein. Als er erschreckt den Kopf hob, war es vorbei. Krarnak war tot.

Roghad drückte die Stirn gegen Krarnaks Hand, die jetzt kalt und schlaff in seiner hing. »Das Volk der Orks verdankt dir viel«, flüsterte er und wünschte, er hätte diese Worte gesagt, solange sein Onkel sie noch hätte hören können. »Ich bin sicher, Thagdarok und seine Söhne werden dich im Land der Toten mit Freude willkommen heißen.«

Er legte Krarnaks Hand zurück auf dessen Brust, wischte sich kurz über die Augen und setzte sich dann mit angewinkelten Beinen an die Höhlenwand, den Blick starr auf den Toten gerichtet.

Einige Minuten herrschte Stille. Dann seufzte Roghad tief auf und wandte sich an Vregh, der regungslos am Höhleneingang lehnte. Er musste mit dem alten, erfahrenen Ork über die Lage sprechen. Es war an der Zeit, der Wahrheit ins Auge zu sehen.

»Vregh?«, fragte er stockend. »Hältst du es für möglich, dass das Volk der Orks längst dem Tod geweiht ist? Dass es keinen Ausweg mehr gibt?«

»Weil es uns nicht gelungen ist, die Zugänge zur Oberwelt wieder freizulegen? Weil so keine neuen jungen Krieger mehr zu uns gelangen können? Oder weil du glaubst, dass dort oben eh keiner überlebt hat?«

»Beides«, sagte Roghad müde. »Vielleicht spielt es ja auch gar keine Rolle. Wir sitzen hier fest, werden altern und nach und nach aussterben.«

Vregh wiegte bedächtig den Kopf, gab aber keine Antwort.

»Vielleicht soll es ja so sein«, sinnierte Roghad weiter. »Vielleicht ist es uns so bestimmt? Dann hätten wir wenigstens erfüllt, weswegen wir uns damals Thagdaroks Söhnen angeschlossen haben. Ein Leben in Ehre. Eines, für das sich starke und mutige Krieger nicht schämen müssen. Ohne das Blut anderer Völker auf unseren Klingen ...«

»Das Schicksal der Orks in der Unterwelt liegt jetzt in deiner Hand, Roghad. Aber ich halte es nicht für richtig, wenn du sie zur Untätigkeit verdammst. Du riskierst, dass sie dir nicht mehr folgen, wenn du diese Überlegungen laut anstellst.«

»Ich weiß«, sagte Roghad grimmig. »Aber gegen meine Überzeugung zu handeln, fällt mir schwer. Soll ich einem Krieg zustimmen, nur damit die Männer im Kampf sterben können?«

»Es sind nun mal Krieger«, sagte Vregh. »Vergiss das nicht, Roghad.« Er kam näher und sah ihn eindringlich an. »Hast du in den letzten Wochen einmal den Gesprächen der Männer an den Feuern gelauscht? Sie reden ständig von früher. Sie brauchen Bestätigung, etwas, das ihrem Dasein einen Sinn gibt. Sonst kommen sie nur auf dumme Gedanken.« Er zögerte kurz, ehe er weitersprach. »Einmal habe ich sie sogar applaudieren hören, als jemand vorschlug, ein paar Trollweiber zu rauben, um Nachkommen zu zeugen.«

»Das kann doch nur Gamths Idee gewesen sein.« Roghad schnaubte verächtlich. »Stinkende Trollweiber zu rauben …«

»Darum geht es nicht«, sagte Vregh scharf. »Auch nicht darum, dass ich zeit meines Lebens bei den Trollen noch nie ein Weib gesehen habe. Es geht darum, dass …« Er unterbrach sich. Im Gang vor der Höhle wurden Rufe laut. Schritte von mehreren Männern näherten sich. »Was ist da los?«

Ein Trupp aufgeregter Krieger stürmte herein. »Kommandant, schnell …« Der Wortführer verstummte jäh, als er Krarnaks Leichnam erblickte.

Roghad ergriff ihn am Arm. »Was gibt es?«

»Sie haben eine Dunkelelfin mitgebracht.«

»Entführt«, berichtigte ein anderer.

»Wer hat was?«, brüllte Roghad.

»Nun, Gamth …«

Roghad hatte genug gehört. »Dieser Narr«, grollte er. »Hat er jetzt völlig den Verstand verloren?« Mit zornig geballten Fäusten verließ er Krarnaks Totenbett.

Die Gefangene gehörte augenscheinlich zum Volk der Dunkelelfen. Sie war fast genauso groß – wenn auch ungleich zierlicher – als Gamth und seine Männer, die sie gefesselt und geknebelt in ihrer Mitte hielten. Ihr langes schwarzes Haar war zerzaust und verdeckte einen Teil ihres Gesichts, sodass Roghad ihre Züge nicht erkennen konnte. Gamth grinste provozierend. Roghad ignorierte ihn bewusst.

»Und? Wollt ihr etwa behaupten, dies sei auch eine Späherin?«, herrschte er einen der anderen umstehenden Orks an.

»Nein, Kommandant«, beeilte sich der zu sagen.

»Wo kommt sie dann her?«

»Aus der Siedlung am See …«

»Wie kommt ihr dazu, ohne meinen Befehl soweit in elfisches Gebiet vorzudringen?«

»Die Gelegenheit war einfach günstig«, schaltete Gamth sich ein. »Niemand von den Dunkelelfen hat uns gesehen. Und ich könnte mir auch vorstellen, dass sie froh sind, diese Furie loszusein.« Er warf der Gefangenen einen bösen Blick zu. »Sie hat sich benommen wie ...«

Einer seiner Begleiter begann jäh zu grinsen. »Sie hat ihn getreten«, verriet er. »Dahin, wo's wehtut.«

Gamth fuhr herum. »Halt's Maul!«, zischte er, aber es war schon zu spät.

»Mitten ins Gemächt«, platzte ein anderer heraus, und die umstehenden Orks brüllten vor Lachen. Roghad hatte Mühe, das wüste Gelärme zu beenden.

»Bringt die Gefangene in Krarnaks Kammer«, befahl er, als die Männer sich beruhigt hatten. »Und nehmt ihr die Fesseln ab, von dort kann sie nicht entkommen.«

Er folgte den Männern, die seinen Befehl ausführten, postierte zwei von ihnen als Wachen vor dem Eingang und trug den übrigen auf, Krarnaks Leichnam zur Quelle zu schaffen, damit Vregh ihn für die Bestattung vorbereiten konnte. Außerdem ließ er eine der leuchtenden Opferschalen in die Höhle bringen, als ihm bewusst wurde, dass die Schwärze ringsum für Nichtorks schwer zu ertragen sein musste. Die Gefangene beäugte ihn unablässig mit finsterer Miene. *Sie ist keine gewöhnliche Dunkelelfin*, dachte Roghad.

»Mein Name ist Roghad«, sagte er, als sie endlich allein waren. »Ich bin der Kommandant der Orks.« Er wies auf sie, um seine Frage zu verdeutlichen: »Und wer bist du?«

»Tamyela«, stieß sie wütend hervor.

»Kannst du mich verstehen?«, fragte er.

Ihre Antwort war ein heftiges Fauchen. »Und ob!«

Roghad hob überrascht die Brauen. »Ich dachte, ihr Dunkelelfen schert euch nicht um andere Völker? Wie kommt es, dass du unsere Sprache sprichst?«

Sie sah ihn aus hasserfüllten, tiefblauen Augen an und antwortete nicht. Roghad spürte, wie Misstrauen in ihm aufkeimte. Hatte Gamth doch nicht so falsch gehandelt? Planten die Dunkelelfen etwas, das er wissen sollte? Mussten die Orks gar mit einem Angriff rechnen?

»Lasst mich unverzüglich wieder frei!« Ihre Stimme riss ihn aus seinen Gedanken.

Er zögerte kurz. »Nein«, sagte er dann bestimmt. »Erst muss ich die Situation an der Grenze klären. Und meinen Onkel begraben.«

»Dann lässt du mich gehen?«

Roghad nickte. »Ich gebe dir mein Wort.«

Sie begruben Krarnak zwischen den Orks, die ihm lange Jahre treu gedient hatten. Das Gräberfeld war groß – viele waren es, viel zu viele, die das furchtbare Beben dahingerafft hatte, und Roghad spürte, dass seine Männer ähnlich empfanden. Stumm standen sie inmitten der zerstörten Landschaft, der steinernen Wüste, in der der Boden warm war und das Atmen schwer fiel, weil die Luft immer noch von Staub und Sand erfüllt war. Roghad bemerkte, dass Tamyela sich mit aufgerissenen Augen umsah. Er hatte entschieden, sie mitzunehmen, damit alle im Heiligtum verbliebenen Orks Krarnak das letzte Geleit geben konnten. Niemand sollte zurückbleiben müssen. Jetzt fragte er sich, ob es ein Fehler gewesen war. Die Dunkelelfin war nicht dumm, sie würde nun wissen, wie es um die Orks stand. Und er hatte ihr sein Wort gegeben, sie gehen zu lassen …

Roghad fluchte innerlich, auch wenn das der Begräbnisfeierlichkeit wenig angemessen schien. Er würde sein Wort halten, ja. Aber er trug auch die Verantwortung für seine Männer. Er musste unbedingt noch einmal mit der Gefangenen sprechen. Bald.

»Was heißt, ich kann noch nicht gehen?«

Roghad hob entnervt die Arme. »Das habe ich dir doch gerade erklärt.«

»Ich hätte wissen müssen, dass das Wort eines Orks nichts wert ist«, zischte sie.

Ihre Worte trafen ihn tief, aber er bemühte sich, ruhig zu bleiben. »Mein Wort gilt und ich bitte dich, mir zu vertrauen. Dir wird nichts geschehen, und ich werde dich so bald wie möglich zurückbringen. Aber im Augenblick ist es zu gefährlich.«

»Für mich oder für euch?«, höhnte Tamyela.

»Für uns«, gab Roghad widerstrebend zu und war erneut froh, dass Vregh bei diesem Gespräch nicht anwesend war.

Tamyela sah ihn mit ihren tiefblauen Augen an und ihm war klar, dass ihr nichts, aber auch gar nichts, entgangen war, seit Gamth sie ins Heiligtum geschleppt hatte. Sie wusste, worum es hier ging. Sie wusste … alles.

»Ach, verdammt, du solltest nicht hier sein«, knurrte er voller Verzweiflung.

»So?« Sie spuckte ihm vor die Füße. »Wessen Schuld ist das denn? Meine vielleicht?«

Er packte sie grob am Arm. »Wage es, mich noch einmal so zu beleidigen, und ich schwöre, es wird dir leid tun!«

Sie versuchte zu lachen, aber er spürte, dass ihr Körper in seinem Griff leicht zitterte. Ganz so unerschrocken, wie sie sich gab, war ihr wohl doch nicht zumute. Er ließ ihren Arm los und stieß sie zurück. Sie hörte auf zu lachen. Stumm blickten sie einander in die Augen.

»Also«, sagte sie schließlich. »Sag du mir, warum ich hier bin.«

Weil meine Männer Angst vor dem Sterben haben, dachte Roghad, aber er sprach es nicht aus. Stattdessen erläuterte er ihr in wenigen Worten Gamths Absichten.

Tamyela sah ihn erst ungläubig an, dann verzog sie die Lippen zu einem spöttischen Grinsen. »Daraus wird wohl nichts werden …«

Der Bote, den Roghad zur Grenze geschickt hatte, brachte keine guten Nachrichten mit zurück. Die Trolle hatten ihren toten Späher geborgen und die wilden Verwünschungen, die sie dabei ausgestoßen hatten, ließen darauf schließen, dass von dieser Seite mit weiteren Attacken zu rechnen war. Was die Dunkelelfen anging, so waren sie in hellem Aufruhr. Die Entführung war ganz offensichtlich als solche erkannt worden. Das Dorf war abgeriegelt und unablässig patrouillierten schwer bewaffnete Wachen entlang der umliegenden Felder. Es war unmöglich, sich zu nähern, ohne von ihnen entdeckt zu werden.

Die versammelten Orks, die Roghad in die große Halle befohlen hatte, hörten dem Boten mit steinernen Mienen zu. Jedem war klar, dass ihnen nun möglicherweise Krieg von zwei Seiten drohte.

Roghad holte tief Luft. »Was geschehen ist, war falsch und dumm zugleich«, begann er. »Gamth hat uns alle völlig unnötig in Gefahr gebracht. Die wenigen Frauen der Dunkelelfen können unser Volk nicht retten, denn sie tragen nur alle hundert Jahre ein Kind aus. Wenn die Gefangene das nächste Mal fruchtbar ist, wird kaum einer von uns mehr unter den Lebenden weilen.«

Ein Raunen ging durch die Reihen, aber Roghad hatte nicht den Eindruck, als zweifelten die Männer an seinen Worten. Gamth hielt den Kopf gesenkt und starrte auf die schmutzigen Spitzen seiner schweren Stiefel.

»Wir müssen einen Weg finden, Tamyela zurückzubringen«, fuhr Roghad fort. »Bald. Und zwar ohne jegliches Blutvergießen. Es gilt, die Dunkelelfen zu überzeugen, dass die Gefangennahme nicht in böser Absicht geschah und etwas Ähnliches nicht wieder vorkommen wird. Bis ich entschieden habe, wie wir vorgehen, behalten wir die Grenzen im Auge und sichern das Heiligtum für einen möglichen Angriff.«

Er verteilte die entsprechenden Aufgaben an die Männer und entließ sie in der Gewissheit, dass jeder von ihnen seine Pflicht erfüllen würde. Alle schienen froh, etwas tun zu können, das der Gemeinschaft Sicherheit versprach. Roghad verbot sich daran zu denken, wie brüchig diese Sicherheit war, sollte es tatsächlich zu einem Angriff – egal, von welcher Seite – kommen.

Vregh kam auf ihn zu und nickte kaum merklich. »Du bist schnell in dein Amt hineingewachsen.«

»Mir blieb ja nichts anderes übrig«, grollte Roghad, aber insgeheim freute er sich doch über die Anerkennung.

Vregh, der ihn lange genug kannte, um das zu wissen, lächelte. Dann deutete er in Richtung des hinteren Höhlensystems, wo bis vor kurzem noch Krarnak gelegen hatte. »Die Gefangene bat, dich sprechen zu können.«

»Sie *bat*?« Roghad schnaubte. »Das kannst du mir nicht weismachen, Vregh ...«

Sie stand an der rückwärtigen Höhlenwand, fuhr aber sofort herum, als er eintrat. Im matten Licht der Opferschale wirkten ihre blauen Augen schwarz und unergründlich. *Sie ist keine gewöhnliche Elfin*, dachte Roghad zum wiederholten Male.

»Du wolltest mich sprechen?« Er gab den beiden Wachen ein Zeichen, ihn mit der Gefangenen allein zu lassen. Unauffällig zogen sie sich zurück.

»Ja.« Sie kam näher und sah ihn ernst an. »Ich habe nachgedacht. Über deine Worte. Und ich habe mich entschieden, dir zu vertrauen.«

»Danke.«

»Oh! Ein seltenes Wort für einen Ork, nicht?«

Roghad seufzte. »Du hattest einen so klugen Anfang gewählt, nun mach ihn nicht gleich wieder zunichte ...«

»Bitte?«

»Bitte.«

Sie sahen sich an, und Roghad spürte, wie ihr Blick ihn fesselte. War sie eine Kriegerin mit magischen Kräften? War sie wirklich vertrauenswürdig? Oder spielte sie nur ein Spiel mit ihm?

»Ich weiß etwas über diesen Ort«, unterbrach Tamyela seine Gedanken. »Etwas, das für euch wichtig sein könnte. Etwas, das euer Volk vielleicht retten könnte.«

Roghad runzelte skeptisch die Stirn. »Ich kann dir nicht folgen ...«

»Der See – wie nennt ihr ihn? Schwarze Wasser?«

Roghad nickte.

»Er ist ein Mysterium der Dunklen. Sie haben dieses Heiligtum um ihn herum erbaut, weil er besondere Kräfte hat. Ich habe einmal eine alte Legende gehört, nach der die Schwarzen Wasser nicht nur tiefe Wunden heilen können, sondern dem, der in den See hineintaucht, auch ewiges Leben schenken.«

Roghad zog es die Kehle zusammen. »Die Schwarzen Wasser sind ein unheimlicher Ort«, meinte er. »Kein Ork hat je auch nur einen Finger hineingesteckt. Ich kann nicht glauben, was du sagst.«

»Dann nicht.« Tamyela zuckte die Schultern und wandte sich ab. »Mehr habe ich dir nicht zu sagen. Wann lässt du mich gehen?«

»Wenn die Zeit günstig ist«, fuhr Roghad auf. Er warf ihr einen bösen Blick zu, den sie aber nicht wahrzunehmen schien, und stampfte aus der Höhle. »Lasst sie nicht aus den Augen!«, brüllte er die beiden Wachen an, die eilig ihre Plätze rechts und links des Eingangs wieder einnahmen. Dann machte er sich auf die Suche nach Vregh.

»Von so einer Legende habe ich noch nie gehört«, wehrte Vregh entschieden ab. »Wahrscheinlich will sie uns in eine Falle locken. Wer weiß, was in der Tiefe der Schwarzen Wasser lauert, wenn wir uns hineinbegeben.«

Sie hatten sich an Krarnaks Grabstätte getroffen, um ungestört reden zu können, denn Roghad wollte nicht, dass einer der Männer etwas mitbekam. Jetzt hockte er mit überkreuzten Beinen auf dem Boden und kratzte mit dem Finger Spuren in den schwarzen Lavasand. »Aber wir wissen nichts über die Dunklen, oder?«, fragte er nachdenklich. »Nicht, wer sie waren und wohin sie verschwunden sind.«

»Nein«, gab Vregh zu.

»Sie haben dieses gewaltige Heiligtum erbaut – sie müssen besondere Kräfte gehabt haben.«

»Schon möglich.« Vregh lief unruhig auf und ab. »Aber das ist kein Grund, ihr zu glauben. Du kannst doch nicht die Zukunft deines Volkes in die Hände einer gefangenen Dunkelelfin legen. Roghad! Ehrlich, ich zweifle an deinem Verstand …«

Ich auch, dachte Roghad. *Bei Thagdarok, ich auch …*

Am frühen Abend kehrte er zu Tamyela zurück, obwohl er noch immer nicht wusste, ob er ihren Worten Glauben schenken sollte. Sie empfing ihn voller Ungeduld. Nur allmählich drang das Wesentliche ihres Wortschwalls zu ihm durch. »Was soll das heißen, du kommst mit?«

»Na, was wohl?« Tamyela schlug ihm so heftig gegen die Brust, dass er vor Überraschung rückwärts taumelte. »Geht es nicht in deinen hässlichen Orkschädel, dass ich nach Hause will? Und wenn du dich allein nicht ins Wasser traust, dann gehen wir eben gemeinsam!«

Roghad starrte sie an. Er wusste, was Vregh zu diesem Vorschlag sagen würde – er würde ihn für verrückt erklären. Er konnte Vregh nicht ins Vertrauen ziehen, er musste es allein wagen. Was würde schon passieren, falls etwas schief ging oder Tamyela ihn hereinlegte? Schlimmstenfalls hätten die Orks keinen Kommandanten mehr. Dann käme Gamth doch noch zum Zug und es wäre sowieso alles verloren. Aber wenn Tamyela die Wahrheit sagte, wenn die Legende stimmte, dann gab es Hoffnung für die letzten noch verbliebenen Orks der Unterwelt.

»Gut«, sagte Roghad, bevor er es sich anders überlegte. »Ich bin dabei.«

Roghad teilte sich selbst für eine späte Wache ein und schickte die restlichen Männer schlafen. Als alles ruhig war, schlich er zur hinteren Höhle, wo Tamyela auf ihn wartete. Die beiden dort postierten Orks grüßten ihn mit geneigten Köpfen und zogen sich auf sein Zeichen hin zurück.

Tamyela sah ihnen misstrauisch nach. »Werden sie sich nicht wundern?«

»Ich bin ihr Kommandant, schon vergessen? Sie werden nichts von dem, was ich tue, in Frage stellen.«

»Hm.« Tamyela runzelte die Stirn. »Oder sie denken, du vergnügst dich mit mir ...«

»Vielleicht«, sagte Roghad und verbiss sich ein Grinsen.

Aber als er an das dachte, was sie wirklich vorhatten, verging ihm das Lachen.

Die Schwarzen Wasser glänzten tückisch in der Dunkelheit. Noch nie war Roghad ihnen so nahe gekommen. Es schauderte ihn, als er sich am steinernen Ufer des Sees niederließ und versuchte, in die unergründliche Tiefe zu blicken. Nichts war zu sehen, außer seinem eigenen Schatten auf der Wasseroberfläche.

»Hast du Angst?«, fragte Tamyela und ausnahmsweise klang es nicht spöttisch oder herausfordernd.

»Ich kann nicht schwimmen«, sagte Roghad. »Und in diesem unheimlichen See zu ersaufen, ist nicht gerade das Ende, von dem ich immer geträumt habe.«

»Dann lass mich vorangehen und sehen, wie tief es ist«, schlug Tamyela vor, und ehe Roghad sie hätte hindern können, warf sie ihren braunen Umhang von sich und tat einen Schritt ins Wasser. »Huh!«

Roghad erschrak. »Was ist?«

»Verdammt kalt«, rief sie. Mit klappernden Zähnen tastete sie sich weiter vor, aber das Wasser stieg ihr nicht höher als bis zur Hüfte. »Ich schätze, du kannst reinkommen ...«

Roghad schlüpfte aus seinen Stiefeln und holte tief Luft.

»Nun mach schon«, rief Tamyela.

Das Wasser war in der Tat eiskalt. Roghads Herz hämmerte, während er vorsichtig auf Tamyela zuging. Sie streckte ihm die Hand entgegen und lächelte. »Fragst du dich auch gerade, warum du dir das antust?«

»Genau das.« Er nahm ihre Hand, spürte, wie sie zitterte.

Ihr Lächeln vertiefte sich und es schien ihm, als hätte ihn noch niemals zuvor jemand so intensiv angesehen. »Unsterblichkeit ist das Mindeste, was dabei herausspringen muss, findest du nicht auch?«

Mit dem Lachen wich seine Angst.

Tamyela kam näher, benetzte seine Brust und seine Arme mit Wasser. Im matten Schein der Opferschalen glänzten die Kriegsbemalungen auf seiner grünschwarzen Haut, erinnerten die kühn geschwungenen Triskelen an geheime Symbole aus einer anderen, längst vergangenen Zeit.

»Vergiss nicht, dass unsterblich nicht unverletzlich heißt«, sagte sie leise. »Und auch nicht, dass du keine Schmerzen mehr erleiden musst. Du bist ein Krieger, vielleicht verfluchst du mich eines Tages für das, was wir hier tun.«

»Es war meine eigene Entscheidung«, antwortete Roghad. »Also werde ich die Konsequenzen tragen, egal, wie sie sein mögen.«

Sie schöpfte mit beiden Händen Wasser und goss es ihm über den Kopf. Vollkommen unbeweglich stand er da, fühlte die eisigen Tropfen über Gesicht und Nacken rinnen, die nasse Lederkleidung am Körper kleben. Jeder Gedanke schien festgefroren.

»Traust du dich unterzutauchen?«

Er konnte nicht antworten, nickte nur und ließ es zu, dass sie seine Hände nahm und ihn hinunterzog, bis die Schwarzen Wasser über seinem Kopf zusammenschlugen. Er bekam keine Luft, aber er spürte Tamyelas Nähe; ihr Händedruck war fest und ließ ihn nicht los. So harrte er aus, bis sie ihn nach einer scheinbaren Ewigkeit wieder mit sich nach oben zog. Prustend und schnaubend tauchte er auf.

Tamyela gab ihn frei und warf den Kopf zurück, um ihr langes Haar auszuwringen. Mit großen Schritten stapften sie gemeinsam ans Ufer. »Wann bringst du mich zurück?«, fragte sie, kaum dass sie es erreicht hatten.

Es gab ihm einen feinen Stich, aber er ließ sich nichts anmerken. »Sobald ich mit meinen Männern gesprochen habe«, entgegnete er knapp.

Die dritte Versammlung innerhalb weniger Tage trug nicht dazu bei, die Unruhe unter den Orks einzudämmen. Und das, was Roghad ihnen eröffnete, erst recht nicht.

»In den Schwarzen Wassern baden?« Gamth fuchtelte wild mit den Armen. »Niemals!«

Roghad wartete, bis die Männer sich etwas beruhigt hatten. »Krieger meines Volkes, ich überlasse es euch, ob ihr meinem Beispiel folgen wollt. Jeder einzelne hat das Recht, seine eigene Entscheidung zu fällen. Ich werde niemanden zwingen, in das Wasser zu steigen.«

»Das ist doch Humbug«, brüllte Gamth. »Du willst uns alle umbringen! Weil die elfische Hexe dir völlig den Kopf verdreht hat …«

Augenblicklich trat Schweigen ein. Bis in die letzte Reihe verstummten die Männer. Dass ein Krieger den Kommandanten in dieser Form öffentlich angriff, konnte Roghad nicht durchgehen lassen, ohne das Gesicht zu verlieren. Was würde er tun?

Mit steinerner Miene ging er auf Gamth zu, drückte ihm seinen Dolch in die Hand und entblößte die Brust vor ihm. »Wenn du einen Beweis brauchst, stoß zu!«

Gamth zögerte. Roghad sah ein Flackern in seinen Augen und für Bruchteile von Sekunden dachte er, er hätte sich geirrt. Doch dann warf Gamth mit einem wütenden Knurren den Dolch von sich und marschierte davon. Roghad atmete auf.

»Also, entscheidet euch«, rief er, hob seinen Dolch auf und schob ihn zurück in den Gürtel. »Alle, die mir folgen wollen, erwarte ich bei meiner Rückkehr am Ufer der Schwarzen Wasser.«

Sein Blick fiel auf Vregh, der ihn offenbar schon länger anstarrte und jetzt stumm den Kopf schüttelte. Roghad ahnte, dass er das Vertrauen des alten Orks verloren hatte. Also war er von nun an auf sich allein gestellt. War es wirklich richtig gewesen, was er getan hatte? Er biss die Zähne zusammen, versuchte, die Zweifel abzuschütteln, aber sie ließen ihn nicht los …

Er hatte sich entschieden, mit Tamyela allein zu gehen, weil er hoffte, dass sie so am wenigsten auffallen würden. Während des fast zweistündigen Fußmarsches bis zur Grenze hatte die Dunkelelfin kein Wort gesprochen. Roghad, den der Anblick des zerstörten Landes mehr schmerzte als eine offene Wunde, war es nur recht gewesen. Doch jetzt, als sie sich der Elfensiedlung näherten, wurde er zunehmend unruhig. Als die ersten schwach beleuchteten Felder in Sicht kamen, hielt Tamyela ihn zurück. »Warte«, sagte sie. »Den Rest des Weges gehe ich besser allein.«

Roghad musterte sie schweigend.

»Ich weiß, ich kann dir deine Zweifel nicht nehmen.« Sie lächelte traurig, und er fragte sich kurz, ob es echte Traurigkeit war, die sich in ihren Augen spiegelte. »Aber ich verspreche dir, dass ich dein Volk nicht verraten werde. Mein Wort für deines. Die Dunkelelfen werden euch nicht angreifen, solange es in meiner Macht steht, es zu verhindern.«

»Danke«, sagte er rau.

»Ich danke dir«, antwortete sie.

Ein letzter stummer Moment des Abschiednehmens, dann wandte Tamyela sich ab. Eine Strähne ihres langen Haares streifte dabei wie zufällig seine Hand und die Berührung brannte noch auf Roghads Haut, als die Dunkelelfin längst mit großen Schritten ihrem Dorf zustrebte. Er starrte ihr nach, bis sie nur noch ein schmaler Schatten in der Ferne war, kaum auszumachen zwischen den hoch gewachsenen Pflanzen auf den Feldern.

Dann trat er zögernd den Heimweg an.

Mutiges Herz
Sabrina Eberl

»Verflucht noch mal, Grell. Musste das Treffen unbedingt in meiner Ruhezeit stattfinden? Ich arbeite hart und brauche meinen Schlaf«, gähnte Laut.

Die anderen Erdwichte stimmten ihm nickend zu. Überwiegende Dunkelheit beherrschte den Raum, der als geheimer Treffpunkt diente. Es war der einzige Ort, an dem die Erdwichte, die den Widerstand planten, unter sich sein konnten. Zwei Kerzen standen auf dem langen Holztisch, eine dritte befand sich auf Grell Gemmenschleifers Rednerpult.

»Ich bin dein Zunftmeister und der Anführer des Widerstands und sage ja. Oder soll ich in Zukunft etwa jeden einzeln danach fragen, wann es ihm am liebsten wäre?«

»Sklaventreiber! Während der Arbeit verlangst du dann aber auch meine ganze Konzentration …«

»Ja, ja, schon gut, beruhige dich wieder«, sagte Grell schließlich. »Der Grund, weshalb ich dieses Treffen spontan anberaumte, ist sehr ernst und von ungeheurer Dringlichkeit. Es hat sich etwas ereignet, das unseren Plan, die Menschen zu vertreiben, vorantreiben könnte.«

Diese Verkündung rief aufgeregtes Gemurmel hervor. »Lasst ihn doch endlich erzählen, warum wir hier sind!«, rief einer der Erdwichte.

»Still jetzt!«, rief Grell und schüttelte den Kopf. Es dauerte noch einen Augenblick, bis wieder Ruhe eingekehrt war. »Ich habe aus zuverlässiger Quelle erfahren, dass ein paar Erdwichte als Sklaven gehalten wurden. Die Menschen wollten sie in ihr Reich bringen, doch zum Glück konnte das von mutigen Freunden des Widerstands verhindert werden.« Als einer der Erdwichte etwas sagen wollte, erhob Grell seine Hand und bedeutete ihm, noch etwas Geduld zu haben. »Außerdem haben diese furchtlosen Retter Waffen beschafft. Unsere Aufgabe ist es jetzt, mehr denn je, Verbündete zu finden. Der Widerstand muss wachsen und stärker werden. Die Menschen sollen am eigenen Leib spüren, dass sie mit uns nicht alles machen können«, erklärte Grell.

»Wer hat dir davon erzählt?«, fragte Dürr. »Wir leben in schlimmen Zeiten und müssen misstrauisch sein.«

»Ich habe versprochen, den Namen nicht zu verraten. Aber ich frage euch: Vertraut ihr mir?«

»Natürlich«, sagte Laut, »sonst wären wir nicht hier.«

»Gut, dann wollen wir uns bis zu unserem nächsten Treffen, das übermorgen zur gleichen Zeit stattfindet, überlegen, was jeder von uns machen kann, wen wir noch für uns gewinnen können und was wir mit dem neuen Wissen anzufangen vermögen. Die Zeit der Knechtschaft muss ein Ende haben«, sagte Grell.

»In Ordnung, so machen wir es«, sagten die Erdwichte einstimmig, dann verließen sie einer nach dem anderen den geheimen Raum.

Nur Schön blieb zurück, um auf Grell zu warten. Sie gehörte der Zunft der Weber an, war Grells Gefährtin und seine rechte Hand bei seiner Arbeit für den Widerstand.

»Was hast du vor?«, fragte sie.

»Das, was ich gesagt habe«, antwortete Grell knapp und blies alle Kerzen bis auf eine aus. Die Kerze vom Rednerpult nahm er an sich, dann verließen sie den Raum.

»Willst du dich wirklich mit den Dieben zusammentun? Sie sind doch eigentlich Menschenfreunde, oder? Es ist gefährlich, was du da planst.«

»Ich weiß es noch nicht. Ich werde so handeln, wie es die Situation verlangt.« Auf Grells Schultern lastete viel Verantwortung. Er musste häufig wichtige Entscheidungen treffen.

Er liebte Schön von Herzen, aber manchmal störten ihn ihre vielen Fragen, auf die er selbst keine Antwort wusste. »Wir wissen übermorgen bestimmt mehr. Bis dahin hast auch du noch Zeit, dir Gedanken zu machen.«

Schön nickte und hielt Grell am Arm zurück, als er sich auf den Heimweg machen wollte.

»Warte bitte. Ich muss dir etwas sagen.«

»Was ist los? Du klingst so ernst.«

»Ich …«, stammelte sie. »Ich habe eine Dummheit begangen.

Grell sah sie durchdringend an. »Was hast du gemacht?«

Schön senkte ihren Kopf. »Es geht um meinen Ring.«

»Sprichst du von jenem Ring, für den ich die Edelsteine geschliffen und deinen Namen eingraviert habe?«

»Ja, genau«, antwortete sie leise. »Er ist weg. Ich habe ihn verloren.«

»Was?«

»Nicht so laut oder willst du, dass man uns hört?«, sagte sie schnell. »Ich habe das Labyrinth verlassen. Ich weiß, dass es verboten ist, doch hinter der Grenze gibt es einen wunderschönen, klaren See. Das Wasser dort ist eiskalt und schmeckt einfach köstlich.«

»Ja?«, sagte er beunruhigt.

»Tja, als ich mir die Hände wusch, habe ich den Ring abgenommen. Und als ich Geräusche hörte, bin ich so schnell gelaufen, wie ich konnte. An den Ring habe ich leider nicht mehr gedacht. Erst Zuhause ist mir sein Fehlen aufgefallen. Was soll ich jetzt nur machen, Grell? Wenn den Ring nun ein Mensch findet, was dann? Sie würden an der Gravur sofort erkennen, dass er mir gehört.« Schön schluchzte.

»Das könnte wirklich passieren.« Grell nahm sie in den Arm. »Da gibt es wohl nur eine Möglichkeit.«

Schön sah ihn fragend an.

»Ich entsende jemand, den Ring zu holen. Noch heute werde ich mich darum kümmern.«

»Du willst was?«, fragte Schön und drückte Grell von sich weg. »Ich dachte, du liebst mich?«

»Ja, das tue ich auch. Worauf willst du hinaus?«

Sie verschränkte die Arme. »Dann wäre es nur richtig, wenn du mir den Ring wiederbeschaffst, nicht irgendeiner deiner Freunde.«

»Ich? Aber ich kann unmöglich weg. Du weißt selbst, was es hier alles zu tun gibt. Ich muss das Treffen vorbereiten, meiner Arbeit nachgehen und zufällig bin ich auch noch Zunftmeister. Wenn ich verschwinde, fällt das doch sofort auf. Unmöglich!«

Sie blickte traurig zu Boden, dann sah sie ihn durchdringend an. »Bitte, ich bitte dich. Wenn du mich wirklich liebst, wenn ich dir je etwas bedeutet habe, dann hol du meinen Ring zurück und schicke keinen anderen. Ich verspreche dir auch, dass ich mich hier um alles Nötige kümmern werde. Dein Verschwinden wird keinem außerhalb unserer Gruppe auffallen.«

Grell seufzte. »Na gut, na gut! Bei den Zunftgöttern, dann mach ich es halt. Ich hol deinen Ring zurück.«

Sie fiel ihm glücklich um den Hals. »Danke, mein Liebster, du rettest mir mein Leben.«

Grell ärgerte sich ein wenig, dass er wieder einmal nicht nein sagen konnte. Erneut hatte er sich zu etwas überreden lassen. »Tu mir nur einen Gefallen … nein, zwei: Zeichne mir bitte eine Karte – ich habe noch einige Dinge vorzubereiten und hol sie später – und verlass nie wieder alleine das Labyrinth. Kannst du das machen?«

»Versprochen!«

Grell gab ihr einen Kuss auf die Stirn und verschwand in der Finsternis.

»Hast du dir das wirklich gut überlegt?«, wollte Laut wissen.

Grell nickte. »Ich habe keine andere Wahl und auch leider keine Zeit mehr, weiter darüber zu diskutieren. Du musst übermorgen meine Position im geheimen Treffen einnehmen. Sieh mich bitte nicht so an! Du würdest an meiner Stelle genauso handeln. Schöns Leben steht auf dem Spiel, wenn es mir nicht gelingt, den Ring wiederzubeschaffen. Hilf mir doch bitte, die

Möhren in den Rucksack zu packen. Ich habe zwar nicht vor, lange wegzubleiben, aber man weiß in diesen Zeiten ja nie, was einen erwartet.«

Laut packte mit an und legte noch ein paar Erdknollen in den Rucksack. »Wie willst du an der patrouillierenden Wache vorbeikommen? Da könnte ich dir behilflich sein.«

»Das ist zu gefährlich. Ich würde mich wohler fühlen, wenn du dich da raushältst«, antwortete Grell.

»Nichts da! Lass dir ruhig von einem alten Erdwicht wie mir helfen. Ich werde die Wache einfach ablenken. Konzentriere du dich auf deine Mission!«

In diesem Moment kam Schön um die Ecke.

»Ich habe dir doch gesagt, dass ich komme, sobald ich bereit bin«, sagte Grell.

»Ich wollte nicht mehr warten. Schau!« Schön zog ein seidenes Tuch aus ihrer Tasche. »Ich habe es selbst gewebt. Siehst du meinen eingestickten Namen? Es soll dir Glück bringen. Und hier ist die Karte.«

Grell bedankte sich, schnallte den Rucksack um und küsste seine Gefährtin. »Bis bald, Schön. Ich freue mich jetzt schon auf unser Wiedersehen.«

Die beiden Erdwichte warteten noch, bis Schön in der Dunkelheit verschwunden war, dann machten sie sich auf den Weg zur Grenze. Die Menschen sorgten zwar dafür, dass Angreifer nicht ins Reich hereinkamen, ließen aber auch niemand hinaus.

Tief im Erdwichtreich war es stockdunkel, doch Grells Augen sahen bei Finsternis gut. Je näher sie der Grenze kamen, desto mehr war der Weg mit Fackeln beleuchtet. Trotz der langen Zeit, in der die Menschen hier schon waren, konnten sie sich immer noch nicht komplett ohne Lichtquelle zurechtfinden. Etwas, das Grell nicht verstand.

»Hier trennen sich unsere Wege. Warte einfach, bis die Wache nicht mehr auf ihrem Posten ist, und dann laufe, so schnell du kannst. Kümmere dich nicht um mich«, sagte Laut und wandte sich von Grell ab.

Er beobachtete aus sicherer Entfernung, wie Laut sich der Grenze näherte. Ein Wachmann verließ seinen Posten und ging auf ihn zu. Worüber sie sich unterhielten, verstand Grell nicht. Darum konnte er sich jetzt auch nicht kümmern. Er hoffte, dass Laut nichts zustoßen würde. Seine Chance war gekommen. Geduckt näherte er sich der Grenze und hatte dabei immer einen Blick auf die Wache. Er schlüpfte unbemerkt hinaus.

Viele Meter entfernt suchte er Schutz hinter einem Felsen. Zwei, dreimal atmete er tief ein und aus, bevor er weiterging. Sein Herz pochte wild. Noch nie zuvor hatte er das Labyrinth, seine Heimat, verlassen. Mit zittrigen Fingern nahm er die von Schön gezeichnete Karte aus seiner Westentasche und faltete sie auseinander.

Er wanderte durch enge Gänge, verwinkelte Gässchen und durch ein Netzwerk von Tunneln, bis er endlich an sein Ziel kam. Er befand sich in einer gigantischen Höhle. Mehrere Pfade führten zu einer Plattform, wo sich der See befand. Es herrschte ein bläulich-weißes Licht, das von Pilzen mit gigantischer Größe auszugehen schien. Pflanzen, wie er sie noch nie gesehen hatte, hingen wirr von den Wänden der Höhle herab.

Das Wasser schimmerte in einem blauen Licht. Es lag ruhig und friedlich da. In der Höhle roch es nach Erde und Feuchtigkeit. Grell zog seine Weste enger, denn er fror, seit er die Höhle betreten hatte. Von weitem hörte er ein sanftes, widerhallendes Plätschern, sonst herrschte Stille. Die dunklen Wände stiegen steil an. Oft erkannte er tiefe Spalten darin. Grell folgte vorsichtig einem Pfad, der mit Geröll übersät war.

Schön hatte nicht übertrieben. Das Wasser des Sees war so klar wie ein funkelnder Edelstein.

Grell beugte sich hinunter und griff hinein. Mit der hohlen Hand führte er etwas Wasser an seinen Mund. Es war eiskalt und schmeckte herrlich. Er gönnte sich keine Pause. Mit einem Ast stocherte er zwischen den Felsen, hob kleine Steinbrocken auf, doch seine Suche blieb ergebnislos. Der Ring war unauffindbar. Schön hatte sogar ein X an die Stelle markiert, wo sie ihr Schmuckstück abgelegt hatte, aber auch das half ihm nicht weiter.

»Was machst du hier, Fremder?«, fragte eine Stimme hinter ihm.

Grell erschrak. Als er sich umdrehen wollte, spürte er einen spitzen Gegenstand zwischen den Schulterblättern. »Ich … ich will nichts Böses, ehrlich«, stammelte er und schickte ein Stoßgebet zu den Zunftgöttern, dass es kein Mensch war.

»Aha«, zischte der Fremde weiter. Seine Stimme klang hoch. »Dreh dich jetzt langsam um, aber mach ja keine Dummheiten!«

Grell befolgte den Befehl des anderen und blickte in ein grünes Gesicht, das mit roten Punkten übersät war. Schwarze Augen funkelten ihn grimmig an. Die Kreatur war nur geringfügig kleiner als ein Mensch und zum Glück war es kein Mensch. Das verrieten schon allein die Schwimmhäute zwischen ihren Fingern. »Wer bist du? Was willst du von mir?«, fragte er vorsichtig.

Die Kreatur sah ihn verständnislos an. »Du willst wissen, wer ich bin?«

Grell nickte.

»Ist es denn zu fassen?« Das grüne Männchen warf den knorrigen Ast beiseite und schlug die Arme über sich zusammen. »Kommt in mein Reich und will von mir wissen, wer ich bin. Normalerweise stellt sich erstmal der Fremde vor.«

Obwohl sein Gegenüber verärgert aussah, schätzte Grell, dass von ihm keine Gefahr ausging.

»Verzeih mir bitte«, begann der Erdwicht. »Mein Name ist Grell Gemmenschleifer, und ich bin hier, weil ich etwas suche. Wirklich, ich will nichts Böses und sobald ich es gefunden habe, bin ich auch schon wieder weg.«

»Dann will ich mal nicht so sein. Mein Name ist Zwirn. Einfach nur Zwirn, und ich bin ein Skourm. Was schaust du denn jetzt wieder so seltsam?«

Grell erinnerte sich, dass ihn die alten Erdwichte immer vor den Skourms gewarnt hatten. Ihm fiel auf, wie zu den ohnehin

schon vielen roten Flecken auf Zwirns Gesicht noch mehr dazu-
kamen. Er schien über irgendetwas wütend zu sein, und Grell
hatte den Verdacht, dass es an ihm lag. »Ich schaue, weil ich noch
nie einen Skourm gesehen habe.« Erst jetzt fiel ihm die Wunde
auf der Schulter des Skourms auf. Sie blutete. »Was hast du dir
getan?«

»Das waren die Goblins. Diebisches Pack und so aggressiv.
Wie kann ich ihnen das nur heimzahlen?«

»Das wird deine geringere Sorge sein, wenn sich die Wunde
entzündet hat. Lass mich mal sehen. Ich säubere sie.«

»Ich weiß nicht …«

»Na komm schon. Lass mich dir helfen!«

Schließlich setzte sich Zwirn auf die Knie und ließ Grell seine
Arbeit machen. Die Wunde war nicht sehr tief. Er nahm Schöns
Taschentuch, tränkte es mit dem kalten Wasser des Sees und säu-
berte vorsichtig die Wunde.

Zwirn zischte gequält auf. »Ich verfluche die Goblins und
dich ebenso, Grell Gemmenschleifer!«

Grell ignorierte das Gemecker des Verwundeten. »So müsste
es gehen. Halt für die nächste Zeit deinen Arm still, dann wird
das schon wieder.«

In diesem Moment sprang ein Mensch mit lautem Gebrüll
aus einem Gebüsch. Mit hoch erhobenem Schwert stürzte er auf
sie zu. Zwirn reagierte genau richtig. Er packte Grell an der Weste
und schleppte ihn in eine Einbuchtung in der Felswand. Darin
befand sich ein kleiner Tümpel.

»Er wird uns schnappen«, sagte Grell panisch.

»Wird er nicht. Das hier ist mein Zuhause, niemand kennt
sich hier so gut aus wie ich.« Zwirn stieß Grell in den Tümpel
und sprang nach. »Schnell! Tauch unter und folge mir!«

Das Wasser war eiskalt. Ohne darüber nachzudenken, folgte
er dem Skourm. Die Angst, geschnappt zu werden, trieb ihn an.

Sie tauchten einen schmalen Tunnel entlang. Zum Auftauchen
bestand keine Chance, dafür war zu wenig Platz. Nach endlos
scheinenden Sekunden schwamm Zwirn nach oben.

Grell erreichte die Wasseroberfläche. Gierig schnappte er nach Luft. »Ihr Götter, dass ging ja noch mal gut aus«.

»Was hast du denn? War doch gar nicht weit«, tönte Zwirn.

»Vielleicht für dich nicht, aber Erdwichte sind keine guten Schwimmer und fürs Tauchen sind wir schon gar nicht gemacht. Ich hoffe, es gibt noch einen anderen Weg zurück.«

»Pfff … Ein Skourm kann einen halben Tag lang tauchen.«

Grell sagte nichts mehr dazu und stieg aus dem Wasser. Er war erschöpft und fror.

»Diese verdammten Goblins!«, rief Zwirn wütend. »Wenn ich den erwische, der mein süßes Kleinod gestohlen hat, zerquetsche ich ihn bei lebendigem Leib. Wonach suchst du eigentlich?«

Grell rieb sich die nassen Hände. »Ich suche einen Ring. Er ist außerordentlich wichtig für mich, und ich muss ihn unbedingt wiederfinden.«

»Einen Ring?«, meinte Zwirn nachdenklich. Seine schwarzen Augen wirkten aufmerksam.

Grell nickte.

»Ich habe gesehen, wie einer der Goblins etwas mitgenommen hat, als sie ihre Wasservorräte unerlaubt an meinem See auf-füllten. Es könnte sein, dass es das war, was du suchst.«

»Was sagst du da?«

»Du hast mich schon verstanden.«

»Dann haben wir ja dasselbe Ziel.«

»Wenn du dich um unsere Nahrung kümmerst, kannst du von mir aus gerne mitkommen«, sagte Zwirn ernst und schaute dabei gierig auf Grells prall gefüllte Tasche.

Der Erdwicht schmunzelte. Zwirn war wirklich ein witziges Kerlchen, und er mochte ihn irgendwie.

Den beiden genügte der schwache Lichtschein, der von ver-schiedenen Pilzen und Pflanzen ausging. Ihre Augen waren es gewohnt, sich in vollkommener Dunkelheit zurechtzufinden. Zwirn führte ihn durch große und kleine Höhlen, die mit ge-wundenen Gängen verbunden waren. Sie bezwangen Hindernisse aus unzähligen Tropfsteinen, die wie die scharfen Zähne eines Drachens vor ihnen hingen.

»Verlass dich nur auf mich. Sobald sich Goblins in unserer Nähe befinden, weiß ich das, denn ich kann sie riechen«, erzählte Zwirn.

»Nichts für ungut, aber ich halte es für klüger, wenn wir beide wachsam sind und uns den Weg merken«, antwortete Grell.

Hier unten konnte man nie sagen, was einen hinter der nächsten Biegung erwartete: ein bodenloser Abgrund, eine belebte Stadt oder nur ein ungefährlicher Weg aus Stein. In der Unterwelt musste man auf jeden seiner Schritte achten, noch mehr, wenn man sich in unbekanntem Terrain befand.

Nach längerem Fußmarsch gelangten sie in eine Höhle, die vielmehr eine größere Kammer war, in der Pflanzen in allen Größen dicht nebeneinander standen. In den Wänden klafften Spalten, aus denen ebenso dichtes Gestrüpp wuchs. Von der Decke hing eine schlafende Riesenfledermaus.

»Dieses schwarzen Ungetüm ist ein wahrer Meister im Fliegen«, erklärte Zwirn. »Wenn es erstmal ein Opfer im Visier hat, gibt es meist kein Entkommen mehr.«

Grell hatte noch nie zuvor eine Riesenfledermaus gesehen. Er hielt respektvoll Abstand und hatte plötzlich Angst, ein Geräusch zu verursachen.

»Ich hasse diese Biester fast noch mehr als die stinkenden Goblins.«

Grell befürchtete, dass die Riesenfledermäuse sie noch bemerken würde, wenn Zwirn es nicht schaffte, sein Temperament zu zügeln und leiser zu sprechen. Er sah ihn flehend an. Inzwischen waren schon wieder ein paar mehr rote Flecken auf seiner Haut hinzugekommen.

»Sei ruhig – oder willst du sterben?«, flüsterte Grell. »Halt um der Zunftgötter Willen bitte den Mund!«

»Was sagst du da? Ich lasse mir doch nicht das Wort verbieten. Was denkst du, wer du bist?«

In diesem Moment öffnete die Riesenfledermaus ein Auge. Grell und Zwirn duckten sich unter ein großes Blatt. Das schwarze Ungetüm rührte sich nicht. Plötzlich löste es sich von der Decke und breitete die Flügel aus. Mit einem schrillen Quieklaut raste es auf die zwei ungleichen Freunde zu. Blitzschnell stieß Zwirn Grell aus dem Versteck.

»Mach! Lauf!«, schrie der Skourm.

Grell rannte, so schnell er konnte. Er sprang über Wurzeln und Felsen. Als er sich umdrehte, bemerkte er, wie Zwirn mit Steinen nach dem Ungetüm warf. Die Riesenfledermaus quiekte einige Male auf. Trotzdem ließ sie nicht von Grell ab. Abrupt hielt er vor einer dichten Pflanze an. Sie reichte bis zur Höhlendecke. Er hob einen Stock auf, der doppelt so groß wie er war, und hielt ihn schützend vor seinen Körper. In den Augen der Riesenfledermaus blitzte Mordlust, als sie mit hoher Geschwindigkeit auf ihn zuraste. Grell verdrängte die Angst und streckte mutig den Stock mit der Spitze dem heranrasenden Ungetüm entgegen. Sobald sie sich auf ihn stürzte, würde sich die Spitze in ihren Leib bohren.

»Grell, duck dich, schnell!«, rief Zwirn plötzlich.

Seine Stimme klang panisch, deshalb gehorchte Grell instinktiv. Er ließ den Stock fallen, kauerte sich zusammen und schlug die Arme schützend über seinen Kopf. Dann hörte er ein krachendes, schmatzendes Geräusch, gefolgt von einem furchtbaren Laut der Riesenfledermaus.

»Beeil dich!«, sagte Zwirn gehetzt und half Grell auf die Beine, dann zerrte er ihn weg von der Pflanze.

Im selben Moment drehte Grell sich um und sah nach, was aus der Riesenfledermaus geworden war. Das Bild, das sich ihm bot, war entsetzlich. Das fliegende Ungetüm lag gefangen in zwei Blatthälften einer fleischfressenden Pflanze. Die Riesenfledermaus konnte der schnellen Schließbewegung nicht entkommen. Nun musste sie auf einen qualvollen Tod warten.

»Geschieht ihr recht, diesem Mistding«, grummelte Zwirn.

»Danke, du hast mir das Leben gerettet«, seufzte Grell. Sein Herz schlug ihm immer noch bis zum Hals.

Sie rannten blindlings durch lange Tunnel und hofften, dass keine weiteren Gefahren vor ihnen auftauchen würden. Durch den Schrecken, der ihnen in der Höhle widerfahren war, gaben die Gefährten noch mehr Acht. An einer Abzweigung stießen sie auf eine Kammer mit mindestens acht schlafenden Riesenfledermäusen. Leise schlichen sie daran vorbei und folgten weiter dem Tunnel.

Grell und Zwirn betraten erneut eine Höhle. Das andere Ende war nicht zu erkennen und die Wände waren so hoch, dass man nichts als Schwärze sah.

Grell schmunzelte erfreut und deutete auf etwas vor ihnen. Die Goblin-Karawane hatte hier ihr Lager aufgeschlagen.

»Riechst du sie auch?« Der Skourm hatte Mühe, sich ruhig zu verhalten. Seine Wut auf die Goblins war geradezu gigantisch.

»Reiß dich noch zusammen«, sagte Grell beruhigend. »Schon bald wirst du dir dein Eigentum zurückholen können. Sobald es stiller im Lager ist, wollen wir uns anschleichen und schauen, wie wir unseren Besitz zurückholen können. Bis es soweit ist, müssen wir uns ruhig verhalten. Ich habe keine Lust, von den Goblins entdeckt zu werden!«

In der Zeit des Wartens holte Grell die mitgebrachten Möhren und Knollen aus der Tasche. Zwirn schnupperte daran und verzog den Mund. Erst als der Erdwicht herzhaft abbiss, tat er es ihm gleich. »Schmeckt gar nicht übel.«

»Ich weiß«, grinste Grell und bemerkte, dass der Skourm nun fast keine roten Flecken mehr hatte. »Das ist aber praktisch, dass deine Flecken mal mehr und mal weniger sind. Gerade jetzt hast du eine perfekte Tarnfarbe.«

In diesem Moment erschienen wieder vereinzelt rote Pünktchen auf Zwirns Haut. »Praktisch? Na hör mal, ich kann das doch nicht beeinflussen! Wenn ich mich ärgere, kommen die einfach raus, das ist nun mal so bei mir.«

»Ach, ist das so?«, erwiderte Grell, lachte und rieb sich die Hände. Seine Kleidung war immer noch nass. Etwas Ungemütlicheres hätte er sich nicht vorstellen können.

Sie warteten die Stunden geduldig ab, bis sich die Goblins endlich zur Ruhe legten. Nur zwei von den blauhäutigen Kreaturen hielten Wache. Zu ihrem Glück schienen sie aber nicht die aufmerksamsten zu sein. Zwirn erkannte einen davon sofort wieder. Er erzählte Grell, dass der Stämmigere der beiden Goblins, den Ring mitgenommen hatte. Sie krabbelten näher heran. Nach längerem Beobachten sah Grell, dass der Goblin den Ring in seiner Hand hielt und heimlich, damit sein Kamerad nichts bemerkte, betrachtete.

»Ich will mit der Gabe versuchen, dass der hässliche Kerl den Ring herausrückt«, sagte Grell.

»Womit bitteschön?«, fragte Zwirn spöttisch. »Ich will die Goblins lieber mit bloßen Händen zerquetschen.«

»Psst ... Du musst jetzt still sein, sonst klappt es nicht«.

»Ich hasse diese stinkenden Goblins doch mehr als die Riesenfledermaus von vorhin.«

»Still.«

»Sag mir nicht, dass ich still sein soll ...«

»Still.«

»Ich bin dann still, wann ich es will.«

»Jetzt halt doch endlich mal deinen Mund!«, sagte Grell vielleicht ein bisschen zu laut. Am liebsten hätte er Zwirn in diesem Moment eine Ohrfeige verpasst. Wie sollte er die Gefühle des Goblins kontrollieren, wenn ständig jemand mit einer nervigen, hellen Stimme in sein Ohr säuselte?

»So lasse ich nicht mit mir reden!«, schimpfte der Skourm.

Grell seufzte. »Es hat keinen Sinn. So funktioniert es nicht. Wir müssen uns etwas Anderes überlegen.«

Zwirn war beleidigt und hielt nun endlich den Mund, sodass der Erdwicht nachdenken konnte. Plötzlich erinnerte er sich an die Kammer mit den Riesenfledermäusen. Seine Idee war riskant, aber sie hatten keine andere Wahl.

»Ich weiß, wie wir die Goblins ablenken können.«

Zwirn sah ihn fragend an.

»Wir müssen die Riesenfledermäuse dazu bringen, hier rein-zufliegen«, erklärte Grell.

»Bist du verrückt?«

»Hast du eine andere Idee?«

Zwirn schüttelte den Kopf. »Gut, dann lass mich das aber machen. Ich bin flinker als du und kann mich besser tarnen. Warte ab und schnapp dir den Ring, sobald du kannst!«

Grell war einverstanden, schlich ein Stück näher an die Goblins heran und versteckte sich hinter einem Felsbrocken. Er beobachtete seinen Gefährten, bis der hinter der Biegung verschwunden war. Bereits nach wenigen Augenblicken ertönten ein Radau und aufgebrachte Quieklaute aus dem Tunnel. Der Erdwicht machte sich bereit. Abwechselnd schaute er zum Höhleneingang und zu den wachenden Goblins.

Ein spitzer Schrei ließ die Blauhäutigen hochfahren. Dabei ließ der eine den Ring fallen.

»Riesenfledermäuse! Wir werden angegriffen!«, rief der Stämmigere und griff zu seiner Waffe.

Inzwischen waren auch die anderen Goblins aufgewacht. Schon bald hatte sich die ruhige Lagerstätte in einen Ort aus Geschrei und Gebrüll verwandelt.

Grell konnte Zwirn nirgends sehen. Hoffentlich konnte er sich in Sicherheit bringen, dachte er. Die Fledermäuse stürzten sich auf die Goblins. In dem Kampfgetümmel wagte Grell einen Versuch, den Ring wiederzuholen. Nach ein paar großen Schritten hatte er die Stelle erreicht, an der der Goblin ihn fallengelassen hatte. In dem Tumult gelang es Grell ohne Probleme, den Ring zu schnappen. Er hob ihn auf, steckte ihn in die Tasche und lief geduckt wieder Richtung Tunnel.

»Zwirn, bei den Zunftgöttern, wo bist du?«, rief er verzweifelt. Gerade als er sich wieder umdrehen und in der großen Höhle nach ihm suchen wollte, hörte er seine Stimme.

»Denen haben wir's aber gezeigt, nicht wahr?«

»Zwirn!« Der Erdwicht lief zu dem Skourm. »Du lebst!«

»Natürlich lebe ich, was dachtest du denn?«

Grell lachte. »Na ich bin jedenfalls froh darüber. Du hast deine Arbeit sehr gut gemacht. Ich habe den Ring, aber leider erscheint es mir jetzt unmöglich, weiter nach deinem Schatz zu suchen.« Grell tat es leid, doch ihnen blieb nichts anderes übrig, als sich auf den Rückweg zu machen.

»Zu meinem Bedauern muss ich dir recht geben, auch wenn es mir das Herz bricht«, sagte Zwirn traurig.

Den ganzen Weg sagte der Skourm nichts mehr.

Grell war durch einen Geheimgang, den Zwirn kannte, wieder ins Labyrinth gelangt. Er hatte ihm ein Loch gezeigt, das sich hinter dichtem Gestrüpp in einer Felswand verbarg.

»Ich danke dir, mein Freund«, sagte Grell zum Abschied. »Dieser Geheimgang ist ein Gewinn für mich und mein Volk. Von nun an kann ich jederzeit das Labyrinth verlassen und wieder zurückkehren, ohne dass mich jemand dabei sieht. Du sollst nicht leer ausgehen. Als Dankbarkeit will ich dir etwas schenken, ein neues Kleinod. Ich komme bald wieder.«

Zwirn schien damit einverstanden zu sein. »Achte aber darauf, dass es funkelt. Ich liebe funkelnde Dinge.«

Grell verlor keine Zeit und suchte Schön auf. Sie war Zuhause und sichtlich überrascht, als er vor ihr stand. Mit allem hatte Grell gerechnet: mit einer Umarmung, Tränen, einem Freudenschrei, aber nicht mit dem, was folgte.

»Wie? Du bist schon wieder zurück?«, meinte Schön.

»Was ist los? Haben die Menschen etwas gemerkt?«, fragte Grell, der sich ihr Verhalten nicht erklären konnte.

»Diese verdammten Schwachköpfe!«, fauchte Schön.

»Von wem sprichst du? Ich habe deinen Ring gefunden.«

»Verschwinde und nimm dieses schäbige Ding mit!« Schön knallte die Haustür zu.

Grell verstand nicht, was in sie gefahren war. Traurig und verdutzt steckte er den Ring wieder in die Westentasche und entfernte sich ein paar Schritte. Er hatte sich für sie in Gefahr begeben, hatte ihr den Ring, der sie beide, die Wege ihres Schicksals, verband, wiedergeholt. Und das sollte der Dank dafür sein? Der Erdwicht wollte sich damit nicht zufrieden geben. Er musste herausfinden, warum sich Schön so sonderbar verhielt. Vielleicht wusste Laut, was geschehen war.

Gerade als er sich auf den Weg zu ihm machen wollte, sah er, dass Laut hinter Schöns Haus hervorkam und hineinging. Grell trat näher und lauschte am Fenster.

»Er ist wieder da, mein Geliebter«, sagte Schön. »Unser Plan hat nicht funktioniert.«

Laut stampfte auf. »Verflixt noch mal. Wie hat er das nur geschafft?«

Grell traute seinen Ohren nicht. Wie hatte Schön seinen besten Freund genannt? Geliebter?

»Lass mich das nur machen. Ich habe eine Idee, wie wir ihn doch noch loswerden können«, meinte Schön entschieden und verließ das Haus. Sie eilte in Richtung Grenze.

Entsetzt erkannte er die Wahrheit. Sie hatte den Ring absichtlich am See zurückgelassen, um ihm eine Falle zu stellen. Wäre Zwirn nicht gewesen, hätten die Menschen ihn geschnappt.

Grell folgte ihr heimlich, sah wie Schön einen Menschen aufsuchte und eilte geduckt zu einem Felsen, der nahe genug war, um ihr Gespräch zu belauschen.

»Der Erdwicht von dem ich Euch berichtet habe, ist zurückgekehrt«, sagte Schön zu dem Mensch. »Warum ist er noch frei? Ich verlange seine Verhaftung! Er hat das Labyrinth verlassen.«

Ein Schlag ins Gesicht hätte Grell nicht mehr schmerzen können. Er glaubte nicht, was er hörte. Warum tat Schön das?

In der freudigen Hoffnung, dass ihre Worte Gehör fanden, bemerkte Schön nicht den Gesichtsausdruck des Menschen. Dieser reagierte blitzschnell und packte sie grob am Arm. Schmerzerfüllt schrie Schön auf. Grell wäre beinahe aufgesprungen, um ihr zu Hilfe zu eilen, erinnerte sich dann aber sofort wieder, dass sie ihn verraten hatte.

»Was erlaubst du dir?«, grollte der Wachmann. »Willst du armselige Kreatur uns zum Narren halten?«

»Aber … was …«, keuchte Schön. »Ihr tut mir weh!«

»Du hast uns getäuscht, dafür wirst du büßen. Teron komm her! Die kleine Lügnerin ist hier.«

»Ach, wen haben wir denn da?«, fragte Teron.

»Was geht hier vor?« Ihre Stimme zitterte.

»Das kann ich dir sagen, kleines Luder. Reingelegt hast du uns, jawohl«, brüllte Teron. »Was erzählst du uns von einem Ausreißer, wenn du es in Wirklichkeit selber bist? Du wurdest gesehen«, sagte er hochmütig.

Schön sah ihn entsetzt an. »Gesehen?«

In diesem Moment zückte der Wachmann Schöns Taschentuch. »Sieh mal! Das hier wurde uns vor kurzem gebracht. Einer unserer Männer hat es am See gefunden und dich dort gesehen. Leider bist du ihm entwischt, aber dieser Fetzen ist Beweis genug. Oder bist du etwa nicht Schön Webersfrau?« Er lachte sarkastisch. »Wir wollten dich heute verhaften, aber du warst so nett und hast uns den Weg erspart.«

»Wartet!«, rief sie erschrocken. »Ich kann das erklären!«

Doch die Wachmänner hörten ihr nicht mehr zu. Teron führte sie hinter die Grenze, und Grell konnte nur ahnen, was ihr dort bevorstand.

Schön hatte ihre Liebe verraten. Wie konnte er sich nur so in ihr täuschen? Er fragte sich, wie lange sie ihm ihre Liebe vorgespielt hatte. Und was war mit seinem besten Freund? Auch Laut hatte ihn hintergangen. Er wusste nicht, wie er ihm jetzt gegenübertreten sollte. Auf jeden Fall würde er seine Konsequenzen daraus ziehen.

Wütend betrachtete er den Ring auf seiner flachen Hand, dann schloss er sie zu einer Faust und zitterte am ganzen Leib. Er fragte sich, was er nun damit machen sollte. Dann sprang er auf und verließ sein Versteck.

Traurig ging er durch die ihm bekannten und vertrauten Gänge und Höhlen. Nachdem Grell sich ein wenig beruhig hatte, wusste er, was zu tun war. Er betrat den Geheimgang, der ihn sicher aus dem Labyrinth führte. Grell fand Zwirns See ohne Probleme wieder.

»Zwirn, bist du da?«, rief Grell.

»Wer will das wissen?«, fragte der Skourm und erblickte den Erdwicht. »Bei allen funkelnden Schätzen der Unterwelt, wo sollte ich denn sonst sein?«

»Hier, für dich!« Grell öffnete seine Faust und gab Zwirn den Ring.

»Was? Für mich? Aber der gehört deiner Gefährtin. Er bedeutet dir doch so viel.«

»Jetzt nicht mehr. Nimm ihn ruhig, ich habe keine Verwendung mehr dafür und außerdem habe ich dir ja etwas versprochen.«

Der Skourm nickte. Er trat langsam an den Erdwicht heran und nahm den Ring an sich. »Danke! Er ist wunderbar und viel schöner, als mein süßes Kleinod, das die dreckigen Goblins gestohlen haben.«

Bei ihm war das Schmuckstück am besten aufgehoben. Doch selbst der Anblick über Zwirns Begeisterung konnte Grell nicht vergessen lassen, was ihm angetan wurde. Die Enttäuschung saß tief. Doch er wusste, dass er gerade jetzt nicht aufgeben durfte.

Neues Leben
Andrea Bottlinger

Wie ein Troll machten die Krieger einen Schritt nach vorn, hoben ihre Keulen über den Kopf und ließen sie auf einen unsichtbaren Gegner niedersausen. Ein gewaltiger Kriegsschrei erhob sich aus ungezählten Kehlen wie aus einer. Turg glaubte, die Wand in seinem Rücken erzittern zu spüren. Er selbst stand am Rand des Übungsplatzes, ausgeschlossen.

»Wir sollten mit in den Kampf ziehen. Orkschädel zertrümmern.« Krus Stimme erklang dicht neben ihm und ließ Turg zusammenfahren. Er hatte nicht bemerkt, wie sein Freund sich ihm genähert hatte, hatte nicht einmal seinen Geruch wahrgenommen, so versunken war er in die Betrachtung der Krieger gewesen.

»Vielleicht bekommst du die Gelegenheit«, wandte Turg ein. »Du weißt noch nicht, was für eine Aufgabe wir erhalten werden.«

Er warf Kru nur einen kurzen Blick zu, dann sah er wieder zu den Übenden hinüber. Die Trolle hinterließen leuchtende Wärmespuren auf dem Boden, zogen damit ein kompliziertes Muster durch die Halle, während sie Schlag für Schlag durch das Heer nicht existenter Gegner vorrückten.

»Bald finden wir es heraus.« Das Schaben von Leder auf Leder erklang, als Kru sein Gewicht verlagerte. Für eine Weile herrschte Schweigen, zumindest bei ihnen am Rand.

Dann holte Turg tief Luft. Eine Frage, die er schon länger mit sich herumtrug, wollte heraus: »Meinst du, es ist richtig, gegen die Schwarzorks zu ziehen?«

Er starrte weiter zu den Kriegern hinüber, während er sprach, war sich bewusst, wie gefährlich seine Worte waren. Man zweifelte die Entscheidungen des Rle nicht an.

»Wegen der Zwerge, meine ich«, fuhr er schnell fort. Nun da er begonnen hatte, seine Zweifel in Worte zu fassen, wollte er die Gelegenheit haben, auszureden, bevor Kru ihn unterbrechen konnte. »Sie sind unsere Feinde, sie sollten wir vernichten! Sie werden uns in den Rücken fallen, sobald wir unsere Aufmerksamkeit den Orks zuwenden. Genau wie die Dunkelelfen, die ja bereits ihre Magie benutzen, um uns zu schwächen. Und mit den Orks besteht keine Feindschaft. Zumindest bestand sie nicht, bis sie unseren Späher erwischt haben.«

Plötzlich fühlte Turg sich an der Schulter gepackt, fühlte Krus Krallen, die sich unter das Leder seiner Rüstung und in sein Fleisch bohrten. Der Freund stieß ihn heftig gegen die Wand aus Lehm und Holz, sodass ihm die Luft aus den Lungen getrieben wurde. Krus Gesicht schwebte dicht vor seinem, die Ohren angelegt, die spitzen Zähne sichtbar.

»Willst du sagen, die Trolle sind nicht stark genug, um es mit mehreren Gegnern gleichzeitig aufzunehmen?« Krus Stimme war ein heiseres Zischen, kaum zu verstehen über das Stampfen und Brüllen der Krieger. »Auch du hast Rutargs Rufe vernommen! Du hast gespürt, wie die Erde gebebt hat! Der Rle sagt, der Ruf bedeutet, dass Rutarg will, dass wir alle Eindringlinge in die Oberwelt zurücktreiben. Die Orks sind Eindringlinge, also müssen sie zuerst sterben, bevor wir uns wieder den Zwergen zuwenden können.«

Für ein paar Herzschläge standen sie einander gegenüber, starrten sich wortlos an. Schließlich jedoch senkte Turg den Blick. »Du hast recht. Es tut mir leid, dass ich gezweifelt habe.«

Kru nickte und trat einen Schritt zurück. Seine Haltung entspannte sich, die Ohren stellten sich wieder auf. »Sag so etwas nie wieder.«

Bevor Turg etwas erwidern konnte, brüllte jemand ihre Namen durch die Halle. Schnell rückten sie ihre Rüstungen zurecht, strichen sich das Fell glatt und eilten über den Platz auf einen der Durchgänge zu, in dem der Kommandant stand und bereits ungeduldig winkte.

Sie traten durch eine mit Fellen verhängte Öffnung in den Gang, der um den Kampfsaal herumführte. Trolle in Rüstungen eilten an ihnen vorbei. Manche von ihnen trugen große Bündel Waffen unter den langen Armen, andere Stapel von aus Holz und Leder gefertigten Schilden. Es herrschte emsige Betriebsamkeit – wie in einem Ameisenbau.

Der Kommandant ging wortlos vor ihnen her. Ein wenig seltsam war es, dass er sie persönlich abholte, anstatt einen Boten zu schicken. Doch weder Turg noch Kru stellten eine Frage. Sie würden früh genug erfahren, was sie wissen mussten.

Schließlich blieb der Kommandant bei dem Durchgang zum Planungsraum stehen, hielt das Fell davor beiseite und winkte sie hindurch.

Turg trat als Erster ein. Er hatte den Planungsraum bisher nur selten gesehen, denn dort wurden die wirklich wichtigen Dinge besprochen, das große Ganze des Krieges, von dem er nur ein kleiner Teil war. Doch jeder Troll in Sra-Ru wusste, dass sich in der Mitte des Raumes eine große Karte befand. Ein Modell der Unterwelt, aus Holz geschnitzt und zerlegbar in dünne Scheiben, sodass man jeden noch so kleinen Gang genauestens betrachten konnte.

Doch seit Turgs letztem Besuch hatte sich einiges verändert. Viele der alten Gänge waren mit Lehm verstopft und man hatte neue in das Modell getrieben. Rutarg hatte mit seinem Ruf die Unterwelt neu gestaltet, und die Karte war angepasst worden.

Hinter Turg fiel das Fell mit einem leisen, ledrigen Geräusch zurück an seinen Platz. Nun erst wurde er sich eines unbekannten Geruchs bewusst. Es war noch jemand im Raum, hinter der Karte.

Als wäre der Gedanke ein Stichwort gewesen, erklangen Schritte aus dieser Richtung, und ein besonders großer Troll trat hinter dem Modell der Unterwelt hervor. Er trug das Fell einer

Riesenfledermaus, deren Schädel ihm als Helm diente. Die Flügel hingen ihm über die Schultern wie ein Mantel, schleiften über den Boden und sammelten dort Dreck und Staub.

Neben sich hörte Turg Kru überrascht nach Luft schnappen und fast war er sich sicher, dass er im selben Moment dasselbe tat. Sie beide fielen beinahe gleichzeitig auf die Knie und beugten den Kopf, um ihren Nacken zu entblößen.

»Rle.«

»Erhebt euch.« Die Stimme des Rle war vertraut von den Ansprachen, die er oft vor den Kriegern hielt. Er wartete kaum ab, bis die beiden Späher seiner Aufforderung nachgekommen waren, sondern sprach sofort weiter.

»Ihr werdet nun eine sehr wichtige Aufgabe erhalten. Ihr werdet sie erfüllen – oder bei dem Versuch sterben. Wagt es nicht, mir noch einmal unter die Augen zu treten, solltet ihr versagen, aber dennoch überleben. Verstanden?«

»Jawohl, Rle!«

Der Rle machte eine herrische Geste und der Kommandant trat vor, überreichte ihm ein Schwert. Es war aus Metall, nicht aus Stein, Knochen und Holz wie die Waffen der Trolle – eine Zwergenwaffe.

»Wir haben einige dieser Waffen im Laufe des Krieges von den Zwergen erbeutet«, fuhr der große Troll fort. »Doch es sind lange nicht genug, um jeden unserer Krieger damit auszurüsten. Außerdem sind Zwergenwaffen klein, ein Troll könnte eine größere Klinge mit Leichtigkeit schwingen.«

Er begann langsam, in dem Raum auf und ab zu gehen. Seine Schritte und das Schleifen der Fledermausflügel auf dem Boden waren für einen Moment die einzigen Geräusche im Raum.

»Die Trolle sind stark, aber durch die Seuche, die die verfluchten Dunkelelfen uns geschickt haben, haben sich unsere Reihen gelichtet.«

Der Rle blieb stehen, sah ihnen beiden nacheinander in die Augen. »Wir werden uns in Zukunft viele Feinde machen. Wir werden die Unterwelt säubern! Doch dafür brauchen wir stärkere

Waffen. Das ist euer Auftrag: Geht ins Land der Zwerge und bringt mir einen von ihnen, der uns zeigen kann, wie man ihre Metallwaffen herstellt.«

»Jawohl, Rle!« Turg fühlte sein Herz höher schlagen, als die Worte seine Lippen verließen. Auch die letzten Reste seiner Zweifel, die Krus Worte nicht hatten zerstören können, waren nun wie weggeblasen. Der Rle hatte die Zwerge und die Dunkelelfen nicht vergessen, auch ihr Blut würde bald Fels und Erde benetzen. Es war wie Kru gesagt hatte: Waren die Orks erst einmal vernichtet, würden sie sich ihren anderen Feinden zuwenden.

»Ihr werdet mit Rutargs Schutz gehen.« Wiederum trat der Kommandant auf einen Wink des Rle hin vor. Diesmal hielt er zwei Säckchen in den Händen, die er Turg und Kru überreichte.

»Dies ist heilige Erde aus dem Tempel des Rutarg. Hütet sie gut.«

Voll Ehrfurcht nahm Turg sein Säckchen entgegen und verneigte sich gemeinsam mit Kru zum Dank für die kostbare Gabe.

»Wir werden Euch nicht enttäuschen, Rle.«

Der große Troll lächelte, eine Geste, bei der seine spitzen Zähne verborgen blieben. »Davon gehe ich aus. Ihr solltet nun sofort aufbrechen.«

Noch einmal fielen sie vor dem Rle auf die Knie, dann verließen sie den Raum. Die Freude machte ihre Schritte leicht, als sie gingen, um ihre Ausrüstung zu packen. Nicht nur hatten sie erfahren, dass der Krieg gegen die Schwarzorks erst der Anfang eines viel größeren Unternehmens war, sondern sie wussten nun auch, dass sie in diesem Unternehmen eine wichtige Rolle zu spielen hatten.

Das Reich der Zwerge lag über dem der Trolle, denn Rutarg hatte es so eingerichtet, dass seine Lieblinge die untersten Plätze bekamen, damit sie ihm am nächsten waren. Der Weg, den Turg und Kru nehmen mussten, führte sie also nach oben.

Die beiden allgemein bekannten Aufgänge waren stark bewacht und damit nicht passierbar, die meisten der alten Schleichwege verschüttet. Doch dafür waren neue Gänge entstanden, Gänge, die die Zwerge noch nicht kannten. Kru wusste von einem solchen. Er begann in der Decke der großen Höhle und war nur über die Pflanzen erreichbar, die von dort hinunterwuchsen.

»Wir hätten einen der seitlichen Gänge nehmen sollen.« Turg bemühte sich angestrengt, nicht nach unten zu sehen, während er kletterte. Rutarg hatte die Trolle geschaffen, damit sie fest mit beiden Beinen auf dem Boden standen und nicht sich an trügerischen Gewächsen hinaufhangelten. Tief grub er seine Krallen in die weiche Rinde der Ranke, Zug um Zug kamen sie der Decke näher.

»Alle verschüttet«, erklang Krus Antwort von weiter oben. »Das weißt du ganz genau.«

»Wir hätten einen neuen gefunden.«

»Wir haben einen und wir mussten ihn noch nicht einmal suchen. Rluneg hat mir von diesem Weg erzählt.«

»Was auch immer Rluneg hier oben wollte.«

Inzwischen waren sie beunruhigend weit über dem Höhlenboden. Die Ranke wurde dicker, schwankte nicht mehr so stark wie am Anfang und verzweigte sich seltener. Irgendwo in der Decke hatte sie ihre Wurzeln, und Turg spähte immer wieder hoch an Kru vorbei, in der Hoffnung, diese bereits entdecken zu können. Doch bisher sah er nur ein Pflanzendickicht, das immer verflochtener zu werden schien, je höher sie kamen. Junge, dünne Ranken wickelten sich um die holzigen Stämme der alten.

»Hast du davon noch nicht gehört? Er hat einen Goblin von der Decke fallen sehen, und als er nachschauen ging, fand er auf dem Boden nicht nur den einen Goblin, sondern auch noch einen zweiten und einen Troll. Der Troll war Tleg, der Schwachsinnige, der ...« Kru unterbrach sich, bevor er den Satz beendet hatte. »Warte, hier ist das Gestrüpp zu dicht.«

»Der Verbannte?« Turg hielt im Klettern inne, hing abwartend über dem Abgrund, während Kru eine Klinge aus Obsidian zog und auf die Ranken über ihm einhackte. Pflanzenstücke rieselten auf Turg hinab, der den Kopf zwischen die Schultern zog und sie einfach von sich abprallen ließ. So gut es ging, sah er sich um, nach Tieren Ausschau haltend, die auch einem Troll gefährlich werden konnten. Hier und dort entdeckte er etwas Warmes, das durch das Dickicht huschte und schnell wieder verschwand, doch nichts davon war größer als sein eigener Kopf.

»Der Verbannte«, bestätigte Kru etwas verspätet. »Rluneg ist auf jeden Fall hier hinaufgeklettert, um zu sehen, wo die drei herkamen und dabei hat er ein Loch in der Decke gefunden, das direkt in den steinernen Wald führt.«

Der Regen aus Pflanzenteilen versiegte und ein schabendes Geräusch erklang, als Kru das Messer wieder hinter seinen Gürtel schob. »Weiter.«

Turg konnte den kühlen Luftzug in seinem Fell spüren, noch bevor er das Loch entdeckte. Die Wurzeln der Ranken schlängelten sich an der Decke entlang, verzweigten sich bis hin zu haarfeinen Ästchen und gruben sich in jede Ritze. Hier und dort entdeckte Turg jedoch kahle Stellen, als wären die Wurzeln teilweise erst vor kurzem herausgerissen worden. Inmitten dieser Zerstörung klaffte der Durchgang, die Ränder dunkel von der kalten, hindurchströmenden Luft. Nur dicht an Rutargs Feuern war es warm, nach oben hin wurde es immer kälter. Der Luftzug bewies also, dass das Loch tatsächlich in die nächsthöhere Ebene führte.

Kru streckte den Kopf hindurch. Gestein bröckelte unter seinen Fingern, als er versuchte, am Rand Halt zu finden. Schließlich jedoch zog er sich in die Höhe, verschwand aus Turgs Sichtfeld.

Kurz darauf war leise seine Stimme zu hören: »Die Luft ist rein. Aber sei vorsichtig, der Fels ist hier nicht sehr stabil.«

Nun kletterte auch Turg hinauf und blinzelte gegen das Licht, das ihn dort oben empfing. Diese verdammten Zwerge hatten überall ihre leuchtenden Kristalle angebracht. Das Licht schmerzte in seinen Augen, blendete ihn.

Damit ihr Gewicht sich auf eine größere Fläche verteilte, und sie nicht plötzlich durch die Decke der unteren Ebene brachen, entfernten sie sich kriechend gerade weit genug von dem Loch, um auf sicheren Boden zu gelangen. Dann verharrten sie, warteten ab, bis ihre Augen sich an die gleißende Helligkeit gewöhnten.

Nach und nach wurden die vertrauten Wärmebilder überlagert von einer anderen Wahrnehmung. Eine Wahrnehmung, die nicht unterschied zwischen Lebendigem und Totem. Wie hell etwas war, hing hier davon ab, wie nah es sich an einem Lichtkristall befand.

Die normalerweise kalten, toten Stämme der steinernen Bäume ringsum wurden nun teilweise aus dem Dunkel gerissen. Sie ragten wie Säulen in die Höhe, verschwanden weit oben in den Schatten. Hier, in den äußeren Bereichen des Zwergenreiches, war es für Zwergenaugen noch recht dunkel, hatte Turg gelernt. In den bewohnten Gebieten würde das Licht heller werden, beinahe unerträglich für einen Troll.

Schließlich erhoben sie sich und schlichen nun vorsichtig voran, die Hände an den Griffen ihrer Waffen. Sie waren im Feindesland.

Blut benetzte den Fels, glitzerte feucht im seltsamen Licht der Kristalle. Doch der Anblick bereitete Turg keine Freude, denn der Zwerg war gestorben, ohne seinem Feind in die Augen geblickt zu haben. Heimlich zu töten gehörte zu den Fähigkeiten, die ein Späher benötigte, doch Turg bevorzugte den ehrlichen, offenen Kampf. Angst sollte die Möglichkeit haben, ihren Weg in die Züge des Gegners zu finden, bevor er starb.

Sie befanden sich nun in einem der Gänge, die zu dem großen Saal führten. Der Saal mit dem Berg, auf dem der König der Zwerge seine Festung hatte. Turg schnaubte verächtlich bei dem Gedanken an einen Herrscher der über seinen Untertanen thronte, als wäre er nicht würdig, derjenige zu sein, der dem Erdgott am nächsten war.

Die meisten der Zwerge schliefen, und den wenigen, die noch wach waren, hatten sie ausweichen können. Nur diese eine Patrouille war ihnen im Weg gewesen. Zwei der kämpfenden

Zwerge. Die mit den Höckern auf der Brust und ohne Fell auf dem Kopf, *Weibchen*. Es gab kein trollisches Wort dafür.

Turg stieß die kleine Leiche mit dem Fuß an. Egal wie oft er davon hörte, dass es von anderen Völkern jeweils zwei Sorten gab, gewöhnen konnte er sich an diese Vorstellung nicht. Wie diese Völker ihre Nachkommen schufen, hatte er gar nicht erst zu verstehen versucht.

Sie zogen die toten Zwerge in einen schmalen Seitengang, wo sie so schnell nicht gefunden werden konnten. Das Blut würde bald abkühlen, trocknen und dann vom Fels nur noch schwer zu unterscheiden sein.

Leise bewegten sie sich weiter, die Augen zu schmalen Schlitzen zusammengekniffen. Schmerz pochte zwischen Turgs Schläfen wie ein lebendiges Wesen. Das Licht war schuld, es stach durch seine Augen in seinen Schädel. Für eine Weile spürte er dem Gefühl nach, hieß es willkommen, wie er es gelernt hatte. So wurde der Schmerz ein Teil von ihm, lenkte ihn nicht länger ab, sondern arbeitete für ihn, hielt ihn wach und aufmerksam.

Türen säumten den Gang rechts und links. Schwere, hölzerne Türen, jede mit einem Schloss versehen. Es schien, als hätten die Zwerge selbst voreinander Angst, als könnten sie ihren Verwandten und Freunden nicht trauen. Ein armseliges Volk.

Sie brauchten irgendeinen Hinweis, ein Zeichen, an dem sie die Behausung des Zwerges erkennen konnten, den sie suchten. Doch es schien keines zu geben, die Türen glichen einander wie die Zwerge, die dahinter schliefen. Lediglich die Zeichen, die ins Holz geritzt waren, schienen sich zu unterscheiden, doch weder Turg noch Kru konnten sie lesen.

Schließlich jedoch blieb Turg abrupt stehen, packte Kru am Arm, da dieser bereits weitergehen wollte. »Sieht das dort nicht aus wie eine Axt?«

Sein Freund beäugte das Symbol auf der Tür skeptisch. Es war größer als die anderen Zeichen und zeigte nun, nach genauerem Hinsehen ganz eindeutig zwei überkreuzte Äxte. Kru lachte leise.

»Wie nett von den Zwergen, dass sie unser Opfer für uns kenn-zeichnen.«

Grinsend ging Turg vor der Tür in die Knie, um sie zu inspi-zieren. Nun galt es, das Schloss zu knacken.

»Nimm den Mooskäfersaft.« Kru sah nur kurz zu seinem Freund hin, dann ließ er den Blick wachsam den Gang hinauf- und hinunterschweifen.

Mooskäfer waren unscheinbare Insekten, die sich von leuch-tenden Moosen ernährten. Damit sie die Pflanzen mit ihren Rüssel aufnehmen konnten, sonderten sie ein Sekret ab, das diese zu einem unappetitlichen Schleim zersetzte. Dieser Mooskäfersaft tat seine Arbeit nur so lange, wie das Moos um ihn herum leuch-tete, er reagierte auf das Licht. Und – das hatten die Trolle her-ausgefunden – er zersetzte nicht nur Pflanzen.

Turg löste ein kleines Bündel von seinem Gürtel und öffnete dessen feste Verschnürung. In mehrere Lagen Leder war dort eine ebenso lederne Flasche eingewickelt. Turg öffnete sie im Licht-schutz ihrer Verpackung, schirmte sie sorgfältig von den Kristallen ab, als er mehrere Tropfen ihres stinkenden Inhalts auf das Schloss fallen ließ. Ein leises Zischen ertönte von dort, während er eilig die Flasche wieder verschloss und verpackte. Das Geräusch nahm an Lautstärke zu, toste in Turgs Ohren. Doch für die bemitlei-denswert blinden und tauben Zwerge konnte es kaum mehr sein als ein Flüstern in der Dunkelheit.

Das Metall des Schlosses verformte sich, floss in schwarzen, zähen Tropfen hinab, die tiefe Spuren im Holz hinterließen. Nun knackte und knisterte es, Geräusche, die selbst ein Zwerg hören musste. Unwillkürlich hielt Turg den Atem an. Sie konnten nur hoffen, dass ihr Opfer einen tiefen Schlaf hatte. Dann war es vor-bei. Er tippte sacht gegen die Tür, und sie schwang lautlos auf.

In der Zwergenbehausung war es im Vergleich zum Gang angenehm dunkel, auch wenn das Licht noch ausreichte, damit Turg auch ohne Wärmesicht alles genau erkennen konnte. Der Raum war klein, enthielt nur eine erkaltete Feuerstelle und auf einer Strohmatratze unter einer Decke einen Zwerg. Das Licht der Kristalle im Gang wurde von den Augen des Zwerges reflektiert, als dieser verschlafen blinzelte.

Ein leiser Fluch kam über Turgs Lippen. Er stürzte vor, auf den Zwerg zu, dessen Augen sich vor Schreck weiteten. Turg sprang mit einem weiten Satz über die Feuerstelle, als der Zwerg tief Luft holte und packte ihn gerade noch rechtzeitig am Hals, dass aus seinem Schrei ein ersticktes Gurgeln wurde.

Der Zwerg zappelte, und Turg hatte Mühe, ihn zu halten. Doch dann war Kru heran, hielt die Arme des Zwerges fest und setzte sich auf seine Beine. Turg nahm die Hand vom Hals des kleinen Kerls, legte sie auf seinen Mund.

»Du ruhig, du leben«, brachte er in gebrochenem Zwergisch hervor. Es dauerte noch eine Weile, dann hörte ihr Gefangener auf, sich gegen Krus Griff zu wehren. Nur sein Atem ging schwer, strich durch das Fell auf Turgs Handrücken.

»Du Waffenmacher?«

Der Zwerg zögerte, offensichtlich nicht sicher, welche Antwort ihm sein Überleben sichern würde. Schließlich jedoch deutete er ein Nicken an, das Turg eher spürte als sah. Für einen Moment starrte er ihrem Gefangenen in die Augen, versuchte herauszufinden, ob der Zwerg log. Die Wahrheit liegt in den Augen des Sprechers, nicht auf seiner Zunge, pflegten die Alten immer zu sagen. Schließlich nickte Turg zufrieden.

Sie rissen Streifen aus seiner Decke, um ihn damit zu knebeln, banden ihm Hände und Füße mit einem mitgebrachten Seil zusammen. Dann hob Turg ihn hoch, klemmte ihn sich unter den Arm. Er glaubte zu spüren, wie der kleine Körper zitterte, ob vor Angst oder wegen der Kälte konnte er jedoch nicht sagen. Sonderlich warm konnte es der Zwerg auf jeden Fall nicht haben. Seine Beine waren nackt und nach Trollmaßstäben beinahe haarlos. Bekleidet war er lediglich mit einem Hemd, das ihm bis zu den Knien reichte. Nun, wenn er fror, sollte er sich ein vernünftiges Fell wachsen lassen, ansonsten war das nicht ihr Problem. Sie traten wieder auf den Gang hinaus.

Der Zwerg begann, sich in Turgs Griff zu winden, als ihm wohl dämmerte, dass sie ihn mitnehmen wollten. Der Troll knurrte lediglich ungehalten, packte ein wenig fester zu.

Zügig bewegten sie sich vorwärts, nur raus hier, fort von dem Licht, von der Kälte. Noch diese eine Biegung, dann waren sie fast wieder im steinernen Wald.

Sie nahmen die Kurve zu schnell, kamen dahinter abrupt, schlitternd zum Stehen. Zwei Zwerge blickten ihnen mit weit aufgerissenen Augen entgegen. Zwei von den Kämpfenden.

Der eine griff nach der Axt an seinem Gürtel, während der andere irgendetwas rief. Ein Alarm. In den Schrei des Zwerges mischte sich ein Brüllen. Kru stürmte an Turg vorbei, die Keule über dem Kopf erhoben. Seine Waffe sauste auf den Schädel des Schreienden hinunter. Mit einem lauten Knacken kehrte Ruhe ein.

Turg hatte währenddessen sein Messer gezogen, trat dem Axtträger gegenüber. Mit dem Gefangenen unter dem Arm, konnte er seine Keule nicht einsetzen, er konnte kaum kämpfen. Dem ersten Schlag wich er aus, den zweiten parierte er mit der Klinge aus Obsidian. Sie zersprang mit einem hellen, klirrenden Ton.

Zu einem dritten Schlag kam es nicht. Feine Blutspitzer benetzten Turgs Fell, als die Keule seines Freundes auf den kahlen Kopf des Zwerges niederging. Turg bückte sich und hob die Axt des Gefallenen auf. Sie würde ein guter Ersatz für sein Messer sein.

Sie rannten, Kru voran, die Keule in der Hand. Mehr Zwerge kamen ihnen entgegen. Für eine Weile sah Turg nichts anderes, als die Schläge, die auf ihn zukamen, denen er auswich, die er parierte. Die Schläge, die er selbst führte, spürte er mehr, als dass er sie sah. Er spürte den Widerstand, auf den sie stießen. Entweder hart und metallen, oder weich und nachgiebig. Bald war sein Fell klebrig nass.

Das Hochgefühl, das einen Kampf immer begleitete, ergriff von ihm Besitz, vertrieb sogar den Kopfschmerz. Hier und jetzt würde sich zeigen, ob sie ihren Auftrag erfüllen oder bei dem Versuch sterben würden.

Sie hatten gerade die ersten steinernen Stämme erreicht, als Kru taumelte, beinahe fiel. An einem der toten Bäume fing er seinen Sturz ab, griff sich mit einem erstaunten Gesichtsausdruck an die Seite. Ein tiefer Riss klaffte dort in seiner ledernen Rüstung und dem Fleisch darunter.

»Wir müssen weiter.« Turg legte sich einen Arm seines Freundes um die Schultern, umfasste dessen Hüfte. Zum Glück hatte der Zwerg inzwischen aufgehört zu zappeln, das machte es einfacher, Kru zu stützen. Gemeinsam schleppten sie sich vorwärts.

Sie konnten nicht wieder über die Ranken nach unten klettern, nicht mit dem Zwerg und mit Krus Verletzung. Sie brauchten einen anderen Weg, irgendeinen.

Vor Rutargs Ruf hätte Turg so viele Wege gekannt. Doch vielleicht, vielleicht war einer von ihnen zumindest noch ein Stück weit erhalten. Vielleicht stießen sie auch zufälligerweise auf einen neuen Weg in der Nähe. Er lenkte seine Schritte in eine Richtung, die die Erinnerung ihm vorgab.

Der Durchgang im Fels, der sich vor ihnen auftat, hatte vertraute Formen. Er führte in ein wahres Netzwerk aus kleinen Gängen und Schächten. Wenn sie Glück hatten, fanden sie einen Weg nach unten. Wenn nicht, bot sich ihnen dort zumindest eine Vielzahl von Verstecken an.

Kru schien immer schwerer zu werden, seine Schritte unsicherer. Gemeinsam stolperten sie ins Dunkel, endlich raus aus dem verfluchten Licht.

Turg blinzelte die Flecken fort, die das Licht der Kristalle in seinem Sichtfeld hinterlassen hatte. Langsam kehrten die vertrauten Wärmebilder zurück, zeigten ihm einen niedrigen Korridor bar jeden Lebens. Von draußen jedoch drangen Rufe zu ihnen herein. Man suchte bereits nach ihnen.

Der Boden war abschüssig und lag voller Schutt, Stücke der Decke, die Rutgars Ruf herausgebrochen hatte. Bald schon stolperte Kru mehr als er lief. Doch schließlich, endlich, entdeckte Turg eine Spalte in der Wand, die groß genug schien, um sich darin verstecken zu können. Erst schob er den Zwerg hinein, dann folgte er selbst, seinen Freund beinahe ziehend.

Blut floss warm und leuchtend aus Krus Seite, obwohl dieser versuchte, es mit den Händen zurückzuhalten. Vorsichtig legte Turg ihn auf dem steinigen Boden ab, kniete sich neben ihn. Ernst blickten sie einander an.

»Ich werde ohne Nachkommen sterben.« Krus Stimme war bereits erschreckend schwach.

»Das ist das Los eines Kriegers.« Doch Turgs Hände hatten sich zu Fäusten geballt, er spürte seine Krallen in seine Handflächen schneiden. Noch wäre Zeit, noch war Kru nicht tot. Wenn sie doch nur ein wenig Erde hätten. Doch ringsum gab es nur Fels. Erde ...

Turg erstarrt. Natürlich! Fast wie von selbst wanderte seine Hand zu seinem Gürtel, griff nach dem Beutel, den der Rle ihm überreicht hatte.

»Du wirst nicht ohne Nachkommen sterben«, verkündete er feierlich.

Rutarg hatte den ersten Troll aus Erde geformt und ihm mit seinem Blut das Leben geschenkt. Es gab nur einen ersten Troll, keine zwei Sorten, keine Männchen und Weibchen. Es gab nur Trolle und sie schufen ihre Nachkommen noch immer so, wie Rutarg sie erschaffen hatte.

Turg half seinem Freund, sich aufzusetzen, gegen den Fels zu lehnen. Dann nahm er die beiden Beutel, seinen und Krus, und leerte ihren Inhalt auf den Boden. Kru betrachtete das so entstandene Häufchen skeptisch.

»Das ist heilige Erde aus Rutargs Tempel.«

»Nur das Beste für deinen Nachkommen.« Turg grinste. »Das wird ausgleichen, dass es nur so wenig ist. Ich wünschte, ich könnte dir genügend Erde für ein ganzes Heer an Nachkommen herbeischaffen, aber einer ist besser als keiner, nicht wahr?«

»Ich danke dir, mein Freund.« Mit einem leisen Schaben zog Kru sein Obsidianmesser aus der Scheide. Sein Blick nahm einen abwesenden Zug an, in sich gekehrt. Er holte flach und zitternd Luft.

»Ich gebe dir Erde.« Die rituellen Worte murmelnd, senkte er das Messer in das Häufchen neben ihm.

»Ich gebe dir Blut.« Die linke Hand musste es sein. Er hielt sie über den Haufen Erde, zog das Messer mit einer schnellen Bewegung über seine Handfläche. Glühende, frische Tropfen benässten die dunklen Krumen. Dann grub er die Finger in die Erde und begann zu formen.

Es ging nicht darum, ein Kunstwerk zu schaffen, alle Details würden später von selbst kommen. Man brauchte die Form, die ungefähre Form.

»Ich gebe dir Beine, um auf Rutargs Erde zu wandeln.«

»Ich gebe dir einen Rumpf, einen Mittelpunkt deines Daseins.«

»Ich gebe dir Arme, um gegen Rutargs Feinde zu kämpfen.«

»Ich gebe dir einen Kopf mit Augen, die das Leben vom Tod unterscheiden. Ohren, die dich warnen, wenn deine Feinde nahen. Eine Nase, um deine Beute aufzuspüren. Einen Mund, um sie zu reißen.«

Eine kleine, liegende Gestalt formte sich langsam unter Krus Fingern. Es war das kleinste Trollkind, das Turg jemals gesehen hatte, gerade einmal so hoch wie sein Unterarm lang. Liebevoll modellierte Kru zuletzt die etwas vorgezogene Partie mit Nase und Mund, eine kleine, flache Schnauze. Dann lehnte er sich mit einem Seufzer zurück.

»Nun ist es an der Zeit, altes Leben enden und neues entstehen zu lassen.«

Turg half seinem Freund, den ledernen Brustpanzer abzulegen, sah zu, wie dieser sich die Spitze des Messers genau dort auf die Brust setzte, wo das Herz lag.

»Wie soll dein Kind heißen?«

»Ru. Gib gut auf ihn Acht, Turg.« Krus Stimme war nun kaum mehr als ein Flüstern. Dennoch umfasste er den Griff des Messers fest, drückte die Klinge entschlossen in sein eigenes Fleisch. Kein Zeichen des Schmerzes zeigte sich auf seinem Gesicht. Ein friedlicher Ausdruck legte sich stattdessen auf seine Züge, als seine Hände schließlich erschlafften und vom Griff der Waffe glitten.

»Das werde ich«, versprach Turg leise, obwohl sein Freund ihn bereits nicht mehr hören konnte.

In dem Moment, in dem Kru in sich zusammensank, begann der kleine Troll zu glühen. Krus Geist ging auf die tote Erde über, hauchte ihr Wärme und Leben ein.

Die Details formten sich wie von unsichtbarer Hand. Die Finger, Zehen, die Struktur des Fells. Schließlich bewegte sich das kleine Wesen, erhob sich unbeholfen, schüttelte ein paar Krümel Erde aus seinem Fell. Große Augen blickten zu Turg auf.

»Ru.« Er rief es sanft zu sich, nahm es in den Arm. Es klammerte sich instinktiv an ihm fest und ließ ihm doch alle Bewegungsfreiheit, die er brauchte. Es würde bald Hunger bekommen. Bis dahin wollte er zu Hause sein.

Turg nahm den Zwerg wieder auf, der angstvoll in die Dunkelheit starrte und das Wunder des neuen Lebens mit seinen nachtblinden Augen nicht gesehen hatte. Mit einem letzten Blick zurück auf seinen Freund, trat Turg in den Gang hinaus.

Zwerge befanden sich in der Nähe, er konnte sie riechen. Vorsichtig bewegte er sich vorwärts, in der freien Hand die erbeutete Axt. Hinter der nächsten Kurve nahm er einen schwachen Lichtschein wahr, doch zum Glück fand er vorher eine Abzweigung. Er wusste sowieso nicht, welcher Weg der richtige war, hoffte nur, nicht in eine Sackgasse zu geraten.

Er suchte sich immer die Gänge, die möglichst steil nach unten führten, oder die, die am wenigsten nach Zwerg rochen. Irgendwann hielt er inne, um sich mit einem Seil seinen Gefangenen auf den Rücken zu binden. So hatte er beide Hände frei zum Klettern. Und klettern musste er.

Doch egal wie tief er kam, die Zwerge waren bereits dort. Immer wieder entkam er ihnen nur knapp. Und dann ...

»Dort!«, schrie jemand auf Zwergisch. Turg fluchte leise. Beinahe hatte er es geschafft, sich an der Gruppe vorbeizuschleichen, ohne dass sie ihn bemerkten. Er sah sich nicht um, rannte los, sobald der Ruf hinter ihm erklang. Er konnte nicht kämpfen, durfte nicht. Die Gefahr war zu groß, dass ein Schlag, der für ihn bestimmt war, stattdessen Ru traf und tötete. Das Kind hing ungeschützt vor seiner Brust, hatte die kleinen Hände in dem Fell in seinem Nacken vergraben.

Armbrustbolzen trafen klirrend auf den Fels neben Turg, dann war er um die nächste Ecke verschwunden.

Ohne langsamer zu werden, setzte er seinen Weg fort, schlitterte um die nächste Kurve. Es dauerte eine Weile, bis er bemerkte, dass er diesen Gang kannte. Er wurde langsamer. Hier irgendwo ...

Schließlich fand er, wonach er gesucht hatte: Eine Spalte, gerade breit genug für einen Troll, um sich hindurch zu zwängen. Dieser kurze Gang würde auf den Hauptweg führen, direkt vor das Tor, das den Eingang zum Reich der Trolle darstellte.

Eilig durchschnitt Turg die Seile, die den Zwerg auf seinem Rücken hielten und dieser plumpste unsanft zu Boden. Um einiges sanfter löste Turg Rus Finger aus seinem Fell, setzte das Kind ab.

Er konnte bereits das Licht hinter der letzten Biegung wahrnehmen. Wenn er jetzt versuchte, sich durch die Ritze zu zwängen, würde er wehrlos darin stecken, wenn die Zwerge ihn erreichten.

Stattdessen band Turg die zerschnittenen Seile, die den Zwerg auf seinem Rücken gehalten hatten, um Rus Bauch. Er schob den kleinen Troll in den Durchgang, den Zwerg hinterher.

»Geh. Deiner Nase nach, du kannst die anderen Trolle riechen. Geh nach Hause.«

Ru streckte eine Hand nach ihm aus. Große Augen blickten traurig. Er wollte Turg offensichtlich nicht verlassen.

»Hause?«

»Ja, geh.« Er stieß Ru in die entsprechende Richtung, so heftig, dass der kleine Troll taumelte. Mehrere Herzschläge lang sahen sie einander an, dann schien das Kind begriffen zu haben, was Turg von ihm wollte. Es drehte sich um, stemmte sich gegen die Seile und zog den Zwerg so hinter sich her durch den Spalt. Trotz seiner geringen Größe war er erstaunlich stark. Turg machte dafür die heilige Erde verantwortlich. Der Zwerg wand sich und zappelte, sah er doch seine Rettung nahen. Turg packte seinen Kopf, stieß ihn einmal heftig auf den felsigen Boden. Das ließ jegliche Gegenwehr ersterben.

Als Turg von dem Spalt zurücktrat, sah er, wie Ru sich noch einmal zu ihm umdrehte.

»Geh nach Hause«, rief er ihm erneut zu, dann warf er die Axt fort, nahm die Keule von seinem Gürtel.

»Hause«, hörte er Ru in dem Spalt murmeln, während das Licht am Ende des Ganges so grell wurde, dass er für einen Moment nichts mehr sehen konnte.

Ein Sirren, gefolgt von einem stechenden Schmerz in Turgs linker Schulter. Er kümmerte sich nicht darum, stürmte vor. Ein Brüllen ließ seine Ohren brummen, erst nach einiger Zeit wurde ihm klar, dass es aus seiner Kehle stammte. Er formte Worte: »Für Rutarg!«

Nun sah er Schemen in dem Licht, schlug nach ihnen. Einer fiel. Eine Klinge biss in sein Bein. Aus den Schemen wurden feste Formen und ein weiterer Zwerg fiel seiner Keule zum Opfer. Dort stand der Krieger, der den Lichtkristall hielt, nur ein paar Schritte von ihm entfernt. Wenn er die Zwerge ihrer Lichtquelle berauben könnte, wäre er im Vorteil.

Ein Schritt, eine Axt traf seine Seite. Er spürte das Blut warm in seinem Fell. Ein weiterer Schritt und er holte aus, traf den Kristall, zertrümmerte mit ihm die Hand, die ihn hielt. Dunkelheit spülte über ihn hinweg. Er blinzelte und die vertrauten Wärmebilder kehrten zurück. In dem Moment traf ihn etwas im Rücken.

Turg ging zu Boden, rang vergeblich nach Luft. Er hörte Stimmen um sich herum, doch er konnte nicht verstehen, was sie sagten. Sie klangen jedoch ängstlich, unsicher. Er hatte Furcht in den Herzen seiner Feinde gesät. Ein Lächeln legte sich auf seine Lippen, während die Welt um ihn herum verschwamm.

Der Rle betrachtete den kleinen Troll, den die Torwächter ihm gebracht hatten. Es war das kleinste Trollkind, das er je gesehen hatte, und doch strahlte es eine unbestimmte Stärke aus, ein Versprechen auf eine große Zukunft. Es hockte ihm zu Füßen, sich mit den langen Armen auf dem Boden abstützend und blickte aus großen Augen zu ihm auf.

Sein Blick glitt weiter zu dem zerschundenen, gefesselten Zwerg, der schwach zwischen zwei trollischen Kriegern hing. Er hatte nach einem Zwerg geschickt und hatte tatsächlich einen bekommen. Nur die Umstände hatte er sich ein wenig anders vorgestellt

»Dieses Kind hat also den Zwerg bis vor das Tor gezogen?«

Die Krieger nickten. »Ja, Rle.«

»Interessant.« Er strich durch das Fell unter seiner Schnauze, betrachtete den Gefangenen. »Sperrt ihn ein und sucht mir jemanden, der ihn verstehen kann. Er hat einige Fragen zu beantworten.«

In diesem Moment spürte der Rle eine kleine Hand auf der seinen, und als er hinunter sah, stand das Kind neben seinem aus Stein gehauenen Thron. »Hause?«, fragte es leise.

Er nickte ernst. »Ja, du bist zu Hause.«

Verlorene Rückkehr
Dorothee Kaiser

Fendriel schritt am Stadtrand entlang, wo die Asche der Toten, die bei den Erdbeben umgekommen waren, verstreut lag. Nur vereinzelt durchbrachen hier leuchtende Steine die Dunkelheit. Er hatte Melena bald gefunden.

Ganz in weiß gekleidet stand sie in der Nähe ihres Hauses und legte gelbe, dreiblättrige Blüten auf die Asche. Auch wenn es in ihrem Volk schon immer Brauch gewesen war, hatte Fendriel nie verstanden, weshalb man den Überresten Verstorbener ausgerechnet ein Symbol für Glück und Hoffnung hinterließ. Melenas gerade Haltung und ausdruckslose Miene ließen nicht erkennen, welchen Schmerz sie über den Tod ihres Vaters empfand. Diese Stärke hatte ihn schon immer fasziniert. Schon viel zu lange versuchte er vergeblich, sie für sich zu gewinnen.

»Er muss durch die letzten Erdbeben umgekommen sein«, kam sie seiner Frage zuvor und strich ihr langes, schwarzes Haar zurück. »Seine Leiche wurde unter den Felsbrocken gefunden, die von der Decke gestürzt waren. Solche Erdbeben gab es nie, solange wir in unserer alten Heimat waren. Wir hätten schon längst an die Oberwelt zurückkehren sollen, dann wäre es nicht so weit gekommen.«

Er legte mitfühlend einen Arm um ihre Schultern und schwieg.

Am nächsten Tag berief N'At, der Führer der Dunkelelfen, eine Versammlung ein, um über das weitere Vorgehen zu beraten, da das große Beben ihr Gebiet teilweise verwüstet und sie von der anderen Dunkelelfen-Stadt abgeschnitten hatte. Sie waren sich einig, dass der Grund für die Verwüstung das Aufbäumen der

Natur gegen ihre Peiniger war, die Zwerge, die sie mit rücksichtslosen Maschinen ausbeuteten.

»Wir flüchteten damals, nachdem Amarth N'At zu ermorden versucht und uns alle verraten hatte, in die Unterwelt mit der festen Absicht, in nicht allzu langer Zeit wieder an die Oberwelt zurückzukehren und den Verräter zu stürzen«, erklärte Nemolas, N'Ats Sohn. »Zu lange schon haben wir diesen Rückzug aufgeschoben, und mit dem Beben warnt uns die Natur, dass wir nicht hierher gehören. Bevor wir noch mehr Leid über unser Volk bringen, sollten wir so schnell wie möglich Zugang zur anderen Stadt herstellen und Amarth bekämpfen.« Der Hass in seiner Stimme, der in all den Jahren gewachsen war, und die glühende Leidenschaft, mit der er darauf brannte, endlich wieder den rechtmäßigen König auf dem Thron zu sehen, ließen Fendriel nicht daran zweifeln, dass er ihm jede Widerrede übel nehmen würde. Aber im Bewusstsein, dass eine Rückkehr an die Oberwelt sein Ende bedeuten würde, musste er ihm widersprechen, obwohl sie in den letzten Jahren gute Freunde geworden waren.

»Wir dürfen nicht unüberlegt einen Kampf anzetteln, in dem wir keinen Sieg erringen können. Vertraut mir, ich habe Amarth einst gut gekannt, und ich bin sicher, dass er in der jetzigen Situation auf einen möglichen Überfall vorbereitet wäre«, versuchte Fendriel den Angriff zu verhindern. Er war bemüht, sicher zu wirken, und wandte sich direkt an N'At: »Stattdessen solltet Ihr die Stadt wieder vollständig aufbauen lassen, um noch eine Weile hier unten ohne Schwierigkeiten zu leben. Da offenbar alle Wege nach oben durch die Beben verschüttet wurden, bleibt uns sowieso keine andere Möglichkeit, als hier unten zu bleiben und abzuwarten.«

»Glaubt Ihr nicht, dass Amarth ebenfalls durch die Katastrophe geschwächt ist?«, warf N'At ein. »Wir haben jetzt eine Gelegenheit, die wir nie wieder erhalten werden. Ich bin überzeugt, dass mein Volk an der Oberwelt abgesehen von wenigen Verrätern hinter mir steht, sobald wir die Macht wiedererlangt haben, selbst wenn sie Amarth im Moment als Oberhaupt akzeptieren.

Unsere Späher sollten bald die Gegend ausgekundschaftet haben und uns berichten, ob es Wege nach oben gibt.«

»Des Weiteren überschwemmte der Fluss durch das Beben die Ufer«, fügte Nemolas hinzu. »Wir können noch nicht sicher ausschließen, dass die nächste Ernte ohne Folgen davon bleibt.«

»Aber mit Hilfe unserer Magie können wir hier sogar mit dem wenigen Licht der Steine Pflanzen anbauen, die denen der Oberwelt kaum nachstehen«, sagte N'At. »Dann werden unsere Bauern auch in der Lage sein, die Schäden, die vielleicht durch die Überflutung entstehen, wieder in den Griff zu kriegen. Darum sollten wir nichts überstürzen.«

»Warum wieder aufbauen, was wir in Kürze sowieso wieder verlassen?« Nemolas' hellblaue Augen funkelten wütend. »Die Menschen bauten die Stadt, in der wir leben, bevor wir sie vertrieben. Das sind nicht einmal unsere eigenen Bauwerke. Sollen doch die Menschen ihre Ruinen selbst aufbauen, wenn sie wieder hier leben wollen, nachdem wir abgereist sind. Wir können schließlich nicht ewig tatenlos abwarten.«

»Wir werden die Stadt wieder aufbauen«, entschied N'At und beendete damit die Diskussion, aber man konnte ihm ansehen, dass er mit seiner Entscheidung nicht glücklich war. »Zur benachbarten Stadt haben wir hoffentlich bald auch wieder einen Zugang. Danach werden wir uns weiter darauf konzentrieren, endlich an die Oberwelt zurückzukehren, wenn es wieder Wege dahin gibt.«

Melenas Begeisterung hielt sich in Grenzen, als Fendriel ihr nach der Beratung von den neuen Plänen berichtete. »Warum bleiben wir noch länger hier? Eine Übergangsphase sollte kein Jahrhundert ausfüllen.«

»Vielleicht werden wir ja bald schon an die Oberwelt zurückkehren. Ich kann gut nachvollziehen, dass du dich hier nicht wohlfühlst. Aber du musst verstehen, dass die Zeit noch nicht reif für eine Rückkehr ist«, versuchte Fendriel vergeblich, sie zu beruhigen.

»Ich brauche kein Mitleid«, entgegnete sie kalt. »Gib mir die Sonne und den Sternenhimmel zurück, gib mir die hellen Wälder nahe unserer alten Siedlung, gib mir wieder ein Leben in Frieden. Dann bin ich glücklich. Sag mir, was hält dich denn hier unten? Hier gibt es nichts außer kaltem Stein und Dunkelheit.«

»Aber zum jetzigen Zeitpunkt wären wir dafür noch nicht stark genug und die Späher haben noch keine neuen Wege zur Oberwelt gefunden.« Es schmerzte ihn, dass er ihr keine zufriedenstellende Antwort geben konnte, wusste er doch, dass es für sie keine Erklärung mehr gab, weshalb sie nicht zurückkehren konnten. Er fühlte sich in diesen Augenblicken versucht, ihr die Wahrheit zu erzählen, warum er um keinen Preis zurückwollte, aber sein Verstand sagte ihm, dass sie ihn dann erst recht nicht mehr verstehen würde, wenn sie wüsste, dass er ein Verräter und am Mordanschlag auf N'At beteiligt gewesen war ... Es machte ihn fast wahnsinnig, wenn er daran denken musste, dass er sie vielleicht nie von sich überzeugen könnte, wenn sie für immer in der Unterwelt bleiben würden.

»Aber ihr habt uns doch versprochen, dass wir schon sehr bald wieder an die Oberwelt zurückkehren werden«, schaltete sich Tamyela ein, Melenas jüngere Schwester. »Die vielen Katastrophen wären doch ein guter Grund, diese Gegend endlich wieder zu verlassen. Warum unsere Kräfte in der Unterwelt verschwenden, wenn wir doch eigentlich an die Oberwelt zurückkehren wollen?«

»Ich sagte dir doch bereits, dass eine Rückkehr zum jetzigen Zeitpunkt nicht möglich ist. Du kannst mir glauben, wir haben in der Führungsschicht lange genug darüber nachgedacht.«

»Wäre es nicht zumindest heldenhafter, eine Rückkehr zu versuchen, statt hier unsere Zeit zu verschwenden? Irgendein Weg wird sich schon finden lassen. Oder hält dich vielleicht die Angst hier, etwas von deinem Einfluss zu verlieren, wenn N'At wieder Herrscher aller Elfen ist und schnell vergessen könnte, wem er verdankt, dass er so knapp vor dem Mordanschlag gewarnt wurde? Oder befürchtest du gar, Amarth würde dich umbringen, bevor

N'At ihn erledigen kann? Das wäre natürlich eine gute Begründung, warum wir die Unterwelt unmöglich verlassen können.«

»Tamyela!« Melenas Mahnung klang nicht überzeugt.

Ihre Worte beunruhigten Fendriel sehr, doch er versuchte, sich nichts anmerken zu lassen. Mochte es reine Provokation sein, er wurde den Gedanken nicht los, dass Tamyela mehr über ihn wusste, als sie wissen durfte. »Dir wird schon nichts geschehen«, wich er ihrer Frage aus. »Die Erdbeben haben aufgehört, und unsere Krieger reichen immer noch aus, um die Stadt zu verteidigen. Also hör endlich auf, unsere Pläne zu kritisieren.«

»Ach, und für wie lange noch?« In Tamyelas Stimme klang ein Hauch Verachtung mit, den sie nicht zu verbergen versuchte.

Zuhause verfluchte Fendriel wieder einmal sich selbst und sein verdammtes Spiel. Schon immer hatte er es gehasst, Meinungen vertreten zu müssen, hinter denen er nicht mit voller Überzeugung stand, und nun begann auch noch sein Einfluss darunter zu leiden. Es war nur eine Frage der Zeit, wie lange N'At ihm noch Glauben schenken würde, dass jeder Versuch, die Macht wiederzuerlangen, aussichtslos war. Von Melenas Abweisungen ganz zu schweigen. Jedes Mal, wenn er ihr Verlangen nach der Oberwelt zu spüren bekam, fragte er sich, weshalb er Amarth damals verraten hatte.

In den Jahren zuvor hatten sie sich immer gut verstanden, wenn Fendriel auch nicht immer ganz seine Meinung vertreten konnte, um nicht N'Ats Abneigung auf sich zu ziehen. Aber Amarth hatte ihm vertraut, und er wäre gewiss einer der mächtigsten Elfen, wenn er den Auftrag zu seiner Zufriedenheit ausgeführt hätte. Wenn Amarth ihm nicht voll und ganz vertraut hätte, wäre schließlich jemand anderes mit der Aufgabe, N'At zu ermorden, losgeschickt worden. Zudem müsste er sich nicht ständig Melenas Vorwürfe anhören, weshalb sie noch immer in der Unterwelt waren. Ob Amarth nun der rechtmäßige Anführer gewesen wäre oder nicht, hätte nach einigen Jahren sowieso keinen mehr interessiert. Melenas Verzweiflung wäre zumindest nicht aussichtsloser als ihre verdammte Sehnsucht nach der Oberwelt gewesen, die ihm nun für immer verschlossen war.

Die Wut gegen Tamyela kochte wieder in ihm hoch. Damals, in der alles entscheidenden Nacht, war sie ihm fast über den Weg gelaufen. Zwar konnte er nicht sagen, ob sie ihn wirklich gesehen hatte, aber wenn dies der Fall war, hätte sie ihn in jedem Fall mit dem Attentat in Verbindung gebracht. Erschlagen konnte er sie auch nicht, es hätte jemanden auf ihn aufmerksam machen können, und Melena hätte ihm den Tod ihrer Schwester nie verziehen, wenn sie es herausgefunden hätte.

Es vergingen einige Wochen, bis Nemolas Fendriel wieder besuchte. Seit der letzten Verhandlung war er ihm soweit wie möglich aus dem Weg gegangen.

»Einige Zwerge sind in unser Gebiet eingedrungen«, begann er. »Jedenfalls sind sie bei ihrem kleinen Spaziergang auf unsere Wachen gestoßen und haben sie umgebracht. Natürlich haben auch unsere Leute es geschafft, einen Zwerg zu erschlagen, aber eine Zwergenleiche ersetzt mir meine Gefährten nicht. N'At teilt meine Ansicht. Überdies solltest du wissen, dass N'At zu zweifeln beginnt, ob die Entscheidung richtig war, die Stadt wieder aufzubauen. Er befürchtet, die Gelegenheit, Amarth ohne größere Schwierigkeiten schlagen zu können, verpasst zu haben.«

»Dann sollten wir an den Zwergen Rache üben«, versuchte Fendriel das Thema zu wechseln.

»Kein getöteter Zwerg vermag unsere Toten zurückzuholen. Natürlich hasse ich die Zwerge für ihre Verbrechen an der Natur, aber wir sollten uns nicht durch die uralte Fehde von wichtigeren Dingen ablenken lassen. Seit die ersten Zwerge in die Nähe unserer Gebiete kamen, liegen wir in ewigem Krieg. Schon damals wollten sie nicht einsehen, dass man in Einklang mit der Natur leben muss, und es würde mich wundern, wenn sie durch die Naturkatastrophen endlich einsichtig werden würden. Vergiss sie, lass die Natur sie strafen, sollen sie doch an ihren selbst verursachten Erdbeben zugrunde gehen. Was kümmert es uns, wenn wir wieder an der Oberfläche sind? Abgesehen davon würde jeder Angriff daran scheitern, dass es offenbar keine geeigneten Wege in ihr Gebiet gibt. Zumindest müssten sie sich in dieser Gegend auskennen, leben sie doch schon so lange hier in dieser Einöde, und sie würden wohl kaum den mühsamen Weg über den Fluss nehmen, wenn es einen anderen gäbe. Aber du erwartest wohl nicht, dass wir unsere Armee dadurch schicken! Wir bewachen diese Gegend jetzt verstärkt, was unserem Vorhaben, endlich den Durchbruch zur anderen Stadt zu schaffen, nicht unbedingt dienlich ist. Wir hätten es gar nicht so weit kommen lassen dürfen.«

»Aber es gibt doch keine Wege zur —«

»Wir haben sie bloß noch nicht gefunden! Vielleicht hätten wir das, wenn wir mehr Späher aussenden würden, um nach noch freien oder neu entstandenen Wegen zu suchen, statt unsere Leute mit sinnlosem Wiederaufbau zu beschäftigen. Dabei sollte unsere Heimkehr Priorität haben. Ich werde nicht eher ruhen, bis Amarth tot vor mir liegt«, unterbrach Nemolas ihn. »Außerdem ist mein Bruder vorgestern verstorben. Garil ist stark verwundet worden, als der hintere Teil unseres Hauses eingestürzt ist durch ein Erdbeben. Die Erwachsenen konnten wir noch retten, das zweijährige Kind nicht. Unsere Heiler waren zunächst noch optimistisch, dass er durchkommen würde, aber sein Zustand hat sich in der letzten Woche verschlechtert und sie konnten nichts mehr für ihn tun. Doch welchen Überlebenswillen soll schon ein Kind haben, was sein ganzes Leben hier unten verbracht hat? Eine geschlagene Familie, ein paar Naturkatastrophen und vereinzelte Leuchtsteine sind kein besonders überzeugender Grund, um weiterzukämpfen. An der Oberwelt wäre er vielleicht noch am Leben.«

»Amarth hätte ihn getötet.«

»Amarth wäre zuerst getötet worden.«

Fendriel gab sich in der Diskussion geschlagen und schwieg.

»Wo ist dein Kampfgeist geblieben?«, fuhr Nemolas ihn an. »Du warst doch früher einer unserer besten Heerführer, hast immer darauf gepocht, unsere Feinde zu vernichten und uns nichts bieten zu lassen. Vergiss nicht, dass du andernfalls nie N'Ats Berater geworden wärst. Und du willst uns nun dazu bringen, zuzusehen, wie Amarth oben die Elfen ins Verderben führt, und in der Unterwelt zugrundezugehen? Ich verstehe nicht, wie du vor dieser Aufgabe zurückschrecken kannst. Als wir damals noch Seite an Seite Orks töteten, hätte ich jeden für verrückt erklärt, der mir prophezeit hätte, dass ich dich einmal für deine Feigheit verachten muss.«

»Hast du nicht auch das Gefühl, Fendriel verheimlicht uns etwas?« Tamyela schritt im Halbdunkel des Raumes auf und ab. »Ich kenne keinen, wirklich keinen Dunkelelfen, der nicht an die Oberwelt zurückkehren will. Außerdem war er früher schon immer leichtsinnig und draufgängerisch und bereit, alles zu riskieren. In diesem Punkt war er wie Amarth.«

»Sag so was nicht. Immerhin hat er N'At vor dem Attentat gewarnt, sonst wäre er jetzt vielleicht tot.«

»Oder N'At hätte sich anders retten können, und wir wären jetzt nicht hier unten. Er wollte doch bloß den großen Retter spielen und endlich in eine Fast-Anführer-Position aufsteigen.«

»Trotzdem ist es ihm gelungen, das Attentat zu vereiteln. Dafür sollten wir ihm dankbar sein, auch wenn wir seine neuen seltsamen Ansichten nicht teilen.«

»Eben, es ist einfach verrückt! Ich kann nicht glauben, dass da nicht mehr dahintersteht, als die Angst zu scheitern.«

»Unsinn, Tamyela. Was sollte er denn davon gehabt haben, wenn er N'At nicht gewarnt hätte?«

»Wenn ich das wüsste ... Er war Amarth immer wohlgesonnen. Ich kann nicht glauben, dass er gar keine andere Alternative hatte. Außerdem lässt er noch immer im Dunkeln, wie er damals herausfinden konnte, dass Amarth den Anschlag plante und wie er ablaufen sollte. Das kann nicht alles Zufall gewesen sein.«

»Beruhige dich doch wieder. Er hat Amarth nachts im Wald belauscht, als er zufällig vorbeigekommen ist.«

»Natürlich. Amarth war schon immer ein riskanter Draufgänger, aber so leichtsinnig war selbst der nicht, dass er sich einfach so im Wald über den Verrat unterhielt, ohne dafür zu sorgen, dass sie nicht beobachtet wurden. Es war das erste Mal, dass ein Elf den Verrat beging. Ein Attentat auf den rechtmäßigen König zu verüben, sowas plant man nicht irgendwo, wo jeder hinkommen kann. Überhaupt bin ich jeden Abend im Wald spazieren gegangen und habe ihn nie dort angetroffen. Er hielt schon immer mehr von großen Hallen als von Bäumen.« Sie sahen sich einen Moment schweigend an, bis Tamyela fortfuhr: »Such dir jemand anderen aus. Mit ihm wirst du nie zurück nach oben kommen.«

Sie ging nach draußen spazieren, wie sie es gewohnt war.

Als Fendriel am Morgen die Nachricht bekam, dass sich Orks ihrem Gebiet genähert hatten, rechnete er schon fest damit, dass Nemolas ihm wieder vorwerfen würde, sie hätten schon längst an die Oberwelt zurückkehren sollen. Aber als Melena ihn aufsuchte, ahnte er, dass es nur noch schlimmer werden konnte.

»Du hast von dem Orkangriff gehört?«, fragte sie aufgeregt.

»Ja. Aber sie sind nicht bis zur Stadt gekommen.«

»Tamyela ist gestern Abend nicht von ihrem Spaziergang zurückgekehrt.«

Einen Augenblick lang fragte er sich, ob er sich darüber freuen sollte. »Wir werden sie finden. Tamyela geschieht nichts, das verspreche ich dir«, versuchte er sie zu beruhigen.

»Aber das waren Orks«, brachte sie mühsam hervor. Tränen traten in ihre tiefblauen Augen.

»Wenn sie noch lebt, werden wir sie finden«, antwortete er ruhig, aber er war sich sicher, dass er sie nicht überzeugt hatte.

Das war doch verrückt, fluchte Fendriel, nachdem Melena gegangen war. Nun sollte er tatsächlich versuchen, die Frau zu retten, der er am meisten den Tod wünschte, um sie für immer zum Schweigen zu bringen, falls sie etwas wusste, was ihm schaden könnte. Statt diese Möglichkeit nutzen zu können, musste er alles daran setzen, sie zu retten, oder zumindest so tun, wenn er nicht seinen letzten Hoffnungsschimmer auf Melena verbrennen wollte.

»Glaubst du, sie ist noch am Leben?«, fragte er Nemolas später.

»Eine einzige unbewaffnete Dunkelelfin alleine gegen eine Armee von Orks? Wohl kaum. Aber ich kann mir immer noch nicht erklären, warum sie so schnell wieder verschwanden, wie sie gekommen waren. Aber da es sich um die Schwester deiner Auserwählten handelt, wirst du mir wohl diesmal nicht in den Rücken fallen, wenn ich dir sage, dass wir die Orks angreifen und vernichten werden. Kein Ork erschlägt ungestraft einen Dunkelelfen.«

Er nickte stumm.

»Erst die Erdbeben, die Einstürze und nun die Orks. Eine Katastrophe nach der anderen. Wie lange willst du dir dies noch angucken? N'At ist in diesem Punkt zu zögerlich, er fürchtet sich vor einer Niederlage, wie du weißt, und woran du vielleicht nicht ganz unbeteiligt bist. Dazu kommt, dass wir immer noch keine neuen Wege finden konnten und er sich offensichtlich verpflichtet fühlt, die Dunkelelfen deshalb für eine weitere längere Zeit auf ein Leben unter der Erde vorzubereiten, aber ich halte es noch immer für falsch, nicht alles auf einen Rückzug nach oben zu konzentrieren. Ich kann nicht glauben, dass mein Vater sterben muss, bevor die Dunkelelfen an die Oberwelt zurückgeführt und die Macht wiedererlangen werden.«

Eine Weile standen sie schweigend da, bis Nemolas fortfuhr: »Du hast dich so verändert in den letzten paar Jahren. Diese Gegend bekommt dir nicht. Früher hast du nur darauf gebrannt, dich beweisen zu können und dir von keinem Ork, von keiner Armee etwas bieten lassen. Ich hab immer bewundert, wie entschlossen du bist. Jetzt zögerst du sogar, deine alte Heimat wieder aufzusuchen und den Verräter zu schlagen. Ich verstehe dich nicht mehr.«

Fendriel betrachtete schweigend den Steinboden, während er vergeblich nach Worten suchte, die sich nicht allzu offensichtlich falsch angehört hätten.

Am Abend kam Melena erneut zu ihm, die Angst um ihre Schwester sah man ihr deutlich an.

»Sie ist tot, hab ich recht?«

»Wir haben sie noch nicht gefunden, aber das heißt nicht, dass sie tot sein muss.«

»Das waren Orks!«

Im blassen Licht eines Steins, die in dieser Gegend nur noch vereinzelt angebracht waren, konnte er ihre Augen glänzen sehen, die aus ihrer dunklen Haut, dem schwarzen Haar und dem aschgrauen Gewand hervorstachen.

»Melena, ich verspreche dir ...«

»Was versprichst du mir? Dass du ihre Leiche findest und wieder zum Leben erweckst?«

Fendriel spürte ihren zornerfüllten Blick auf sich, obgleich die Dunkelheit ihre Züge verbarg.

»Finde sie. Vernichte alle Orks. Aber ich glaube, dass ich sie niemals wiedersehen werde.« Bei ihren letzten Worten drohte ihre Stimme fast zu ersticken, aber ihre Worte jagten ihm einen Stich ins Herz.

Er legte seine Hand auf ihren Arm, aber Melena wandte sich um und ging. »Warte ...« Fendriel wollte sie noch aufhalten, aber sie stieß ihn zurück.

»Lass, bleib hier und tu, was du versprochen hast. Jetzt ist sowieso alles aus ...«

Er verfluchte ihre trotzige Reaktion und dass sie ihm noch nicht einmal die Möglichkeit gab, sie zu trösten. Aber das aufbrausende Wesen und ihre Sicherheit, die sie auch in dieser schmerzvollen Situation nicht verlor, bewunderte er trotzdem. Fendriel konnte nicht wütend auf sie sein und ärgerte sich mehr darüber, dass sie ihn so schnell wieder verlassen hatte und er ihr nicht folgen konnte.

Als sie gegangen war, suchte er deprimiert in seinen alten Sachen nach Amarths Notizen zum geplanten Mordanschlag, um sich aufzumuntern. Sie hielten ihm immer wieder vor Augen, wie sein Leben aussehen könnte, wenn er ein einziges Mal eine andere Entscheidung getroffen hätte. Konnten auch die Unterlagen nichts mehr bewirken, Fendriel brachte es nicht fertig, sich davon zu trennen. Amarth hatte ihm Ruhm und Macht versprochen, fast alles, was er sich wünschte. Dass er sein Wort gehalten hätte, bezweifelte er nicht. Ihm war immer daran gelegen gewesen, seine Anhänger nicht zu verlieren. Die Wut kochte wieder in ihm hoch, als er an die Orks und ihre Überfälle dachte.

Amarth hatte schon immer für Krieg und Kriegsruhm geschwärmt, aber der Orküberfall an jenem verhängnisvollen Tag hatte den Ausschlag für den Verrat gegeben. Fendriel war dabei gewesen, als sie auf einem Ausflug in die nahe gelegenen Wälder von Orks angegriffen wurden. Amarths Frau und einige seiner engeren Freunde hatten den Überfall nicht überlebt. War Fendriel auch sicher, dass N'Ats Kriegsführung, der nicht alle ihre Kräfte auf den Konflikt mit den Feinden konzentrieren wollte, nicht der alleinige Grund für das Unglück gewesen war, so hatte er dennoch Amarths Zorn und Trauer nachvollziehen können. Er hatte nicht gezögert, ihm seine Unterstützung zuzusagen, obwohl er sich des Verbrechens bewusst gewesen war. Wenigstens sollte er nun die Möglichkeit bekommen, sich an den Orks zu rächen. War es auch irrsinnig, dass er diesen Krieg bloß führen würde, um die zu retten, die ihn praktisch in die Unterwelt verbannt hatte. Wäre Tamyela ihm damals, als er N'At ermorden wollte, nicht zufällig begegnet, und hätte ihn nicht so an seinem Auftrag gehindert, und wäre er nicht auf die verrückte Idee gekommen, er könnte sich noch retten, wenn er so täte, als hätte er nur zufällig vom Attentat etwas mitbekommen, und N'At warnen würde ... Mochte der Plan zunächst auch funktioniert haben, auf Dauer würde er nichts als Schwierigkeiten bekommen.

Wie er Tamyelas verdammte abendliche Streifzüge hasste! Mochte sie doch wenigstens bei ihrer Entführung umkommen, dann hätten die Orks zumindest ein einziges Mal in ihrer ganzen Geschichte etwas Gutes getan.

Melena glaubte, sie träumte, als ihre Schwester plötzlich wieder vor ihr stand. »Tamyela?« Sie fiel ihr um den Hals. »Ich dachte, du wärst tot ...«

Tamyela begann, von ihrer Entführung zu erzählen. Als sie auf die Schwarzen Wasser zu sprechen kam, fragte sie: »Du kennst doch die Legende mit dem Schwarzen See?«

Melena nickte. »Die besagt, dass man unsterblich wird, wenn man darin badet.«

»Meinst du, sie ist wahr?«

Melena zuckte die Achseln. »Wer weiß. Ich kann mir ehrlich gesagt nur schwer verstellen, dass das Wasser tatsächlich unsterblich macht.«

»Aber die Macht der Dunklen? Könnte es nicht doch möglich sein?«

»Mag sein, es ist nicht auszuschließen ... Wenn du darin gebadet hast, wirst du es ja irgendwann wissen.«

Tamyela suchte N'At auf, um ihm von ihrer Entführung und Rückkehr zu berichten und ihn vom Angriff auf die Orks abzuhalten.

»Die Orks werden uns nicht angreifen«, betonte Tamyela noch einmal am Ende ihres Berichts. »Sie stellen keine Gefahr für uns dar.«

»Ich glaube dir, dass du mir die Wahrheit erzählst, aber ich kann mich nicht auf ein Versprechen der Orks verlassen. Ich kann nicht verantworten, wenn sie uns in einen Hinterhalt führen wollen und schon den nächsten Angriff planen. Ein zweiter Überfall könnte meinem Volk erhebliche Probleme bereiten, und da wir uns noch auf einen längeren Aufenthalt hier einstellen müssen, weil es noch keine Wege nach oben gibt, werde ich am Krieg gegen die Orks festhalten.«

»Aber die Orks haben dieselben Probleme, dass alle Wege nach oben versperrt sind. Sie sind von den Orks der Oberfläche abgeschnitten und haben außerdem durch das große Beben erhebliche Verluste erlitten«, gab Tamyela schließlich doch die Schwäche der Orks preis, in der Hoffnung, dadurch wenigstens N'At umstimmen zu können. »Ich habe selbst gesehen, wie wenige sie nur noch sind. Es wäre der sichere Tod für sie, wenn sie uns angreifen würden. So leichtsinnig werden sie nicht sein. Sie sind ein todgeweihtes Volk, in wenigen Jahrzehnten werden sie vielleicht alle ausgestorben sein. Es gibt keinen Grund, sie zu vernichten.«

N'At schwieg einen Moment und erklärte dann, die Entscheidung noch einmal zu überdenken.

Fendriel wollte es nicht glauben, als Tamyela plötzlich bei ihm auftauchte. Er hatte vollkommen ausgeschlossen, dass es für sie eine Möglichkeit gäbe, den Orks zu entkommen.

»Tamyela, du? Ich dachte, die Orks hätten dich entführt?«

»Sie haben mich entführt und nun wieder zurückgebracht«, erklärte sie gelassen. »Die Orks werden uns nicht mehr angreifen. Von einigen Ausnahmen abgesehen, sind sie insgesamt doch ein wesentlich freundlicheres Volk, als ich dachte.«

»Orks sind freundlich? Was sagst du da? Du bist verrückt. Hast du während der Entführung deinen Verstand verloren?«

Tamyela berichtete, was sie erlebt hatte, doch Fendriel ließ sich nicht umstimmen. »Du bist verrückt. Orks sind Orks, und ich werde keine Skrupel haben, sie morgen alle zu vernichten.«

»Wozu wollt ihr sie vernichten? Sie haben aus ihrem Fehler gelernt. Außerdem haben sie in den Schwarzen Wassern gebadet, die in ihrem Gebiet liegen, und sind nun alle unsterblich.«

»Ich traue ihnen nicht. Vielleicht ist es nur eine Falle? Sie wollen uns in Sicherheit wiegen und dann zuschlagen? Was ihre Unsterblichkeit betrifft, so glaube ich nicht an diese Geschichte. Aber wenn es wahr sein sollte, ist es nur ein Grund mehr, ihrem Leben ein Ende zu bereiten.«

Sie hasste seine unnachgiebige Art. N'At wollte den Angriff auf die Orks zwar noch einmal überdenken, aber wenn seine Berater ihm wieder einredeten, die Orks seien immer noch gefährlich, wäre auch das umsonst gewesen, befürchtete Tamyela.

»Aber was haben wir davon?«

»Versuche nicht, mich umzustimmen. Meine Entscheidung steht, darüber müssen wir nicht mehr diskutieren.«

Tamyela machte Anstalten, zu gehen, fügte aber noch hinzu: »Melena steht auf meiner Seite. Sie ist im Gegensatz zu dir nicht in Vorurteilen festgefahren und kann mich verstehen. Glaub also nicht, dass du sie mit einem vernichtenden Sieg über die Orks beeindrucken kannst.«

»Wie hat er reagiert?«, fragte Melena, als Tamyela wieder Zuhause war.

»Wie erwartet. Er hält mich für verrückt und verfolgt weiter Kriegspläne. Es ist aussichtslos, ihn so umzustimmen.« Tamyela seufzte. »Aber so schnell gebe ich noch nicht auf …«

»Wir werden die Orks nicht angreifen«, erklärte N'At. »Tamyela ist zurückgekehrt und wie sie mir berichtet hat, sind viele Orks durch das Beben umgekommen, sodass sie nun zahlenmäßig viel zu wenige sind, um eine Gefahr für uns darzustellen, und in einigen Jahrzehnten sowieso ausgestorben sind. Dennoch haben wir die Wachen an den Grenzen verstärkt und sind auf einen möglichen Angriff vorbereitet, falls die Orks doch so leichtsinnig sein sollten, uns anzugreifen.«

»Darauf könnt Ihr Euch nicht verlassen«, widersprach Fendriel. »Wer kann schon wissen, ob die Orks ihr wirklich die Wahrheit erzählt haben oder ob sie uns bloß in Sicherheit wiegen wollen und schon den nächsten Überfall planen?«

»Ich vertraue Tamyelas Berichten und habe meine Entscheidung getroffen. Es ist im Moment sinnvoller, die Fehde ruhen zu lassen und uns nur auf die Rückkehr in die Heimat zu konzentrieren. Überhaupt macht Ihr es mir in der letzten Zeit schwer, Eure Haltung nachzuvollziehen. Es scheint mir fast, als läge Euch nicht viel daran, die Unterwelt schnell zu verlassen.«

»Oh nein, Ihr irrt Euch«, entgegnete Fendriel schnell. »Natürlich kehrte ich gerne zurück, aber noch kann ich mir nicht vorstellen, dass wir damit Erfolg haben könnten – im Gegensatz zu einem möglichen Krieg gegen die Orks, den wir kaum verlieren würden, wenn sie tatsächlich nur noch wenige sind.«

»Aber ich habe einen Entschluss getroffen, und solange Ihr mir keine überzeugenderen Argumente vorbringt, wird er sich nicht ändern.«

Tamyela trat aus den Schatten hervor, sobald Fendriel das Haus verlassen hatte. Auf diesen Moment hatte sie gewartet. Sie kletterte durch das Fenster an der Seite des Hauses in Fendriels Wohnung und machte sich auf die Suche nach persönlichen Gegenständen, die etwas Licht ins Dunkel der Umstände ihrer Flucht bringen könnten, fest entschlossen, endlich herauszufinden, was damals wirklich geschehen war, und damit vielleicht die Orks noch zu retten, zumindest für die nächsten Jahre.

Fendriel zuckte erschrocken zusammen, als er Tamyela in seinem Haus erblickte. »Was suchst du denn hier?«

»Die Wahrheit. Und eine Möglichkeit, den Angriff auf die Orks zu verhindern.« Sie öffnete die silberne Kette, die sie um den Hals trug, und legte sie vor sich auf den Tisch. »Weißt du, was das ist?«

»Eine Kette«, erwiderte er unberührt, während er immer noch rätselte, was das zu bedeuten hatte. »Mit einem goldsilbernen Anhänger. Eine Blume. Legt man gewöhnlich auf die Asche Verstorbener. Und was hat das damit zu tun, dass du ungefragt in mein Haus eindringst?«

»Das ist das einzige Erinnerungsstück, das ich an die Oberwelt habe.«

»Tut mir leid für dich«, erwiderte er spöttisch. »Trotzdem ist das noch keine Erklärung dafür, was du hier treibst.«

»An dem Tag, als wir geflohen sind, ging alles so schnell. Wir hatten gerade noch Zeit, die nötigsten Dinge zusammenzupacken und mussten vieles zurücklassen, was wir nun vermissen. Du scheinst der Einzige zu sein, der genug Ruhe bewahrt hatte, um wichtige Unterlagen mitzunehmen.« Sie lächelte zufrieden. »Schon länger hatte ich das Gefühl, dass bei deiner kleinen Geschichte irgendwas nicht stimmen kann. Dass Amarth in dieser Nacht nie in den Wäldern war, wusste ich ja, jetzt kann ich mir auch den Rest zusammenreimen.« Sie nahm die Kette, band sie sich wieder um den Hals und ging Richtung Tür. »Ich habe alle deine Aufzeichnungen zum Mordversuch, aber mach dir nichts draus, solange die Orks in Frieden leben können, wird N'At nichts davon erfahren und kann dich weiter für einen tapferen Krieger halten.«

Er hielt sie am Arm fest, als sie an ihm vorbei wollte. »Gib die Briefe sofort wieder her!«

Tamyela schüttelte den Kopf. »Du musst mich schon erschlagen, wenn du mich hindern willst. Aber dann hoffe ich für dich, dass du eine gute Erklärung für Melena und unseren Anführer hast, warum du eine junge unbewaffnete Elfin töten musstest.«

Er ließ sie los, und Tamyela verschwand nach draußen.

»Warum wollt Ihr den Angriff doch nicht mehr?« N'At war offensichtlich genervt. »Gestern noch habt Ihr mich förmlich dazu gedrängt, die Orks anzugreifen, weil sie immer noch eine Gefahr darstellten, solange bloß einer von ihnen am Leben ist. Ich finde Tamyelas Begründung einleuchtend, dass es unnötige Mühe ist, werden die Orks doch kaum jemanden von uns überleben. Aber dennoch habt Ihr mir geraten, sie zu vernichten. Warum steht Ihr nicht mehr zu Euren Worten? Ich kannte Euch als einen entschlossenen Kämpfer und habe nicht vergessen, dass Ihr mich vor Amarths Hinterhalt gewarnt habt, aber Euer gegenwärtiges Verhalten geht mir eindeutig zu weit. Was sollen die Dunkelelfen von mir halten, wenn ich jemanden als Berater akzeptiere, der selbst nicht hinter seinen Aussagen steht? Ich sollte mich wirklich nicht mehr auf Euch verlassen.« Die letzten Worte sagte der Anführer der Dunkelelfen mehr zu sich selbst.

»Aber Ihr konntet Euch doch immer auf mich verlassen«, versuchte Fendriel, zu widersprechen. »Bedenkt, dass ich es war, der Euch vor Amarths Hinterhalt warnte.«

»Ich weiß«, erwiderte N'At kühl, »dafür danke ich Euch, aber Eure mangelnde Zuversicht hinsichtlich unserer Rückkehr in die

Heimat und Eure mir undurchsichtigen Gründe zwingen mich zu dem Entschluss, Euch als Berater zu entlassen.«

Obwohl Fendriel befürchtet hatte, dass sein falsches Spiel ihm irgendwann Schwierigkeiten machen könne, trafen ihn N'Ats Worte wie ein Schlag. Er fühlte sich elend und suchte Melena in der Hoffnung auf, dass sie ihn aufmuntern und wieder auf andere Gedanken bringen könnte. Nachdem er seinen Berater-posten verloren hatte und sich keine Illusionen machte, dass er in der nächsten Zeit irgendetwas von seiner früheren Macht zu-rückerlangen würde, war sie schließlich das einzige, was er in der Unterwelt noch nicht verloren hatte. Gleichzeitig wollte er ihr versichern, dass der Orkangriff nicht stattfinden würde. Sollte sie Tamyela aufklären und sie von weiterem Schaden abhalten. Zu seinem Pech war jedoch auch Tamyela an diesem Abend Zuhause.

»Wir werden die Orks nicht angreifen, Melena.« Er bemühte sich, Tamyela zu ignorieren.

»Gut«, entgegnete die Angesprochene kühl. »Es freut mich, dass du ein einziges Mal deine hochstrebenden Pläne bleiben lassen konntest.«

»Melena, ich dachte …« Der letzte Hoffnungsschimmer, an den er sich noch klammerte, begann zu schwinden.

»Natürlich heiße ich es gut, dass N'At beschlossen hat, die Orks um Tamyelas Willen nicht anzugreifen. Aber bitte erwarte nicht von mir, dass ich verstehe, wie man sein Volk, seine Freunde verraten kann.«

Entsetzt blickte er Tamyela an.

»Das konnte ich nicht lassen«, sagte sie ruhig. »Aber danke, dass die Orks in Frieden weiterleben können.« So freundlich hatte sie fast noch nie mit ihm gesprochen. Aber was sollte er schon von einer Frau erwarten, mit der es selbst die Orks nicht länger als ein paar Tage aushielten?

Er verfluchte sein Leben und nicht zum letzten Mal fragte er sich, warum er Amarths Auftrag damals nicht zu Ende gebracht hatte. Statt Ruhm und Macht hatte er nur Melenas Ablehnung erhalten. In Zukunft würde sie ihm wahrscheinlich so weit wie möglich aus dem Weg gehen, geschweige denn mehr mit ihm reden als unbedingt notwendig.

Hier konnte er nicht länger bleiben.

Fendriel packte seine Sachen zusammen. Er hatte den Entschluss gefasst, einen Weg zur anderen Stadt zu suchen. Irgendwo weiter außerhalb ihrer Gegend würde es sicher noch unbekannte Wege geben, die nicht durch die Katastrophe verschüttet worden waren. Er hoffte darauf, in der Kolonie eine Führungsschicht vorzufinden, die nicht nur danach strebte, in die Oberwelt zurückzukehren, und die Aussicht auf eine bessere Zukunft.

DIE AUTOREN

TIMO BADER ...

... wurde im Sommer 1983 in der Nähe von Stuttgart geboren. Zahlreiche Kurzgeschichten veröffentlichte er in Literaturmagazinen, Anthologien und im Internet. Die drei Bände seiner »CELLAR«-Trilogie sind 2003/04 im Go-Verlag erschienen. »Band 1 - Der Gyt« wurde 2004 für den Deutschen Phantastik Preis nominiert. Es folgten 2004/05 die vier Bände der »DRIMAXID«-Tetralogie (»Die Zelle«, »Welt der Mutanten«, »Hypnos Feinde« und »Antara«), 2004 der Fantasy-Roman »Die letzte Dienerin« und 2006 der Cthulhu-Roman »Die Beschwörung der Drei«. 2005 veröffentlichte der Web-Site-Verlag die Anthologien »Optatio Onyx« (vierter Platz beim Wettbewerb der Literaturplattformen) und »Wildes Land« (dreifach nominiert für den Deutschen Phantastik Preis, Platz 1 in der Kategorie »Beste Kurzgeschichte«) von Timo Bader (Hg.). Außerdem ist Timo Bader als Herausgeber für die Geschichtensammlungen »Darwins Schildkröte« und »Die Unterirdischen« verantwortlich.

Homepage: www.timo-bader.de

PHILIPP BOBROWSKI ...

... wurde 1970 in Marburg geboren. Er studierte Germanistik und Anglistik in Rostock, wo er auch heute noch zu Hause ist. Seit seiner ersten veröffentlichten Kindergeschichte im Herbst 2003 hat er Prosa und Lyrik unterschiedlicher Genres in Anthologien, Zeitschriften und dem Internet veröffentlicht. 2005 erhielt er ein halbjähriges Schriftsteller-Stipendium in der »Ostseevilla ARTique« in Nienhagen.

Obwohl lesend und schreibend sehr vielseitig pflegt der Autor einen besonderen Hang zur Fantasy. Einige seiner Fantasy-Kurzgeschichten veröffentlichte er Anfang 2008 unter dem Titel »Des Boten Prüfung« in einem Sammelband. Sein erster Roman, »Das Lächeln der Kriegerin«, erschien ebenfalls im Frühjahr 2008 im Hinstorff Verlag. Weitere Veröffentlichungen sind geplant.

Bei den Geschichtenwebern ist Philipp Bobrowski bisher in den Anthologien »Schatten des Jenseits«, »Wildes Land«, »Optatio Onyx« und »Alea^3 - Ein Jahr danach« vertreten und Mitherausgeber der Anthologie »Burgturm im Nebel«.

Homepage: www.philippbobrowski.de

ANDREA BOTTLINGER ...

... wurde 1985 in Karlsruhe geboren und studiert seit einiger Zeit Buchwissenschaft in Mainz. Ihr Vater hat ihr in früher Kindheit bereits aus den klassischen Werken der Fantasy vorgelesen. Sie glaubt bis heute, dass sie ihre Begeisterung für das Genre seinem Geschick zu verdanken hat, beim Lesen von »Herr der Ringe« die langweiligen Stellen unauffällig zu überspringen.

Sie schreibt seit sie zehn Jahre alt ist, wobei ihre frühesten Versuche glücklicherweise verloren gegangen sind. Sie hat bereits verschiedene Kurzgeschichten in Zeitschriften und Anthologien veröffentlicht. Außerdem ist vergangenes Jahr ihr Heftroman »Apophis« beim VSS-Verlag erschienen.

Seit ein paar Jahren gibt sie die Online-Zeitschrift »Blah!« heraus, in der Kurzgeschichten aus dem Bereich Fantasy, Science Fiction und Horror erscheinen.

Homepage: www.traumsphaeren.de

MICHAEL BUTTLER …

… wohnt mit seiner Familie im Rhein-Main-Gebiet. Hauptsächlich schreibt er Phantastisches, mitunter lässt er sich aber auch auf den normalen Weltschmerz ein. Die erste Veröffentlichung konnte er 1992 im Magazin des Ersten Deutschen Fantasy Club e.V. unterbringen. Mitte der Neunziger musste das Schreiben aus beruflichen und gesundheitlichen Gründen zurückstehen. Mittlerweile wurden einige seiner Kurzgeschichten in Anthologien und Zeitschriften veröffentlicht, zum Beispiel im Lerato-Verlag, Web-Site-Verlag und im Wurdack-Verlag. Für die Autorengruppe Geschichtenweber, der er seit Anfang 2006 angehört, hat Michael jeweils eine Geschichte zu den Büchern »Burgturm im Nebel« (Schreiblust-Verlag) und »Die Formel des Lebens« (Wurdack-Verlag) beigesteuert. »Die Formel des Lebens« ist für den Deutschen Phantastik Preis 2008 nominiert. 1999 wurde der phantastische Roman »Das Dorf« als Sondernummer des Horror-Magazins »TUMOR« abgedruckt.

Derzeit arbeitet Michael an einem umfangreichen Projekt, das einige Recherchen erfordert. Mehr wird erst zu gegebener Zeit verraten; über seine Homepage hält Michael interessierte Leser und Autorenkollegen auf dem Laufenden.

Homepage: www.michael-buttler.de

SABRINA EBERL …

…, wurde am 23. Juni 1979 in Hallein geboren und lebt auch heute noch – zusammen mit ihrem Freund Christian – in Salzburg. »In fremde Welten eintauchen und Abenteuer erleben ist immer wieder ein spannendes Erlebnis«, sagt sie. Das

Spielen mit den Ideen reizt sie, und sie liebt es, ihren Charakteren Leben einzuhauchen.

Von ihrem ersten Buch »Die kleine Hexe« inspiriert, hat sie natürlich schon als Volksschulkind mit Begeisterung Geschichten geschrieben. Doch so richtig hat sie im Jahr 2004 begonnen und konnte seitdem schon zahlreiche Kurzgeschichten veröffentlichen. Nebenbei arbeitet sie als Mitherausgeberin an zwei Anthologien.

Sie schreibt in den verschiedensten Genres, aber am liebsten Horrorgeschichten. Gern schreibt sie auch Märchen und Kinder-geschichten.

Homepage: www.sabrina-eberl.de.ki

CHRISTINE R. FÖRSTER ...

... wurde spät im Jahre 1968 geboren. Nachdem sie den größten Teil ihres Lebens in Freiburg verbracht hatte, zog sie 2005 zusammen mit ihrem Mann nach Esslingen.

Seit Ende 2006 ist sie Mutter einer Tochter und hofft seitdem ihre Leidenschaft für das geschriebene Wort vererbt zu haben. Denn schon zu Grundschulzeiten tat sie nichts lieber als zu le-sen. Während der Zeit ihres Biologiestudiums wurde der meiste Lesestoff allerdings etwas trockener. Nebenbei sorgten Fantasy-Rollenspiele für Abwechslung, für die sie auch eigene Abenteuer kreierte. Immer mal wieder träumte sie davon, Schriftstellerin zu werden, doch tatsächlich Geschichten zu Papier zu bringen, wagte sie erst in den letzten Jahren.

Sie hat die Geschichtenweber durch ihre Beteiligung am Lek-torat einiger Anthologien unterstützt und ist Mitherausgeberin von »Herzblut«. Außer in diesem Buch finden sich Geschichten von ihr in den Bänden »Wildes Land« und »Alea³ - Ein Jahr da-nach« der Geschichtenweber.

CHRISTOPH HARDEBUSCH …

…, geboren 1974 in Lüdenscheid, studierte Anglistik und Medienwissenschaft in Marburg und arbeitete anschließend als Texter bei einer Werbeagentur. Sein Interesse an Fantasy und Geschichte führte ihn schließlich zum Schreiben. Seit dem großen Erfolg seines Debüt-Romans »Die Trolle« ist er als freischaffender Autor tätig. Christoph Hardebusch lebt mit seiner Frau in Heidelberg.

Homepage:www.hardebusch.net

JANINE HÖCKER …

… wurde 1983 in Bonn geboren und lebt seit über zwanzig Jahren, inzwischen mit ihrem Ehemann, in einem naturnahen Dorf in der Nähe ihres Geburtsortes.

Hauptberuflich arbeitet sie als Physiotherapeutin, beschäftigt sich daneben aber schon seit mehr als zehn Jahren mit der Schriftstellerei und der Illustration. So hat sie schon mehrere Romane und zahlreiche Kurzgeschichten geschrieben, von denen die meisten in ihrer eigenen Fantasywelt Thargannion spielen. Außerdem hat sie eine eigene Anthologie herausgegeben und arbeitet derzeit an der zweiten. Ihr Hauptgenre ist die High Fantasy, wenngleich sie auch schon Texte in anderen Genres verfasst hat.

Zeichnerisch hat Janine Höcker bereits an vielen verschiedenen Projekten mitgewirkt, hat für Autoren und Verlage Karten gestaltet, Landschaften gemalt und Charaktere entworfen. Jüngst erschien ein vollständig von ihr illustriertes Kindermärchenbuch beim Epikur-Verlag.

Homepage: www.thargannion.de

CLAUDIA HORNUNG …

… wurde 1968 in Stuttgart geboren. Nach Abschluss ihres Soziologie- und Pädagogikstudiums arbeitete sie zunächst in der Behindertenhilfe, später in einer Fachklinik für Suchtkranke. Seit 1998 lebt sie in der Nähe von Leipzig. Sie ist verheiratet und hat zwei Kinder.

Claudia Hornung schreibt bereits seit ihrer Schulzeit. Den ersten Erfolg verbuchte sie 1991 als Preisträgerin von »Jugend schreibt«. Anschließend veröffentlichte sie – teils unter Pseudonym – in verschiedenen Zeitschriften. 2003 belegte sie den 2. Platz beim 2. Short Story Wettbewerb der 42er Autoren; die Kurzgeschichte »Summer of '76« wurde daraufhin im Autorenkalender 2004 veröffentlicht.

Ihr absolutes Lieblingsgenre aber ist die Phantastik, und ihre düster-melancholischen Erzählungen sind mittlerweile in zahlreichen Anthologien erschienen. Claudia Hornung ist Mitglied der Autorengruppen »Geschichtenweber« und »Schwarze Tinte« und gehört seit Jahren zu den Stammautoren des Wurdack-Verlags.

Derzeit arbeitet sie gemeinsam mit der Hamburger Autorin Melanie Metzenthin an einem Thriller und plant mit weiteren Autoren eine Fantasy-Trilogie.

Außerdem schreibt und veröffentlicht sie immer wieder mit großem Vergnügen Geschichten für Kinder.

Homepage: www.claudiahornung.de

DOROTHEE KAISER …

… wurde 1989 in Rheinland-Pfalz geboren und studiert Germanistik und Klassische Philologie. Sie schreibt seit Januar 2004 Geschichten, hauptsächlich in den Bereichen Fantasy, Phantastik und Horror.

Mit »Memento mori« in »Pandaimonion - Die Formel des Lebens« veröffentlichte sie ihre erste Kurzgeschichte in einer Anthologie.

HARALD NEBEL …

…, geboren 1969 in Berlin, lebt heute mit seiner Frau und zwei Kindern im Rhein-Main Gebiet. Die erste Fernsehsendung, die er als Baby sah, war die Mondlandung. Auch wenn er daran keine Erinnerung mehr hat, so begründete dieses Ereignis wohl seine Liebe zu fremden Welten. In einem Haushalt von Leseratten erlebte er schon früh die Liebe zum Buch.

Seit er 16 Jahre alt ist, schreibt er. Das ist ihm so sehr zur Selbstverständlichkeit geworden, dass er sich überhaupt nicht mehr daran erinnern kann, was ihn eigentlich dazu bewegt hat. Er studierte Sozialpädagogik in Berlin. Sein Studium finanzierte er als Nachtpfleger im Altersheim. In dieser Zeit entstand sein erster Roman, von dem er heute froh ist, dass er nicht veröffentlicht wurde.

Heute ist er Sozialarbeiter in ein einem Reha-Zentrum. Die Beschäftigung mit Menschen und ihren Lebensgeschichten inspiriert ihn zu seinen Erzählungen.

Veröffentlicht hat er bisher noch wenig, doch das soll sich in Zukunft ändern.

JÖRG OLBRICH …

… wohnt mit seiner Frau und drei Kindern im schönen Mittelhessen. Er schreibt hauptsächlich im Genre Phantastik und hat schon einige Kurzgeschichten in Anthologien und Zeitschriften veröffentlicht.

Gemeinsam mit Birgit Käker hat er die Anthologien »Alea³ - Der Weltenwürfel« und »Alea³ - Ein Jahr danach« herausgegeben und ist Mitherausgeber dieses Buches. Seine Kurzgeschichte »Herz aus Stein« wurde für den Deutschen Phantastik Preis 2008 nominiert.

Homepage: www.joerg-olbrich.de

MANDY SCHMIDT ...

... wurde in Sachsen-Anhalt geboren und wuchs dort in einem kleinen idyllischen Dorf auf. Schon damals wartete sie voller Ungeduld darauf, endlich in die geheimnisvolle Welt der Bücher eintauchen zu können.

Ihre Eltern sahen sich bald mit einer wahren Büchersucht ihrer Tochter konfrontiert. Der berüchtigte Schreibbazillus ließ nicht lange auf sich warten und tobte sich in kleinen Geschichten und Gedichten aus.

Das Schreiben ist bis heute ein Abenteuer für die Autorin geblieben, dem sie sich nicht entziehen kann. Ihre erste Veröffentlichung im Jahre 2004 sollte nicht die Einzige bleiben. Seitdem sind ihre Geschichten in verschiedenen Anthologien zu finden.

Die letzten Jahre waren geprägt von heftigen Lernprozessen und Veränderungen, und ihr Weg führte sie von Nordrhein-Westfalen nach Baden Württemberg. Mantra-Meditationen, Yoga und Reiki helfen ihr, Kraft zu finden, sich selbst treu zu bleiben und hin und wieder etwas geduldiger mit dem Leben und ihren Mitmenschen zu sein.